ダッシュエックス文庫

朝起きたらダンジョンが出現していた日常について
迷宮と高校生

ポンポコ狸

CONTENTS

About the daily life
that dungeon had appeared
when waking up in the morning

目次

第一章　ダンジョンが現れた日常

［ Chapter 1 ］

About the daily life that dungeon had appeared when waking up in the morning

　その話を耳にした瞬間、カレンダーに目をやり、今日がエイプリルフールでないのかと確認した俺、九重大樹《ここのえたいき》は悪くないはずだ。何故《なぜ》なら、政府報道官が真面目《まじめ》な顔をして冗談のような妄言《もうげん》を、朝っぱらから政府の公式見解としてテレビを通して口走ったのだから。

　いつものように朝食を摂《と》りながら朝のテレビニュースを見ていたら、短い電子音が鳴り画面の上部に速報が流れる。珍しいというか初めて見る。５分後に臨時の政府放送があるので注目するようにというお知らせだった。

　そして速報が流れてからきっかり5分後、テレビ画面には政府報道官の姿が映し出される。試しにチャンネルを変えてみると、どの放送局も同じ画面が映し出される。何を語るのかとカメラのレンズが注目する報道官は、達観したような表情を浮かべながら多くの国民の意識を１８０度変えるような第一声を発した。

『我が国の領土内に多数の大規模地下積層構造体、通称ダンジョンが出現しました』

　恐らくこの瞬間、日本中の時間が一瞬停止したはずだ。俺と一緒にテレビを見ていた父の大《だい》輔《すけ》と母の美春《みはる》、そして1つ年下の妹の美佳《みか》も箸《はし》を持ち上げたまま目を見開き、テレビ画面を凝視《ぎょうし》していたからな。

『突然のことに驚かれ信じられないでしょうが、これは政府が幾度《いくたび》も確認調査を行った上での正式な結論です。もう一度申し上げます。我が国の領土内に多数のダンジョンが出現しました』

どうやら聞き間違いではないようだ。

父と母は錆《さ》びついた機械のような動作で顔を合わせて信じられないという表情を浮かべているが、妹はどこか嬉しそうに目を輝かせながら明るい栗毛色のポニーテールを揺らしていた。うん。妹は中学3年生……中二病の真《ま》っ只中《ただなか》だからな。

現実逃避している間にも、報道官のダンジョンに関する報告は続いている。

『また、このダンジョンは国内に限らず、世界各国でも同様に多数出現しているとのことです。出現原因はいまだ不明ですが、出現したダンジョン内には凶暴な未確認生命体、通称モンスターが棲息《せいそく》していることが確認されました。現在、これに伴い我が国内に出現が確認されているダンジョンに警察を派遣し、警戒とともに入り口を封鎖し、民間人の立ち入りの制限をしています』

うん。まぁ、国としたらそういう対応にはなるわな。民間人が勝手に入り込んで、負傷しただの、死亡しただの話になったら、何故《なぜ》か国の責任問題になるからな。

『現在自衛隊をダンジョン内部へ調査派遣することを検討しておりますが、判明しているだけでも内部は非常に広大かつ厳しい環境で、凶暴なモンスターを含むトラップ等の危険が確認されています。ですので、政府が把握しきれていないダンジョンを発見した場合、安易に内部へ入らず、ただちに警察や役所等の公共機関へ報告してください。命の危険がありますので、決して興味本位でダンジョン内部へ入らないでください』

うーん。これって、フリ……か？

まぁ、政府としたらそんな意図はないだろうけど、絶対ごく一部の馬鹿が警告を無視してダンジョン内部に入るだろうから、いざって時の予防線ってところかな？　政府としては事前に警告しておいたから、警告を無視してダンジョン内部に入って死傷したのは自己責任だって。

『繰り返し……』

その後、政府放送は報道官が同様の内容を3度繰り返した後に終了した。

「ねぇねぇ、お兄ちゃん！　聞いた!?　ダンジョンだって！」

「聞いてるよ、一緒に飯食いながら見ていただろ？」

あまりの内容の政府放送にどう反応したらいいのか困惑《こんわく》していると、妹の美佳が箸を手にしたまま立ち上がり興奮気味に捲《まく》し立ててきた。

「ダンジョンって、どんな所かな!?」

「俺が知るか。まぁテレビの放送を聞いた限り、かなり危険な所みたいだな。それと美佳、座るか箸を置くかにしろ。箸に付いた味噌汁が飛んできたぞ」

「あっ、ゴメン」

美佳は水を差された様子で落ち着きを取り戻し、おとなしく椅子に座り直した。

ったく、何がそんなに嬉しいんだろうな。ダンジョンが出来たって、一般市民の生活がいきなり激変するってことはないと思うんだけどな。まぁ、自衛隊の調査の結果如何《いかん》ではどうなるかは分からないけど。

「ダンジョンか……一度行ってみたいな」

「美佳ぁ、馬鹿なこと言ってないで早く食べちゃいなさい。学校に遅れるわよ」

「あっ、うん」

美佳を母さんは嗜《たしな》める。まぁ、珍しく政府が臨時放送をしてまで、危険だと周知徹底させているのだ。よほどのことがない限り関《かか》わり合うのは避けた方がいいだろう。これで美佳の奴がおとなしくなるかは分からないが、少しは釘を刺せたかな?

だいたい、ダンジョンに入ってどうするつもりなんだコイツ？　テレビでも言ってたけど、モンスターやトラップが仕掛けられているような場所でどう行動すればいいとか分かってるのか？　トラップと聞いて俺が思い浮かべるのは、映画やドラマに出てくるようなもので、解除方法や対処方法なんて知らないぞ。モンスターにしたって種類や大きさは知らないけど、殺すつもりで襲いかかってくる奴の対処なんてどうすればいいんだよ。返り討ちにして殺せってか？　無理無理。普通の害獣駆除もしたことない奴が、いきなり何の躊躇《ちゅうちょ》もなくそんなことが出来るかっての。

「「ごちそうさま！」」

朝食は食べ終えたが、登校時間までは今少し時間があるからダンジョンについて少し調べてみるか。俺は自室に戻り、机の上に置いてあるパソコンを起動した。

「なになに？」

ネットの電子ニュースを流し読みしていくと、既《すで》に複数の関連ニュースが流れている。

それによると、ダンジョンが出現したのは日本時間深夜0時頃で、ほぼ同時刻に世界各国にもダンジョンは出現していたらしい。深夜ゆえダンジョンの出現に気づくのが遅れた日本は米国からのホットラインでダンジョンの出現に気づき、警察による調査を経《へ》て、緊急対策本部を危機管理センターに開設。ダンジョン内に警察を派遣し、内部調査を行おうと検討していたが、ダンジョン内部の潜行調査を行った海外の調査チームが壊滅したという情報が飛び込んできたため中止。政府は自衛隊の派遣を決定し、ダンジョンの封鎖と内部調査を行うことにしたそうだ。

「ここまでは、さっきの政府放送と同じような内容だな……」

まぁ、今の段階だと当たり障《さわ》りがない内容しか出せないか。

もう少し調べたいけど、登校時間が近いな。後は帰ってきてから確認するか。

俺はパソコンの電源を落とし登校の準備を始めた。

「えっと、今日の時間割は一限目が数学で……」

時間割を確認しつつ、通学カバンに教材を詰め込んでいく。そして今日の美術の授業で使うデッサンセットを取り出そうと、学習机の一番下の引き出しを開けると。

「……はぁ？」

引き出しの中には学校の特別教室ほどの大きさの石畳の部屋が広がっており、部屋の中は壁に埋め込まれた揺らめくランプの灯《あか》りで照らし出されていた。そして引き出しの真下に当たる３ｍほど下の部屋の真ん中に、ウニウニと動く不定形粘性物体が陣取っていた。

無言で引き出しを閉じた俺は悪くない。

「うん。ちょっと落ち着こうか？　えっと……？　ここは俺の自室で、これは俺が小学校の頃から使い続けている学習机だよな？」

頭を軽く左右に振りながら、震える声で現状を確認しつつ混乱する頭を整理しようとする。

が、引き出しを開けたら中に石畳の部屋が広がっていた……何がなんだか意味が分からない。

深ーい深呼吸を繰り返し、気持ちを整える。

「えっと、もしかして……これってアレか？　ダンジョンか？」

昨日までなんの異状もなかった机の中が、今日開けたらこうなった原因は俺には一つしか思いつくことが出来なかった。

ということはアレがモンスター……って、スライムじゃん！

「待て待て！　なんでダンジョンが俺の部屋に出現するんだよ⁉　ダンジョンって、テレビで見たような装飾が施《ほどこ》された門と一緒に出現するんじゃなかったの⁉」

政府放送で流れていたダンジョンの姿は、ドーム状の、見たことのない象形文字のような図形が描かれたもの。間違っても、机の引き出しに収まるような大きさの代物《しろもの》ではなかった。

それなのに、そのダンジョンが俺の部屋の俺の机の引き出しの中にある。見間違いであってほしいと思いつつ、俺はもう一度机の引き出しを開ける。だが……。

「……見間違いじゃないな」

思わず溜息が漏《も》れる。引き出しの中は、先程と同じようにスライムが陣取っていた。よくよくスライムを観察すると、半透明な体の中心に黒い球体が見える。

「ファンタジー物の定番だと、あの黒い球体がスライムの核でアレを砕けば倒せるはずなんだけど……あれに触りたくないな」

どう見ても、触れるだけで毒か麻痺《まひ》の状態異常を誘発されそうだしな、あれ。性質も生態もわからないものに不用意に触れたり近づいたりしたら、どうなるか分かったものじゃない。単なる怪我《けが》で済めば御《おん》の字、最悪、伝染性のウイルスホルダーにでもなりそうだ。

嫌だぞ、俺の部屋がバイオハザードの発生源とか。

「とりあえず、今は見なかったことにしよう。遅刻しそうだしな」

俺はそっと引き出しを閉めた。行方《ゆくえ》不明になったデッサンセットは諦《あきら》め、他の教材を詰め込んだ通学カバンを持ち、刺激を与えないようにゆっくりとした足取りで自室を後にする。

そしてドアノブに手をかけ扉の前で立ち止まり、軽く深呼吸をして気持ちを落ち着かせてからリビングへ入るとテレビを見ていた美佳が気づき振り返ったので目が合う。

「あれ？　どうしたの、お兄ちゃん？　凄《すご》い疲れた顔してるけど……」

「いや、なんでもない。チョット、な」

「？」

テレビには先程の政府放送を検証する、臨時報道番組が映し出されていた。自称専門家のコメンテーターがよく分からない持論を打《ぶ》ち上げ、他のコメンテーターと激論を交わしている。

少し話を聞きかじるだけで、自衛隊が治安出動するのは問題だの、国がダンジョンを独占するのは違法だの、いつも通りの平常運転だ。自室にダンジョンが出現した俺にとって、ためになるような話は出てこなさそうだ。

「あなたたち、いい加減に学校に行きなさい。遅刻するわよ」

「はーい！」

「了解」

母に促され、俺と妹は通学カバンを持って玄関へ向かう。まぁ正直、学校は休みたい心境である。

「「行ってきます」」

妹の元気な声に比べ、俺の声は限りなく沈んでいる。

そして家を出て道路から我が家を見上げると、目の錯覚かもしれないが、自室から瘴気《しょうき》のようなものが漏れ出しているように見えた気がした。

◆

美佳と一緒に通学路を歩く。美佳はダンジョンの件もあり、どこか浮かれ気分な様子なのだが、爆弾を抱えた俺の鉛《なまり》のような足取りは一向に改善しない。顔を上げ周囲の様子を見るも、疎《まば》らに見受けられる道行く人々は携帯やスマホを弄《いじ》り、ダンジョンの情報を調べる者や今朝の政府の放送について知人同士で喋《しゃべ》る者が見受けられたが、憂鬱《ゆううつ》な俺の気分を盛り立てるような光景はない。

そして、盛んにダンジョンについて話しかけてくる美佳をあしらいつつ、しばらく一緒に歩いていたが、交差点に差しかかり学校の方向が違うので美佳とはここで別れる。

「じゃあね、お兄ちゃん！　調子良くなさそうだけど、学校頑張ってね！」

「ああ、美佳もな」

美佳は手を振りながら元気に走り去っていったが、すぐに友人を見つけたのか話しながら一緒に歩き始めた。うん。いつもながら元気だよな、アイツ。

美佳が去りゆくのを見送った俺は、一人寂《さび》しく通学路を歩み始める。学校に近付くと、だんだん同じ制服を着た生徒の姿が増えてきた。

「よっ、大樹！　朝から何湿《しけ》気た面《つら》してんだよ」

「……ああ、裕二《ゆうじ》か。おはよう」

「おはよう。で、いったい全体どうしたんだ？」

後ろからデカい声を俺にかけてきたコイツは、広瀬《ひろせ》裕二。俺と同じクラスで、高校に進学して出来た友達だ。赤茶色の髪を後ろで纏《まと》めたサムライ風へアー、若干《じゃっかん》日焼けをした無駄な筋肉が付いていない鍛えられ引き締まった細マッチョ体型をしているが、コイツはこう見えても生粋《きっ》《すい》の帰宅部。なんでも実家が武術道場を経営しているらしく、たまに門下生の指導の手伝いに駆り出されているらしい。

「いや、朝のテレビ番組がな……」

「ああ、アレか！」

「いきなりダンジョンって言われてもな……。今日がエイプリルフールじゃないかって、カレンダーで日付を確認したぞ、俺」

「あぁ、分かる分かる。俺もアレを見た時は、一瞬意識が飛んだからな」

どうやら裕二も俺と同じような反応をしたようで、同意するように何度も首を縦《たて》に振る。

「でもまぁ、いきなり俺たちがダンジョンに関わるってことはないと思うぞ？　だから、そんなに湿気た面しなくても大丈夫じゃないか？」

「まぁそうなんだけど、美佳の奴が……な？」

　自室の机の中にダンジョンが出来ました！　なんて言う訳にもいかないので、とりあえず表の理由として美佳のことを伝えた。

「美佳ちゃん？」

「放送を聞いた後に美佳の奴、ダンジョンに行ってみたい！　って目を輝かせていたんだよ」

「あぁ……」

　裕二の奴は、何かを察したかのように顔をしかめる。まぁ、そうだろうな。

「たぶんダンジョンって聞いて、ゲームや漫画みたいなことを思い浮かべて言ったんだろうけどな。現実問題として、かなり危険なもののはずだろ？」

「だろうな。あの放送の中でも、ダンジョン内にはモンスターやトラップがあるって言ってたからな。素人がそんな所に興味本位で行ったら……まず死ぬことになるぞ」

「だよな。プロの猟師でも、狩猟中に年間に何人も動物の反撃に遭《あ》って死ぬことがあるんだ。実際に狩りもしたことがない奴じゃ、襲いかかってくるモンスターの返り討ちに遭っておしまいだ」

「ちゃんと危ないことだっていうことを、美佳ちゃんには言い聞かせておいた方がいいぞ？」

武道家の端くれでもある裕二の奴が特に反論することなく同意するってことは、やっぱり安易にダンジョン内に入り込むのは危険な行為なんだよな。

だけど、そのことにも頭が回らず根拠のない自信で、ダンジョンの中に入り込む馬鹿は出るんだろうな。美佳には帰ったら、もう一度釘を刺しておかないとな。

「勿論《もちろん》」

そして気がつくと、裕二と駄弁《だべ》っているうちに学校に到着していた。教室に着くと既に多くのクラスメイトたちがいて、ダンジョンのことについて、あーだこーだ騒がしく話していた。少し耳を傾けて話を盗み聞きすると、ダンジョンは近場にあるのか？　やモンスターと戦ってみたい等の話が大半を占めていたが。しかし、ダンジョンの危険性について考える話題はほとんど出ていなかった。

「なぁ、裕二。政府放送の仕方、間違ってたんじゃないか？　ダンジョンの危険性をもっと強調しておいた方が良かったんじゃ……？」

「ああ、この光景を見ていると無条件で同意したくなるな」

このクラスメイトたちの騒ぎ具合を見ていると、あの放送でちゃんと国民にダンジョンの危険の周知が出来たのか心配になってくる。言ってみればダンジョンって代物は、アマゾンの奥地の未開地が突然国内に移ってきたようなものだろう。ダンジョン内部にどんな動植物が存在しているか分からず、どんな病原体があるかも分からないような代物が出現したのだ。興味本位で騒ぐ前に、パンデミックなどが発生しないか危惧《きぐ》してほしい。

「あら？　あなたたちもダンジョン危険視派なの？」

「？　あぁ、柊《ひいらぎ》さん」

教室の後ろのドアの前で佇《たたず》んでいた俺と雄二に声をかけてきたのは、柊雪乃《ゆきの》さん。前髪を斜めにピン留めし、背中の半ばあたりまで真っ直ぐ延ばした黒髪。クール系の顔立ちをした、若干胸の起伏が寂しいが抜群にスタイルがいい美人さんだ。

同じ中学出身のクラスメイトという関係で、たまに話をする程度の特に親しいという訳ではない間柄なのだが……いったいなんの用なんだろう？

「さっきから、皆あの浮かれ具合なのよ。ダンジョンに興味があるのは分かるのだけど、どうも現実に出現したダンジョンを、ゲームや漫画に出てくるものと同一視しているらしいのよ。ファンタジーの産物の出現に期待を寄せる前に、警察じゃなくて自衛隊がダンジョン封鎖《ふうさ》に出張っているっていう意味を考えてみてほしいわ……」

柊さんはダンジョンについて嬉しそうに語るクラスメイトたちを見ながら、小さく溜息をつく。分かる。柊さんのその気持ちは、よーく分かる。

「まぁそのうち、みんな落ち着くとは思うよ」

「だと、いいんだけど」

「まっ、とりあえず今日は様子見ってところだな」

俺たちはそこまで話すと、示し合わせたように軽く頷き合いそれぞれの机に着席した。周りのクラスメイトたちの話を聞き流しつつ、カバンから教材を取り出し引き出しに収納する。片付けを終え、教壇の上の時計に目をやると、少し時間が余っていたのでスマホを取り出し情報収集の続きをすることにした。

日本で最大規模を誇る某巨大掲示板サイトにアクセスすると、早速複数のダンジョン関連スレッドが立っているのを目にした。えっと……なになに？

《ダンジョンについて語る　Pt．15》

《ダンジョン発見！　我、突入す！　Pt．3》

《ダンジョンやばいっす！　即時撤退許可を！　Pt．2》

馬鹿が馬鹿やったみたいだ。あれだけ入るなって言われたのに、何で入るかな……？　俺は内容を深く見ずに、スレタイ一覧を流し読みしていき……気になるスレを見つけた。

《モンスターの倒し方を考察する　スライム編》

今の俺には、なかなかピンポイントな話題だった。参加者が少なく30ほどしか投稿はなかったが、とりあえず閲覧《えつらん》してみる。内容を見ていくと、ほとんどが最弱モンスターの倒し方を考察するなど無駄という意見が占めていた。倒し方の意見も少数あったが、踏み潰《つぶ》せば倒せるや石でも投げればいいんじゃないか？　という投げやりな内容が多い。

しかし、そんな中で一つ面白い意見があった。

「粘性生物っぽいから塩を撒《ま》けばいいんじゃないか……か。って、ナメクジかよ」

しかし……暴論のように思えるが一理あるかな？　という思いも芽生えた。確かに引き出しの中にいたスライムは水っぽい粘性物体だったしな。うん。まぁダメ元で一応試してみるか。

しばらく掲示板を眺めながらスマホを弄っていると、始業を告げるチャイムが鳴り、担任が教室に入ってきた。没収されたら嫌なので、素早くスマホを制服のポケットに仕舞い姿勢を正す。

「ほら、お前ら！　さっさと席に着け、ホームルームを始めるぞ」

担任の一喝で、ダンジョンについて雑談をしていたクラスメイトたちは自分の席へと戻っていく。生徒たちが自分の席に着いたことを確認した担任は、咳払《せきばら》いを一つ入れ連絡事項を伝える。

「皆も知っていると思うが、今朝の臨時の政府放送で伝えられたようにダンジョンが出現したようだ。まぁ、突然の出来事だから本当かどうか分からないが、悪戯《いたずら》で国がこんなことを放送する理由もない訳だから、事実として対応する方がいいだろう」

担任は疲れたような表情を浮かべ溜息を漏らす。マトモな大人ならそういう反応になるよな。

「あと、今日の6限目に全校集会が行われる。勿論内容は、ダンジョンについてだ」

「先生！　ダンジョンについて、何か分かったんですか⁉」

「いや、分かっていないな」

「「「ええ……」」」

担任の返答に、教室中から不満の声が上がる。

「仕方ないだろ？　俺たちの持っている情報も、お前らとたいして変わりないんだよ。でもな、教育委員会の方からお前らが妙なことをしないように釘を刺しておけという指示が出ているんだよ」

おいおい、裏事情を暴露したぞ、この教師。いいのか、それで？

「まぁ、そういうことだ。とりあえず、全校集会があるということだけは覚えておけ。以上だ」

担任はそれだけ言って、さっさと教室を出ていった。

結局、全校集会での収穫は何もなかった。教師たちは終始、ダンジョンには入るなだとか、ダンジョンを見付けたらすぐに警察に連絡するようにとしか言わない。結局全校集会は担任の言った通り、教育委員会向けの、指示通りに集会を開いたというポーズでしかなかったようだ。

まぁ全校集会の最中に、政府からの警告を無視しダンジョンに入った民間人の犠牲者が出たという話が広まったお陰で、生徒間のダンジョン熱は少し沈静化したように見えた。

「はぁ……」

「どうしたんだ、大樹？　溜息なんてついて？」

「いや、なんでもない」

　裕二に心配されたが、軽く手を振って俺はそれを誤魔化す。学校が終わり家に帰るということは、自室の机の中に出現したダンジョンと向き合うということだ。それを思うと思わず溜息が出てしまう。なんで俺は、こんなことに頭を悩ませなければいけないんだろう？

「そうか。じゃぁ、俺はここまでだから帰り道は気をつけろよな」

「ああ、じゃあ、また明日」

　三叉路《さんさろ》の分かれ道で、裕二は手を振りながら去っていった。

　そして一人寂しく帰り道を歩き、自宅近くのスーパーに立ち寄って、調味料コーナーで1kg 100円ほどで売っていた特売品の塩を1袋購入する。実際にスライムに塩が効くか効かないか分からないが、物は試しだ。

「ただいま……」

　返事がない。仕事で帰りが遅い父さんはともかく、母さんもいないとは珍しい。スーパーでは鉢合《はちあ》わせしなかったが、買い物に出ているのだろうか？　まぁ、いいけど。

　俺は瘴気が漏れ出しているようにしか見えなくなってきた自室に向かい、通学カバンと塩の入ったビニール袋を持って一歩一歩慎重に進む。そして自室のドアノブに手をかけた時、スーパーの特売品じゃなく、神社で清めの塩を貰《もら》ってくれば良かったと少し後悔しつつ、部屋の扉を開ける。何の変哲もない自分の部屋。とてもダンジョンが出現した危険地帯のようには思えない。

そしてダンジョンが消えていてくれるようにと祈りつつ、俺は通学カバンとビニール袋を机の天板に置き、引き出しを開ける。

「……まだいるし」

願いも虚《むな》しく、引き出しを開けると、そこには今朝と変わらないダンジョンが広がり、真下の部屋の中央にスライムが鎮座《ちんざ》していた。粘性の体をウニョウニョ伸び縮みさせながら、存在を主張している。

「まぁ物は試しというし、とりあえず……」

俺はスライムに狙《ねら》いを定め、袋を傾けて塩をダンジョンへ流し込む。塩がスライムに触れると、すぐに効果が出る。スライムは苦しそうに伸縮を繰り返してのたうち回り、次第にその体積を減らしていく。

そして体が元の大きさの半分を下回ろうとした時、中心部にあった黒い球体が砕け散り、光の粒子となってスライムは消滅した。

「……効くんだ、塩。スライムって、ナメクジの同類だったのか？」

予想以上の塩の効果に俺は唖然として、しばらくスライムが消えたダンジョンを凝視し続けた。

そしてダンジョン内をしばらく見ていると、スライムが消滅した地点に再び光の粒子が集まる。

「……なんだ、アレは？　巻物？」

そこには、1本の虹色の紐《ひも》で閉じられた黒い巻物が出現していた。ダンジョン内は巻物が出現した以外に変化はないが……どうしたものか。

「コレは……モンスター討伐《とうばつ》報酬のドロップ品といったところか？　回収はしたいけど、この高さじゃな。って、あっ。そういえば、確かクローゼットにアレが……」

俺は引き出しを開けたままクローゼットを物色し、捜し物を始める。すると、それはすぐに見つかった。俺が取り出したのは、物干し用の伸縮式突っ張り棒と粘着テープ。突っ張り棒を限界まで伸ばし先端に丸めた粘着テープを取り付ければ、即席の巻物回収装置の出来上がりだ。

「よし、出来た。これで上手《うま》くいけばいいんだけど……」

俺は巻物目掛け、慎重に粘着テープ付き突っ張り棒を伸ばしていく。その数秒後、先端の粘着テープに張り付き回収された巻物が俺の手の中に収まった。

「ふむ」

手の中に収まった巻物を注意深く観察するが、特に変わった様子はない。しばらく観察を続けていたが他にすることがなくなり、俺は意を決し、巻物を閉じている紐を解き広げた。

開いた巻物の中は金色で縁取《ふちど》りされた白地に黒いインクで文字ではなく、幾何学《きかがく》的な文様の図形が一面に描かれていた。そして……。

「うわっ！」

意味の分からない代物に首を傾《かし》げていると突然、黒いインクが発光し始める。俺は咄嗟《とっさ》に巻物を投げ捨てようとしたが間に合わず、巻物に書かれた図形が光の粒子に変わり俺の体の中へと入ってきた。俺は焦《あせ》って着ていたＹシャツとアンダーシャツを脱ぎ捨て、光が入り込んできた胸の辺りを触って確認するが……特に異状はない。

「い、今のはいったい……」

やはりダンジョンから出てきたものなんかに、不用意に触れるべきではなかったか。そんな後悔をしながら、俺は脱いだ服を着ようと手で触れると、軽いポップ音とともに視界に何かが映し出される。

名前：学生服（上着）
状態：良
説明：高校指定の制服の上着

名前：Ｙシャツ
状態：可
説明：量販品のＹシャツ

「……はい？」

手が制服に触れると、半透明のゲームの説明表示枠のようなものが現れた。一瞬唖然とした後、目を閉じ、眉間《みけん》を揉《も》んでもう一度見直すが、まだ説明表示枠が浮かんでいる。

「……もしかして、さっきの巻物のせいか？」

このようなことが起きる原因に、思い当たる節は一つしかなかった。先程まで巻物だったものが光の粒子に変化し、俺の体に入り込んだのが変化の原因だろう。試しに、床に放り出した即席回収装置を手に取ると、制服と同じように説明表示枠が浮かんだ。ということは先程の巻物は、ゲームなどでよくある鑑定や解析などのスキルを取得するためのアイテムだったのだろう。ますます、ゲームじみてきたな。

「……もしかして」

ある疑念が思い浮かんだので、俺は回収装置を手放し、自分の胸に手を当てる。するど、予想通りのモノが俺の視界に表示された。

名前：九重大樹
年齢：15歳
性別：男
職業：高校生

レベル：1
スキル：鑑定解析　1／10
HP：15／15
EP：6／10

「……出たよ」

視界に現れた説明表示枠には、俺自身のステータスが表示された。

そして予想通り、スキルという欄には【鑑定解析】というものが記入されていた。先程から視界に浮かぶ表示枠は、まず間違いなくコレだろう。ということは、スキル名の横の数字はゲーム的に考えると熟練度を表す数字なのかな？　熟練度が最大限まで上がると、スキルがランクアップするとかいう仕組みなのだろうか？

説明表示枠の仕様が判明したので、俺はとりあえず他の項目も確認していく。

「レベルか……。今まで現実でレベルが存在するなんて聞いたことないということは、さっきのスライムを倒した時に経験値を手に入れたということになるのか？」

俺は開けっ放しの引き出しを横目で見た後、視線をステータスに戻す。すると、ＥＰと書かれた項目の数値が減っていた。

「さっき見た時のＥＰは6だったのに、今5になっているということは【鑑定解析】スキルを使うとEPを1消費するっていうことか……」

ＥＰの数字が最大値の半分になっているということは、俺はいつの間にか5回も鑑定を行ったということになる。無意識に使用していたとなると常時発動状態……つまりパッシブスキルってことになるのか？　しっかし、オンオフが効かないとなるとこのスキルはかなり使い勝手が悪いな。

確認のため、俺はスキルが発動しないようにと念じつつ押し入れの中の物に触れる。すると、先程まですぐに表示されていた表示枠は出てこなかった。俺はそのまま押し入れの中から座布団を取り出し、今度はスキルを使うよう意識すると、表示枠がすぐに視界に浮かんだ。

名前：座布団
状態：可
説明：低反発素材が使用された座具

発動を意識すると表示枠が現れるということは、俺の意思でオンオフの切り替えが可能なアクティブスキルということなのだろう。俺はもう一度自分の胸に手を当てながら、【鑑定解析】を発動するように意識する。

名前：九重大樹
年齢：15歳
性別：男
職業：高校生
レベル：1
スキル：鑑定解析〈A〉　1／10
HP：15／15
EP：4／10

スキル名の後に、多分アクティブスキルを表すであろうAの文字が追加されていた。つまり、この【鑑定解析】スキルは所有者の認識または知識量によって表示される内容が増減するということかな？　つまりは、このゲーム風ステータス表示も俺の認識や知識から引き出された分かり易い表示方法……ということころだろうか？

あっ、EPの数字も地味に減っているのは、【鑑定解析】スキルを1回発動させるとEPを1消費するという推論も当たっていたみたいだ。

「このスキルを有効活用するなら、今以上に知識量を増やさないといけないということか……」

学生の本分は勉強です……よく聞くこの言葉を実践《じっせん》しなければいけないようだな。まぁ幸か不幸か今の時代、ネット上には百科事典なるものや専門的な知識を扱うページが多数あるので、学ぼうと思えば知識量を増やすこと自体は不可能ではない。気は滅入《めい》るけどな。

俺がステータスを閉じるように意識すると、視界に浮かんでいた表示枠は消える。なんとなくだが、スキルの使い方が分かってきた。

「はぁ」

疲れた。スライムの問題が解決したと思ったら、スキル発現という別の問題が噴出するなんて思ってもみなかった。まぁ、スライムという直接的な脅威《きょうい》が消えた分、物的被害が出ないであろうスキル問題の方が幾分精神的には楽だけど。

俺は問題解決に安堵《あんど》しつつ、クローゼットの扉を閉め、椅子に座り、開きっ放しにしていたダンジョンに通じる机の引き出しを閉めた。

「一応、一部屋しかないダンジョンのボスっぽいスライムを倒したんだから、これでダンジョンが消えていてくれるといいんだけどな……」

出現原因は分からないが、自室にダンジョンが存在しているなど、安全面や精神衛生上、これ以上ないほどに最悪と言ってもいい状況だった。ダンジョンには早々に、消滅してもらいたいものだ。

そして期待の意味も込め、机の引き出しを開け、中を覗《のぞ》いたとたんに俺の体は固まってしまった。何故なら、覗き込んだダンジョンの中には先程倒したはずのスライムが元気に存在していたからだ。

「……もしかして、無限湧きか？」

しばらく放心していたが、いつまでもそうしている訳にもいかず、回転の鈍《にぶ》い頭で状況把握に努めた。その結果、一つの推測として、倒しても倒しても次のモンスターが出現し続ける無限湧きなる現象に思い至った。

そして、もしかすると机の引き出しを開け閉めする動作がリポップのトリガーになっているのではないのか？　といった疑惑が生まれる。

「……確かめてみるか」

まず初めに、ダンジョン内のスライムに対して【鑑定解析】行使するが不発。何故かスライムの説明表示枠が表示されない。結果に首を傾げながら俺は、机の上に放置していた塩の袋を手に取り、先程と同様にスライム目掛けて流し込む。塩に触れたスライムは先程のスライムと同様に苦しそうにのたうち回り、徐々に体の体積を減らしてゆき消滅した。

「コイツも塩で倒せるんだ……」

まだ2匹と事例が少なく確証は持てないが、塩に対する耐性を備えた個体が出現しないことが分かっただけでも大きな収穫と言える。

ただ、スライムに対して鑑定スキルが使用出来なかったのは気になった。

「……今回はアイテムのドロップはなしか」

スライム消滅後5分ほど待ってみるも、先程のスライム討伐後と違い、巻物などのアイテムがドロップすることはなかった。どうやらモンスターを討伐しても、100％アイテムをドロップする訳ではないようだ。

少し残念に思いつつ、スライムが再びリポップするか、机の引き出しを開け閉めして確認してみた。

結果は予想通り、消滅したはずのスライムは当然のようにダンジョン内にリポップしていた。

「無限湧き……引き出しの開閉をトリガーとしてリポップするというのは、確定かな？」

俺は溜息を漏らしながら、リポップしたスライムを倒さずに引き出しを閉じる。

「さてと……」

俺は椅子から立ち上がり、部屋の中央に移動する。そして先程と同様に、自分の胸に手を当てながら【鑑定解析】スキルを使う。

名前：九重大樹
年齢：15歳
性別：男
職業：高校生

レベル：2
スキル：鑑定解析〈A〉 2／10
HP：25／25
EP：11／15

予想通り、スライム討伐によるEXPを手に入れていた。それに伴いレベルが1上がり、HPとEPの最大値が上昇している。ただ、EPが最大値まで回復していないところから、レベルアップ時に全回復するという仕様ではなさそうだ。回復は現状、自然回復に任せるしかないのだろう。そのうち、EP回復薬か、EP回復促進系のスキルが出てくるかもしれないな。

そして地味に、【鑑定解析】の熟練度が上がっている。すると、さっきはなぜスライムに対して【鑑定解析】が使えなかったのか疑問が浮かぶ。

「あっ、もしかして……」

俺は押し入れの中から先程鑑定した座布団を引っ張り出し、再びスキルを使う。鑑定の結果は先程と同様で変化なし。そして今度は座布団から手を離しスキルを使うと、結果は予想通り、何も表示されない。最後に、自分の胸に触れず【鑑定解析】を使う。すると、これも先程と同様に何も表示されない。つまり……

「【鑑定解析】を使うには、鑑定する対象物に接触している必要があるのか……」

なかなかにキツイ制約である。一番使いたい方法である、離れた位置にいる敵に対しての【鑑定解析】が行えないとは……残念だ。だがまぁ、遠距離鑑定が使えないなら、それなりの使い道というものがある。それに……。

「熟練度を上げれば、【鑑定解析】スキルもランクアップするかもしれないな」

【鑑定解析Ⅱ】とかに進化すれば、遠距離での鑑定が出来るようになるかもしれない。まぁ、あくまで自分に都合のいい予想でしかないので、そうなるとは限らないのだろうが。【鑑定解析】の熟練度は、スキルアップが有るか無いかの検証も兼ねて最大値まで育ててみよう。

そのためにも……。

「今のうちに、追加の塩を買いに行くか」

どうもこのダンジョンは、対処法さえ分かってしまえばボーナスダンジョンだったようだ。比較的安全にレベルを上げられ、アイテムを回収出来るんだからな。

俺は制服をハンガーに掛けて私服に着替えた後、念のため、粘着テープで引き出しを開かないようにしてから、財布を持ってスーパーへと向かった。

◆

季節は春から夏、秋へと例年と同じように坦々《たんたん》と移り変わっていく。ダンジョンが出現したからといって、一部を除き俺の高校生活に劇的な変化があった訳でもない。普通に学期ごとの中間や期末といったテストは行われたし、体育祭や夏休みといった学校行事もダンジョンが出現したから何だといわんばかりに恙《つつが》なく実施されたからな。

だがその分、世間はダンジョンが出現してから色々と騒がしかった。日本では民間人のダンジョンへの立ち入りは厳しく規制されているのだが、外国では少々事情が異なる。ダンジョンに侵入した民間人が貴金属や宝石といった高価なアイテムや、入手したアイテムを使い魔法を行使する動画投稿をきっかけに、実益やロマンを求めた多くの民間人がダンジョンに雪崩《なだ》れ込んだのだ。多数の死傷者が出たのは確かだが、ダンジョンから得られたリターンも多かった分、世間はまさにダンジョンブーム一色といった様相を呈《てい》した。

ダンジョンが出現しておよそ半年。遂《つい》に日本国内に出現したダンジョンが、各都道府県ごとに3カ所ずつ民間人向けに一般公開されることになった。政府は各省庁から人員を出しダンジョンの探索者を管理する組織、日本ダンジョン協会を設立。協会の仕事は探索者志望者への安全講習から探索許可資格の発行、協会推奨《すいしょう》武具の販売にドロップアイテムの買い取りと幅広い。協会の本部は霞ケ関《かすみがせき》に設置され、各都道府県の都庁・道庁・府庁・県庁所在地に支部と、一般公開される予定のダンジョンに出先機関が設置されることになった。

そしてダンジョンへの潜行には協会発行の許可資格……『特殊地下構造体武装探索許可資格』が必要で、許可資格の取得には協会が実施する実技講習を受講し、筆記テストで合格する必要がある。協会開設と同時に探索者志望者の申し込みは多数あったが、国は義務教育期間中の15歳以下のダンジョン潜行を許可しない方針であると宣言。これには未成年者のダンジョンへの立ち入り自体を全面的に規制すべきではないかという異論も多く出たが、政府はこれに対し労働基準法上、満15歳以上の者の労働が認められているので職業選択の幅を狭めるような規制をすべきではないと主張した。この発表を境に各諸問題は残れど、日本ダンジョン協会は動き出し、日本のダンジョン攻略が本格化する。

そして、日本ダンジョン協会が設立され『特殊地下構造体武装探索許可資格』……通称『探索者免許』の申請受付が開始されることがニュースで流れた時、俺は朝食を摂《と》りながら向かい側で頬を膨《ふく》らませている美佳に声をかけた。

「美佳、なに膨れっ面をしてるんだ？」

「何って、お兄ちゃん！　私ダンジョンに潜《もぐ》れないんだよ!?」

「まぁ、年齢が届いていないからな」

美佳は今年で中学3年の満15歳、資格試験を受けるには来年の誕生日を待つ必要がある。

「だいたい、お前は受験生だろ？　ダンジョンダンジョンって騒いでるけど、受験対策は大丈夫なのか？」

「うっ！　えぇっと、それは……」

「まずは無事に、高校受験を乗り切ってからにしろ」

美佳は俺の指摘に、視線を逸《そ》らしながら苦々しそうな表情を浮かべ押し黙った。コイツ、中3の夏まで部活に力を入れていたから、勉強は少々苦手のようで今になって四苦八苦しているからな。スポーツ特待を貰《もら》えるほどの成績を大会等で残している訳ではないので、一般入試を受けるしかないんだから、今はダンジョンのことは忘れて受験勉強に集中しろっての。

「そうよ、美佳。あなたこの間の模試の結果でも、志望校の合格判定がギリギリだって言ってたじゃない。お兄ちゃんの言う通り、ダンジョンダンジョン言う前に受験勉強をしなさい」

「うう、お母さんまで……」

「それに、未成年者の登録申請には保護者の同意が必要なのよ？」

母さんにも言われて美佳も渋々諦めたようで、夢も希望もないと言いたげな雰囲気を纏《まと》いながらおとなしく朝食の残りを食べていく。

「まぁ、ダンジョンのことはしばらく様子見でいいんじゃないか？　当分の間は新規参入者同士でごたつくだろうし、協会の方も業務に慣れるまでは手続きなんかで手間取って混雑すると思うぞ？」

「でも、スタートで差がつくと……」

「ゲームじゃないんだ。スタートダッシュは、必ずしも必要ないだろ？」

この妹はどこか危うい。ダンジョンの出現という非現実的な事態に、現実とゲームを同一視していないだろうかと心配になる。現実である以上、死ねばそこまでだ。ゲームのように、ア

イテムや魔法で復活出来る訳ではないんだ。

「ほら、あなたたち。いつまでも喋っていないで、早くご飯食べちゃいなさい。片付かないでしょ?」

そう言われテーブルの上を見渡すと、既に父さんと母さんの皿は空だった。同時に時計を見た俺と美佳は視線を交わし、若干焦るように食事のペースを上げた。

「「ごちそうさま」」

食事を終わらせた俺と妹は少し休憩した後、通学カバンを持って家を出た。

そして俺が教室に到着した頃には既に登校していた生徒たちによって賑《にぎ》わっていたが、教室に入ると自分の席で引き出しの整理をしていた裕二と目が合う。

「おはよう」

「おう、おはよう。今日は少し遅かったな?」

「朝チョットな……」

自分の机にカバンを置きながら、後ろの席の裕二に話しかける。

「どうしたんだ?」

「美佳の奴が、今朝のニュースを見てな」

「ああ、探索免許の申し込みのやつか」

「そう、それ。なんで年齢制限があるんだ! って、不満を吐き出しながら騒いでな」

俺が溜息を吐きながら裕二に事情を話すと、裕二もなんとも言えない表情を浮かべる。

「なるほどな。美佳ちゃんのダンジョン熱は、未《いま》だに冷めていないようだな」

「ああ。来年高校受験だっていうのに、何を考えているんだか」

「まぁ、まぁ。美佳ちゃんも高校に上がれば、少しは落ち着くんじゃないか？　環境が変われば考えも変わるだろうしさ」

「……これでか？」

俺は裕二の顔を見た後、周囲を見渡し、裕二に首を傾げながら尋《たず》ねる。そこには探索者免許の申請を行って、皆でダンジョンに行こうと盛り上がるクラスメイトたちの楽しそうな姿があった。

「何か……すまん」

「いや、謝られてもな……」

目線を俺から逸らし小さな声で謝る裕二の姿に、なんとも言えない沈黙が俺たちの間に流れる。

「大丈夫よ」

そんな俺たちの気まずい空気を打ち砕いてくれたのは、俺の隣の席に座っていた柊さんだった。彼女は呆《あき》れたような眼差《まなざ》しを俺たちに向けながら、手元では1限目の授業の準備をしている。

「九重君の妹さんがダンジョンに興味津々《しんしん》っていう話は聞いていたけど、そんなに心配することじゃないと思うわよ？」

「……どういう意味かな、柊さん？」

柊さんの物言いに違和感を覚えた裕二は発言の意図を探ろうと食いつき、柊さんは冷めた口調で理由を語りだした。

「簡単なことよ。九重君の妹さんが申請資格を得る前に、嫌でも現実を見るはずだから」

「……」

「それって……」

俺は柊さんの言いたいことをなんとなく理解し、裕二も察したのか顔色が厳しくなった。俺と裕二の雰囲気の変化に気づいた柊さんは、失言したと少しバツの悪そうな表情を浮かべ躊躇《ため》らいながらも、小さく息を吐き持論を口にする。

「……今後ダンジョンに入った探索者志望者のうち、少なくない数の人がダンジョン内で死傷すると思うのよ。その中に、妹さんの学校関係者の身内がいる可能性もあるはず」

確かに、ありうる話だ。柊さんの言う通り、おそらくウチの学校の生徒も何人かは既に探索者申請を出しているだろう。俺のクラス内でもこの調子だしな、確実にいる。その申請者の中に年下の弟妹がいて、その弟妹が美佳の学校の生徒である確率は決して低いものではないだろう。故《ゆえ》に、その中の一人でもダンジョンで死傷したと耳にすれば、いくら浮かれている美佳といえども、嫌でも現実を見ることになるはずだからな。

「……柊さんの言う通りになるかもしれないな」

裕二はボソリと同意の声を漏らし、そうだろうなと俺も同意する。

いくら事前に万全の準備をしていても、人間死ぬ時は死ぬ。この比較的平和な日本で、命を奪おうと明確な敵意を向けてくる者と対峙《たいじ》した経験を持つ者などそうはいないだろう。今までは自衛隊や警察等、ある程度そういうものに耐性があり、対応する訓練を受けてきた者たちだけがダンジョンに挑んでいた。それでも、少なくない数の犠牲者が出ていたのだ。そこに、簡単な講習を受けただけの素人《しろうと》たちが、たいした覚悟もなく入ればどうなるか？　考えるまでもない。

俺は不意に、ダンジョンについて盛り上がる教室をボンヤリと眺めた。

「もしかしたら、コイツらの中からも……」

嫌な予感を振り払うが数カ月、いや数日後には想像が現実になるかもしれない可能性があった。すると、同じ結論に至ったのか俺と裕二の視線が交わる。

「止めた方が良くないか……？」

「たぶん……無理だな」

「そうね。おそらく身近から犠牲者が出ない限り、何を言っても戯言《たわごと》扱いされて聞き入れられないと思うわ……」

ダンジョン熱に浮かれる彼らは、今俺たちが口を酸っぱくして警告しても、受け取ってはくれないだろう。何せ、書類一枚出すだけでダンジョン探索という名のファンタジーそのものといえるアトラクションに参加できるのだから。深く、その本質も考えることなく。

「一応言っておくけど、親切心で忠告したところで後々面倒になるだけと思うわよ？　なんであの時、もっと強く俺たちを止めなかったんだ！　ってね」

自身の影響力のなさを儚《はかな》み、苦々しげな表情を浮かべる柊さんの言う通りだ。俺たちが親切心で忠告したとしても、現段階では口煩《くちうるさ》い厄介者《やっかいもの》として扱われるのがオチだろう。

そして、いざ死傷者が出れば自業自得《じごうじとく》な結果のはずなのに被害者面で責め立ててくる光景が目に見えている。

「本当なら、学校側が全面的に規制した方がいいんでしょうけど……」

「バイトに関しては、学業に支障が出ない範囲ならばっていう規定があるだけで、バイト内容に関しては一切決まりがないからね。それに資格が必要とはいえ、探索者業に関しては明確な雇用主がいるっていう訳でもないし、ダンジョン探索は趣味の範囲だって強弁されれば、学校側としても規制のしようがないだろうね」

仮に学校の独自ルールとして定めるにしても、実際に教職員がダンジョン付近に毎日見回りに出て違反生徒たちを取り締まれる訳でもない。必ずダンジョンに潜り込む生徒は出てくる。

「止めようがない、っていうのが実状でしょうね」

「たぶんね。資格取得時に講習があるといっても、ダンジョンというファンタジーを目の前にして浮つく人たちに、数時間の講習で危険な地に行く心積もりまでは教えようがないよ」

　何より、資格制度自体にしても政府からしたら、探索者が死傷した時の責任の所在を明確化させることと、説明責任は果たしたっていうポーズのためだろうな。でもなければ、こんな簡単な資格登録制度にするはずがない。

　車の免許を取るだけでも、最低半月以上は講習や実技が必要なんだから。

「……何も出来ない、ってことか」

「正確には、何もしないかしら」

　胸に溜まった息を吐きながら無力感におそわれている裕二と、諦めからくる冷静さで指摘する柊さん。裕二の葛藤《かっとう》も分かるけど、俺の心情は柊さんの意見寄りだな。結果、なんとも言えない空気が漂い、俺たちは言葉を発することなく佇んだ。

「おーい、ホームルームを始めるから席に着け」

　担任が教室に入ってきたことで、雑談していたクラスメイトらは慌てて席に着く。俺たちはその姿になんともいえない思いを抱きながら、無言のまま席に着いた。もしかすれば、1カ月後には見られなくなる光景かもしれないと思いつつ。

　そして、探索者免許の申請者数は募集初日で万を超えたという。日本ダンジョン協会が毎週日曜日に専用施設開設までの間、各都道府県の国立大学を借りて臨時試験場とすることを夜のニュースが伝え、同時に第1回資格試験を資格制度が発表された週末に行うことも発表された。

各新聞社や雑誌社はこぞって話題性に富むダンジョン特集を組み、テレビではスポンサーの意向を受けてダンジョン探索を煽《あお》るような番組を作る。特集の内容の大半は、ダンジョンで得られるドロップアイテムについてだ。ドロップアイテムがいかに有用で重要物資なのか、いかに高価格で日本ダンジョン協会に買い取られるのかを報じている。あからさまに世論誘導の匂《にお》いがしたのだが、民衆は煽られるままにダンジョンに熱狂し、ダンジョンから大量のドロップアイテムを得たいという政府や大企業の思惑《おもわく》に自《みずか》ら飛び込んでいく。

探索者免許の申請は10代後半から30代前半を中心に増加の一途を辿《たど》り、第1回免許交付試験の受験者数は全国で5万人を超える事態となったらしい。試験結果は、簡単な内容だったこともあり受験者の8割近くが合格。4万人近い受験者に特殊地下構造体武装探索許可資格が発行され、正式に日本最初の探索者たちが誕生した。

紅葉も見頃を迎え、肌寒くなってきた。ダンジョンが民間に開放されて早1カ月、探索者の数は順調に増加し、比例するように多くのドロップアイテムが一般市場にも流通し始める。

しかし、供給は未だ安定せず、ダンジョン産の品々は現在かなりのプレミア価格がついた状態で店頭に並んでおり、希少な回復薬やスキルスクロールは日本ダンジョン協会が開設した専用サイトでネットオークションにかけられ、物によっては目が飛び出るような高額で取引されていた。そのため、探索者の多くはレアアイテムゲットによる一攫《いっかく》千金を夢見て、ダンジョンの奥深くへと積極的に潜っていく。

「で、その結果が死傷者の急激な増加に繋がったと……」

　俺は椅子に座ったままパソコンで、とあるネットニュースを眺めながら溜息を漏らす。大手マスメディアとダンジョンに熱狂する世論に押されたのか、弊害《へいがい》に関する内容は一応記事にしましたよという、ごくごく扱いの小さなものだった。

「ある程度は予想していたけど、見事に乗せられているよな」

　学校帰りに寄った書店に並ぶ雑誌の表紙には、死傷者が続出していることを微塵《みじん》も匂わせることなく陽気なダンジョン特集の見出しが並び、繰り返し特集されるテレビのダンジョン紹介番組はレアアイテムの高額オークションの様子など、景気のいい内容を繰り返し放送していた。

　確かに、〝ダンジョン特需〟と呼べるこの現象により、停滞していた日本の経済が着実に回り始めたことは事実であり、このまま順調に行けば長く続いた不況を脱することも可能と言われている。だがしかし、それは数多くの探索者たちの屍《しかばね》によって成り立っているに過ぎない。

「今は上手く人々の視点をずらしているけど、いずれ冷静になった人たちが現実を直視した時どうするつもりだ？」

　首を傾げながらネットニュースの一つに俺の目が止まる。探索者に対する保険関連の話題だ。

　なんでも探索者向けの保険が未だ整備されておらず、探索者がもともと加入していた既存の生命保険や医療保険では、支払い条件が適応されず保険金が一切給付されないという事態が続出しているらしい。理由の一つに、探索者免許登録の際に同意書とともに提出されている遺書のことが挙げられていた。

日本ダンジョン協会は登録の際、ダンジョン探索は死傷する危険があると説明し、許可証発行にはダンジョン協会に対する死傷時の告訴権放棄の同意書と、万一の際の遺書を協会へ預けるという規則を作っていた。多くの探索者たちは深く考えることなく、協会の規約通りに同意書と遺書を作成し提出している。

「これ、明らかに協会と保険業界は事前に裏で繋がっていたよな……」

保険業界にも官庁からの天下りはいるだろうから、たぶんその繋がりだろう。まぁ、ダンジョン探索者に関する予定死亡率のデータがない以上、下手《へた》に支払いに応じ続けたら保険会社の方が先に潰れる事態になりかねない。新しい保険を作って解決しようにもすぐには無理だろう。データを揃えて探索者向けの保険というものを作るにも、最低でも1年は待たねばならないはずだ。

「本当なら、マスコミもこの辺のことを大々的に取り上げて、探索者志望の人たちによく考えてからダンジョンに行くように訴えかけるべきなんだろうけど……スポンサーの意向ってやつかな？」

ダンジョン特需で景気が上向き、売り上げが伸びてきた企業群が、景気の落ち込みを心配しダンジョン熱が冷めるような記事が載らないように圧力をかけているのだろう。広告収入のほとんどを大企業から得てるマスコミとしては、スポンサーの意向を無視出来ないんだろうけど、根性見せろと言いたい。

「……で、これは何？」

放課後、帰り支度をしていた俺の机の上に1枚の申込用紙が妙な存在感を醸《かも》し出しながら鎮座している。人が疎《まば》らになった放課後の教室で、何故か俺は前後を裕二と柊さんに挟まれ身動きが取れなくなっていた。

「見ての通り、ただの申込書だ」

「役所に行けば、何枚でもタダで貰える普通の申込書よ」

「いや……」

なんでもないといった表情で訴えをスルーする2人に、俺は得体の知れない圧力を感じた。

何せ2人がなんでもないと言い切る申込書は、探索者免許の申込書だ。

「とりあえず、何で2人がコレを俺に渡してくるのか理由を説明してもらえるかな？」

以前から、ダンジョン探索を無謀で下らないものと言っていた2人の変貌理由が俺にはよく分からない。幸い、ウチの学校からは未だ死者は出ていないが、怪我を負って休学している生徒は何人か出ている。そんな状況下で、2人がコレを俺に渡してくる状況がイマイチ理解出来ない。

「まぁ、そうだな」

「まぁ、そうよね」

　2人は自分の椅子に座って、申込書を渡す事情を説明しはじめた。まずは裕二から。

「まず初めに、大樹」

「ん?」

「俺の家が道場をやっているのは知っているよな?」

「ああ、知ってる。何回か遊びに行ったしな」

　裕二の家は武家屋敷のような門構えの家で、敷地内に道場を持っている。結構歴史ある、由緒正しい武術の道場らしい。踏み込んで詳しく聞いたことはないけど。

「うちの道場な、広瀬幽趣流《ゆうしゅりゅう》っていう戦場武術を起源に持つ古武術なんだよ」

「……ん?」

　なんか雲行きが怪しくなってきたような気がする。

「で、俺の爺さん。年が年だから第一線は退《しりぞ》いているけど、うちの総師範《そうしはん》でさ、その爺さんが師範代になる試験として俺にダンジョンに行ってこいって言いだしたんだよ」

「……はい?」

　おい、待て。なんだ、その漫画的展開は?

「なんでって顔をしてるな。俺もいきなり呼びつけられて話を聞かされた時は、同じように思ったよ」

「じゃあ、なんでダンジョンに行く気になったんだよ？」

　俺は不思議でしかたがないといった表情を浮かべ、若干遠い目をしている裕二に尋ねる。

「爺さん曰《いわ》く、うちの流派に限らず武術というものはあくまでも常人が扱うことを前提としたものであり、モンスターを倒すことで身体能力を飛躍的に向上させた探索者という超人が扱うことを想定はしていない。だがこれからの時代、探索者の数は確実に増加する以上、ダンジョンに通うだけでも超人もどきになれる者が大勢出るだろう……だってさ」

「それは……」

　裕二の説明を聞き、俺は思わず人の減った教室を一瞥した。既に教室を出た者の多くは、探索者資格を取り、ダンジョンに潜った経験を持つ者ばかりだ。確かに裕二のお爺さんが言うように、これから探索者は確実にその数を増やしていくだろうなと俺は思った。

「俺が爺さんから受けた説明はまだ続くぞ。ええっと。今は探索者という存在も黎明期《れいめいき》故、超人と呼べる能力を持つ者は少ない。だから今後、探索者の多くはしきりに武術道場やカルチャースクールに通い、既存《きぞん》の武術を習い始める。だがいずれ、超人と呼ばれるに見合う能力を得た探索者たちは気づくはずだ、既存の武術は物足りないと、だったかな？」

「既存の武術じゃ物足りない……か」

　俺は裕二の説明を聞き、思わず机の下で右手を握りしめた。日課のスライム討伐のお陰で、既に俺は裕二のお爺さんが言う、超人に片足を突っ込んでいる。今の俺が手加減なく拳を繰り出せば、コンクリートの壁であっても素手で容易に砕けるからな。

しかも、擦《す》り傷などの怪我を一切負うことなくだ。

「だから爺さん曰く、今がまさに現代の武術にとっての一大転換期だってな。時流から眼を逸らし既存の武術の形に固執するか、探索者という超人にも使える形にブラッシュアップするか……ウチの流派は後者の道を選んだってことさ」

「……なるほどな。裕二んちの流派の事情は分かったけど、それがどうして裕二がダンジョンに行くって話になるんだ？　こういう場合は普通、裕二のお爺さんか、親父さんがダンジョンに行くものじゃないのか？」

裕二の説明には納得しつつ、俺は裕二がダンジョンに行く必然性はないんじゃないか？　と尋ねた。すると裕二は、疲れたように頭を左右に振りながら小さく溜息を漏らして口を開く。

「俺も言ったよ、なんで俺が？　ってさ。そうしたら、親父は爺さんの後を継いでまだ日が浅いから地盤固めの最中で、長期間仕事を離れることになるだろうダンジョン探索をする余裕はないってな。その上、爺さんも本人はまだ元気とはいえ、年が年だから家伝の武術改良という大仕事をしている途中で万一倒れることがあるかもしれないってよ。結果、まだ師範代じゃないとはいえ家伝の武術を一通り修得していて、改良にかかる時間を取れる俺にお鉢《はち》が回ってきたってことさ。跡取りなら、流派の新たな未来の形を作ってみせろって言葉と一緒にな」

「……そっか」

何というか、お腹一杯といった気分だ。身近にこんな濃い設定持ちが隠れていようとは。

俺が疲れたように机に突っ伏すと、今度は柊さんが口を開く。

「なるほどね、広瀬くんがダンジョンに行くのも御家の事情ってことね」

「も、ってことは柊さんも？」

「ええ。まぁ、広瀬くんのような特殊な事情じゃないんだけど」

もしそうだったら、俺は今度こそ意識を彼方へ飛ばす自信があるのでやめてください。

「私の理由は簡単よ。実はうち、飲食店を経営しているのよ」

「飲食店？」

「ええ。ヒイラギ屋っていう小さなラーメン屋なんだけど……知らない？　国道沿いにお店を出しているんだけど……」

「……ああ、あのラーメン屋さんか。あそこ、柊さんちが経営していたんだ」

裕二は心当たりがあるようだが、俺はイマイチピンとこない。

「その顔だと、九重くんは知らないみたいね」

「ごめん」

「別にいいわよ。で、私がダンジョンに潜ろうとしている理由だけど、お父さんが原因なの」

「お父さん？」

柊さんの親父さん、何かやらかしたのだろうか？　例えば、食中毒騒ぎか何かで莫大《ばくだい》な示談金が必要になったとか、口車に乗せられ連帯保証人にさせられ莫大な借金を負ったとか……。

「近くに新しいラーメン屋が出来て、最近客足が落ちてるらしいのよ」

……違ったようだ。

「そのお店ではダンジョン産の食材を使ったラーメンを出すのよ。で、そのラーメン屋にウチのお客さんたちが流れていってしまったの」

「……こういう言い方は悪いけど、飲食店ではよくあることじゃないの？」

近くに同業者の新規参入で既存の店が苦境に陥《おちい》る、割とよく聞く話だ。

「まぁ、そうなんだけどね。常連さんは今までと同じようにうちに来てくれるし、価格帯も違うから共存とまでいかなくても棲《す》み分けはできると思うから、すぐ目の敵《かたき》にして互いに潰し合いをする必要もないんだけど……」

「けど？」

「敵情視察でそのお店のラーメンを食べて帰ってきたお父さんが、俺も探索者になってモンスターを狩ってくる！　そして、うちの店のラーメンにもダンジョン産の食材を使うぞ！　って張り切りだしちゃったのよ」

おいおいおい、敵対する必要もないのにわざわざ相手の土俵に殴《なぐ》り込《こ》むって……。

「ダンジョン産の食材を食べてみて、お父さんの料理人魂に火が点《つ》いちゃったみたいなの」

「そうなんだ……」

あれ？　でもそうすると……と思って柊さんの顔を見上げると、彼女は頬に手を当てながら情けなさそうな表情を浮かべていた。

「まぁ張り切ったままでは良かったんだけど、お父さんったらスープの試作中に中身が一杯の寸胴鍋《ずんどうなべ》を足の上に落としちゃったのよ」

「「うわっ……痛そう」」

柊さんの話を聞き、その場面を思い浮かべた俺と裕二は思わず顔を歪《ゆが》めた。

「結果、お父さんは両足を火傷《やけど》した上に足の甲を骨折。ひと月はギプスを巻かれて病院のベッドの上よ。まったく、何やってんだか……」

柊さんは重い溜息を吐き、頭痛がするとばかりに頭を左右に振る。

「で、料理人のお父さんがお店に出られない以上、お店は閉めるしかないんだけど……」

「今店を休むと、お客さんをライバル店に持っていかれると？」

「それもあるんだけど、他にも問題があるのよ。ウチの店、もともと居抜き物件だったから経年劣化で色々ガタがきてたのよ。で、今年の夏頃に店舗をリフォームしたのよ……ローンを組んで」

「そ、それは……」

つまり柊さん家は今、近隣のライバル店が急激な台頭をし、怪我で料理人が長期間不在になり、リフォームのローンも支払わねばならないという三重苦に陥っているのか。……ヤバくない、それ？

「で、お母さんと話し合った結果、お母さんが入院中のお世話と短期パートに出て、私がダンジョンに潜ってお店の再開までお金とダンジョン食材を採ってくるっていうことになったの」

「えっと……話の流れからダンジョンで一攫千金ってのは分かるけど、食材っていうのは？」

「無論、お店を再開した時に出す目玉商品作りのためよ。今でさえライバル店にダンジョン食材のせいで差をつけられているのに、長期休業明けでお客さんが離れている状態から盛り返そうと思ったら、ダンジョン食材を使った新製品の1つは用意しないと！」

そう言い切る柊さんの目には諦めや悲観といった負の感情はなく、絶対に盛り返して逆転してみせるという意気込みが色濃く見て取れた。

「「……」」

ずいぶんとまぁ、アグレッシブな結論に至ったものだな。テレビかなんかでたまに、釣りが趣味の店主が釣ってきた魚を安価で客に提供するって話は聞くけど……ダンジョンっていうのは、ねぇ？

そしてさらに2人に深く話を聞く中で、俺は二人のダンジョンに対する認識が以前話した時と比べ、変わってきていることに気がつく。二人の家族はマスコミが煽る、政府や企業にとって都合のいい世論誘導を真に受けているようだが、互いに事情はあれど、2人ともダンジョン潜行はマスコミが煽るほど簡単なものではないと認識していた。危ないことだと2人が認識しているのに、強く拒否や反論することなく受け入れているというところに俺は違和感を覚える。これが一度でもダンジョンに潜った後であれば、実体験から2人のダンジョンに対する認識が変わったというのも納得がいくのだが、一度も経験することなく変わるものだろうか？

とそこまで考え、俺は突拍子もなく1つの仮説が頭に浮かぶ。それは、出現したダンジョンの影響で人々の認識がねじ曲げられたのではないか？　ということだ。そう考えれば幾らロマンや利益があるとはいえ、死傷者が出ているのに政府や企業・民間人がこれほどまでにダンジョンに熱を上げ続けるのか納得がいくな。

「そんな訳で私が、役所に申込用紙を取りに行った時に広瀬君と会ったの」

「俺も驚いたよ。何せ、柊さんが申込書を手にして役所にいたんだからさ」

2人は顔を合わせながら、口々にその時の状況を思い出し相槌《あいづち》を打つ。そして話の続きを聞くと、何でもその場で情報交換したところ、共にダンジョンに潜ることになった事実が明らかとなり、一緒にパーティーを組むこともその時に決めていたらしい。だけど……。

「それで、どこをどう辿ればその話が俺の机に置かれた申込用紙と繋がるんだ？」

「もう察しはついてるだろ？　俺たちと一緒にダンジョンへ潜らないか？」

やっぱりそうなるか。ちらりと裕二に向けた視線を動かし、柊さんの様子を見れば期待に満ちた眼差しで俺を見ている。すると、悩む様子の俺に裕二は申込書を渡した理由を話す。

「俺も最初はダンジョンダンジョン言っていたクラスの奴らを誘うかと思ったんだけど、柊さんの意見を聞いてやっぱり大樹を誘うことにしたんだ」

「なんでだ？　このクラスの奴らなら、二つ返事で裕二の誘いに飛び付いてくれると思うぞ？」

「いやいや。さすがに、その選択肢はな？」

「そうね。彼らの普段の様子を見ていると、調子に乗って無謀な突撃をしかねないと思うわね」

クラスメイトに対して、ずいぶんとシビアな評価である。だがダンジョンが出現して以降の彼らの言動からすると、俺も妥当《だとう》な評価だろうと思わなくもなかった。

「出来れば私も組むのなら、考えが近いこの3人でパーティーを組みたいわ」

「俺も柊さんと同感だ。基本的な考えが違ったら、いざという時、バラバラに行動して最悪の状態に陥りかねないからな。撤退すべき状況で、別のメンバーに突撃される……なんて状況は嫌だぞ。だからなぁ、大樹。一緒にダンジョンに潜らないか？」

裕二は真剣な面持ちで俺に対し手を差し出してくる。俺は裕二の手をボンヤリと眺めながら、これが人生の選択の岐路の一つだよなと思った。チラリと柊さんを見ると、裕二と同様に真剣な面持ちで成り行きを見守っている。

俺は思わず教室の天井を仰ぎ見て悩む。俺自身には積極的にダンジョンに潜る理由はない。しかし同時に、ダンジョン探索にまったく興味がないわけでもなく、引き出しダンジョンで向上した力を試してみたいという欲もある。加えて正式に探索資格を取りダンジョンに潜れば、引き出しダンジョンで得た力を誤魔化すことも出来るかもしれないというメリットも……。つまり進むも引くも、全て俺の心持ち一つということだ。

そして少し悩んだ後、俺は結論を出す。差し出された裕二の手を握るという結論を。

「分かった。コレも何かの縁だ、よろしく頼む」

「こっちこそ。無理を言って悪いな」

「いや、ダンジョンにも興味自体はあったんだ。いいきっかけだったと思うよ」

「そう言ってもらえると、誘ったこちらとしては助かる」

そして俺は裕二の手を握ったまま、柊さんの方を向く。

「そういうことだから、柊さんもよろしく頼むよ」

「うんうん。こちらこそありがとう。これからよろしくね」

柊さんも安心したのか、強張《こわば》っていた表情を崩し、ようやく笑みを浮かべてくれた。

まぁこれからどうなるか分からないが、なるようになるだろう。俺は早速申込用紙に目を通しながら、幾分軽い雰囲気になった二人の様子を横目で眺めていた。

⚠ 幕間　壱話　政府の動き

[Interlude]

About the daily life that dungeon had appeared when waking up in the morning

草木も眠る丑三《うしみ》つ時、首相官邸の会議室に臨時招集され、全閣僚《かくりょう》が集まっていた。

「それで総理、臨時招集の理由をお聞かせいただけますか？」

「分かりました……官房長官、説明を」

「はい」

内閣総理大臣に促され、官房長官は臨時招集に至った経緯《けいい》の説明を始める。若干《じゃっかん》、官房長官の顔色が優れないことが出席者たちには気がかりであったが、とりあえずおとなしく説明を聞くことにした。

「本日午前０時、我が国を含め世界各国で特殊な地下構造体が複数出現しました」

「地下構造体？」

「はい。特殊地下構造体……我々は〝ダンジョン〟と呼称しています」

「「「ダンジョン!?」」」

会議室内に、閣僚たちの困惑《こんわく》に満ちた声が上がる。無理もない。

「米国からの緊急連絡でダンジョンの出現を知った我々は、全国の警察に指示を出して確認したところ、事実であるということが判明しました」

「ちょ、ちょっと待ってください！　ダンジョン⁉　官房長官、正気で言ってるんですか⁉」

官房長官は参加閣僚たちに正気を疑われ心外そうではあるが、無理もないといった表情で端末を操作し、設置してある大型モニターに一つの映像を映し出す。

そこには日本国内で発見されたダンジョンが映し出されていた。

「我が国で発見されたダンジョンは14カ所、この数は今後の捜索過程で増加すると見込まれています。現在発見されたダンジョンは全て警察が封鎖《ふうさ》、民間人の侵入を禁止していますが、根本的な解決策は出てきていません」

「……本当に本当なんですね？」

「ええ、残念ながら。確認する限りにおいて、世界中の至る所でダンジョンが出現しています。現在米国を始め、複数の国がダンジョン調査に軍を送り込んでいます。少々刺激的な映像ですがこちらを……」

官房長官は端末を操作し、ある映像を映し出す。

米国から提供された映像にはダンジョン内部に潜行した部隊の複数の隊員が隊列を組み警戒しながら進んでいる様子が映し出されている。しばらく薄暗い石造りの通路を進む様子が続いていたが、映像の端に大型犬ほどの大きさの4足歩行動物が現れた。

「……あれは？」

「見ていれば分かります」

映像にある4足歩行動物は雄叫《おたけ》びを上げた後、猛烈な勢いで部隊に突進する。指揮官の命令に即座に対応した隊員たちが銃撃を開始したのだが、4足歩行動物は複数の銃弾を浴びてもなかなか動きを止めず、先頭の隊員まであと1歩というところまで近付いたが、ようやく力尽き倒れた。

「……これは」

「米国部隊によるダンジョンの内部調査時の記録映像です。映像はあと数十分続きますが割愛《かつあい》させていただきます。ダンジョン内部には他にも複数種の敵性動物が棲息《せいそく》しており、ダンジョン内部に侵入した者を無差別に攻撃してきます。幸い、現在のところダンジョンの外へ出てくる例は認められておらず、中に入らなければ襲われることはなさそうです」

「「「……」」」

会議室内に沈黙が降りた。総理と官房長官を除く誰もが、頭を抱《かか》え込み必死に状況を理解しようとする。

「……ご苦労だったね、官房長官。まぁこれが、君たちに緊急招集をかけた理由だよ」

沈黙を破る総理の言葉で、ようやく閣僚たちは動き出す。

「認めがたいですが、これが現実に起こっていることならば、我々は即座に対応しなければなりません。自衛隊出動の許可を」

　防衛大臣がダンジョンへ自衛隊の出動を具申する。

「そうだとしても、どういう理由で自衛隊を派遣するおつもりですか？　治安出動ですか？　災害出動ですか？　まだ我が国では、ダンジョンによる直接的な被害は出ていませんよ？」

「そうですね。今はまだ、警察でも対処は可能です」

「それに状況が判明する前に自衛隊が不用意に動けば、諸外国に要《い》らぬ警戒をされかねない」

　法務大臣が自衛隊の出動に法の観点から難色を示し、警察庁を所管に置く国家公安委員長と、外交を担《にな》う外務大臣も同意する。

「ウチからもいいですか？　先程の映像から見るに、ダンジョン内には未知の生物がいます。これは防疫《ぼうえき》的な観点から見るに、未知のウイルスの存在を懸念《けねん》せずにいれません」

　厚生労働大臣が小さく手を挙げながら、不用意なダンジョン内の生物との接触を危惧《きぐ》する意見を述べた。

　ダンジョンに関する様々な意見が噴出し、自省の既得権《きとくけん》と、新しく得られるであろう省益を巡って臨時閣議は紛糾《ふんきゅう》する。

　しばらく喧々囂々《けんけんごうごう》のすったもんだの末、ある一つの結論に達した。

「それでは明朝に臨時の政府放送を行い、国民にダンジョンの存在とダンジョンへの立ち入りが制限されることを公表するものとします。異議のある方は？」

「「「……」」」

「ないようなので決定とします。各々《おのおの》ダンジョンに関する情報収集を行ってください、結果は明日の閣議で」

総理の宣言を以《もっ》て臨時閣議は終了し、それぞれ自分たちの仕事を開始する。

そして政府放送があった日から1週間後、再び臨時閣議が招集された。

「……どうだね?」

「良くはないですね。米国の調査部隊を始め、幾つかの国のダンジョン調査隊が壊滅状態に陥《おちい》っています」

「そうか」

深刻な表情を浮かべる総理は、外務大臣の報告を聞いて頭を抱える。

関連各省庁の調整が遅れ、自衛隊を中心にした調査隊の出発が遅れていたのが幸いし、日本の調査隊は無傷ではあるものの調査計画はいきなり暗礁《あんしょう》に乗り上げた形になった。

「調査隊壊滅の原因は判明しているのかね?」

「はい。おおよそですが」

外務大臣に代わり、防衛大臣が調査報告を行う。防衛大臣は手元の端末を操作し、会議室の大型モニターに映像を出す。

「原因は単純に、現用銃火器の威力不足です。米国調査隊が使用していたM4カービンでは、

5階層以降のモンスターの防御を撃ち抜くことが出来ませんでした。結果、モンスターの初撃で指揮官を失った調査部隊は混乱を来《きた》し、組織立った反撃を行えず壊滅に至りました」

モニターには、全身に100発以上の着弾痕《こん》がある熊のようなモンスターの死体が映し出されていた。

「ご存知の通り、ダンジョン内で倒されたモンスターの死体は残りません。この映像は、調査隊の生き残りがモンスターの死体が消える前に記録したものです。つまり、銃弾自体は当たっていたのですが、モンスターに対してはロクに効いていないということです」

「つまり、銃器を用いてダンジョンを攻略することは……」

「無理です。少なくとも、歩兵が持てる銃器程度では火力が足りません」

防衛大臣は調査結果のもと、現用武器でのダンジョン攻略は不可能と断じる。

それを聞いた他の閣僚たちは残念そうな溜息を漏《も》らす。

「そうか。自衛隊の調査隊がダンジョンに潜《もぐ》る前に分かっただけでも、他国に比べ、私たちはまだマシと思うべきなのだろうな」

「はい。ダンジョンの調査を行わない訳にはいけませんが、少なくとも効果的な対処法が見つかるまでは深い階層に潜ることは控えた方が良いかと」

「そうだな。無理に潜って壊滅すれば目も当てられないからな」

防衛大臣の提案に首相も同意する。

「では、ダンジョンの存在を発表してからの世論の動きを、各省庁ごとに報告してもらえるかな？」

「ではまず私から」

国家公安委員長が説明を始める。

「現在ダンジョン発見に全国の警察を動員して捜索中ですが、市民からの通報と合わせ50を超えるダンジョンが確認されるまでに至っております。山岳地帯を含めれば恐らく１００を超える数が我が国の領土内に存在している可能性があります」

「１００……」

「発見されたダンジョンは現在機動隊を中心とした警察によって封鎖されていますが、許可なくダンジョンへ侵入しようとした民間人が既《すで》に数十名逮捕されています」

「他国の、許可なくダンジョンに入った者たちの末路は、ネットや海外の報道で知っているだろうに……」

国家公安委員長の報告を聞いた総理は、遠い目をして溜息をつく。

そして話を締めた国家公安委員長の次に、防衛大臣が報告を始めた。

「現在世界各国、特に先進国では出現したダンジョンに対し軍を送り込み、制圧しようという動きが主流であり、大半を占めていました。ですが、先の複数国の調査隊が壊滅するという一報が流れる度《たび》に、各国の動きは停滞しています。現在は出現したダンジョンの封鎖に注力し、防衛施設の構築に入っています」

「……我が国でもダンジョンの封鎖施設を兼ねた、防衛陣地を構築した方が良さそうですな。報告にあった、侵入者対策にもなりますし」

「はい。陸自の施設科を動かせば、短期間で防衛陣地の構築にかかれます」

「検討してみましょう」

防衛大臣の報告が終わり、経済産業大臣が報告する。

「経団連から、民間へのダンジョン開放を要請されました」

「経団連ですか?」

「ダンジョンから産出されるアイテムに目をつけたようです」

経済産業大臣は手元の端末を操作し、大型モニターに映像を映す。モニターには調査隊がダンジョンから回収した各種アイテムが映し出され、説明が経済産業大臣から文部科学大臣に代わる。

「例えばモンスターを倒した時に得られるこれらの鉱石ですが、成分を分析したところ、鉱石に含まれる含有金属率は全質量の99・9%でした。つまりこれは精錬もしていない原石なのに、純金属塊《かい》と言って差し障《さわ》りがないものとのことです。無論、他のアイテムも分析中ですが、このように驚くような報告が続々と上がっています」

「……」

「恐らく経団連は、これらの情報から、ダンジョンが危険はあるが見返りの大きい宝箱か何かに見ているのでしょう」

「面倒な時につまらない皮算用をしおって……」

両大臣の報告に、総理は頭を抱える。

だが、経団連の要請を完全に無視することも出来ず、かといって即時ダンジョンの民間開放など出来る訳がない。どうしたものかと頭を抱え、今後の舵取《かじと》りに頭を痛める総理に、財務大臣が申し訳なさそうに声をかけた。

「あの、総理。私からもいいでしょうか？」

「……なんだ」

「ダンジョンが出現した土地の地権者から問い合わせが来ています。ダンジョンが出現した土地を国が買い取るということはないのか？　更地《さらち》に出来たダンジョンは課税対象になるのか？　といった、似たような問い合わせが幾つか。総理はどのようにお考えですか？」

「……土地の買い取りについては、いずれ検討しなければならないでしょう。また、ダンジョンが超常現象で出現した以上、課税対象にするのは控えた方が良いと思います。とはいえ、その辺のことはいずれキチンと法を定めて対処した方が良いでしょう。ですよね？　法務大臣」

総理は頭を振りながら財務大臣に見解を示した後、法務大臣に声をかける。

「はい」

「ダンジョン関連特別法の草案作成の検討を行ってください。出来るだけ早く国会審議にかけ、成立させます」

「分かりました。早急に草案を提出します」

「お願いします」

一通りの報告と検討を終え、総理は疲労困憊《こんぱい》になりながら臨時閣議を終了した。

◆

「あのバカどもが！　今が非常時ということを理解しているのか!?」

総理は自分の執務室に戻ると、側近たちを部屋から下がらせた後に不満をブチまけ始めた。

「今はまず、出現したダンジョンをどうにかすることが先決だろうが！　馬鹿な追及をする前に、対案を出せ！」

そして、総理は国会答弁で野党が持ち出した、ダンジョンに入り込んだ民間人が死傷した件を思い出す。

「だいたい、入るなと何度も警告した上、警察が封鎖するダンジョンに強引に侵入し死傷した者たちのことで、何故《なぜ》我々が責任を問われねばならん！　自業自得《じごうじとく》だろうが！」

答弁の場では言えなかった胸の内に溜まったものを、他に誰もいない広い執務室内でぶちまけ荒い呼吸を繰り返す。

　そして胸に溜まったものを吐き出して頭が冷えた総理は、野党が出した提案書に目を通し検討した後、舌打ちをしながら放り捨てた。

「法整備も整っていないのに、ダンジョンの民間への即時開放など不可能だ。それに、完全武装した特殊部隊が警護する調査隊が壊滅しているんだぞ。ロクな装備も訓練もしていない民間人が、ダンジョンに入るなど、現状では自殺と大して変わりない。死体の山で、ダンジョンが埋まるだけだ」

　迷惑極まりない行為だと総理は思った。総理としても、ダンジョン開放を求める世論を完全に無視する気はないが、時期尚早《しょうそう》。最低限の情報と環境を整えるまでは、無闇に開放はしないほうが良いと考えていた。

「いずれはダンジョンに潜る者たちが出てくることは確定している。だがそれは、無秩序《むちつじょ》かつ済し崩しの状況で行われていいものではない。最低限国がサポート出来る態勢を整えた上で、国益に繋がる形でなければ……」

　総理は窓からの光景を眺めながら、ダンジョンの出現で激動の時代へ突入した日本の未来を案じた。

⚠ 幕間 弐話 国外の動き

「 Interlude 」

About the daily life that dungeon had appeared when waking up in the morning

夕日が差し込み始めた、張り詰めた空気が満ちる会議室。

緊張の面持《おもも》ちで会議に臨《のぞ》む者たちの一番上座に座る、米国大統領が重々しく口を開く。

「それで諸君、ダンジョンの状況は？」

「一言で言って、良くありません。突入した海兵隊を中心とする調査隊は壊滅状態、今は確認されているダンジョンの入り口を、州兵によって封鎖《ふうさ》している状況です」

「ダンジョン出現により、一部パニックを起こした民衆が町で暴動を起こし、現在警察が鎮圧《ちんあつ》に出ています。この動きは現在拡大傾向にあり、早急《さっきゅう》になんらかの手を打つ必要があります」

「……」

大統領は溜息を漏《も》らす。早朝、突如《とつじょ》出現したダンジョンにより国内は大混乱に陥《おちい》った。

街中に出現したダンジョンを市民からの通報で知った警察が調査したところ、内部にモンスターと呼ばれる未確認敵性生命体と遭遇し抗戦状態に陥った。警察官は所持していた拳銃でモンスターと応戦、弾丸を全て使い切ったが辛《かろ》うじて勝利を得た。危険を感じた警察官は一旦ダンジョンの外へ引き返し応援を待とうとしたが、そこで後々国内の混乱に拍車をかけさせることになるものを見つけてしまう。モンスターを倒し死体が消えた場所に、黄金色に輝く野球ボール大の金の塊《かたまり》を見つけたのだ。驚いた警察官は本隊到着後、金塊《きんかい》のことをダンジョン入り口に詰めかけていた野次馬から隠しつつ秘密裏に報告したのだが、どこから漏れたのかネット上に金塊のことが流れた。

その後の流れは目を覆《おお》わんばかりのものだった。州兵や警察によって封鎖が上手《うま》くいったダンジョンは良かったのだが、政府が把握していなかった未発見或《ある》いは未報告のダンジョンに民衆が次々に入り込んでいったのだ。

当然、ロクな装備も情報も持っていなかった民衆は返り討ちに遭《あ》い、多くが死傷する事態に陥った。その惨劇を目にした市民による通報を受け、事態を把握した政府は州兵と警察を派遣。ダンジョン近辺には臨時の医療テントが立ち並び、野戦病院もかくやという光景が広がった。

さらに事態は深刻化し、その各地で起こった光景をマスコミが情報不足のまま報道。それによりダンジョンが危険なものだと知らされた市民たちがパニックを起こし、各地で略奪《りゃくだつ》を含む暴動が多発した。しかもマスコミがこぞって暴動の発生を報じるので、負の連鎖《れんさ》は終わらず、警察や州兵による鎮圧作戦もなかなか上手くいかなかった。

「警察と州兵は民衆暴動の鎮圧を。それと並行し、軍にはダンジョンの発見と封鎖を迅速《じんそく》に行ってもらいたい。これ以上混乱が拡大することは、なんとしても防ぎたい。それと、調査隊の再編が終わり次第ダンジョンの再調査を行ってほしい。なんの情報もないと対策の立てようがない」

「「了解しました」」

大統領の指示に、各長官は頷《うなず》きながら了承する。

「では諸君、早急に事態を終息させるとしよう」

地球最強国家の長としての威厳に満ちた大統領の宣言により、臨時対策会議は終了した。

◆

欧州連合理事会と呼ばれる各国の代表が集《つど》う議会では、侃々諤々《かんかんがくがく》の議論が行われていた。

「何故《なぜ》ダンジョンなんてものが出現したんだ！　お前らの仕業《しわざ》か!?」

「知るか！　だいたい、どうやってあんなものを世界中にばら撒《ま》いたっていうんだ!?」

「ほぼ同時に世界中で出現しているんだ、人為的なものである訳がないだろ!?」

ダンジョンなどという想定外の物の出現により、議会は機能不全を起こし何も決められないまま、ただ時間だけが過ぎ去っていく。各国閣僚《かくりょう》たちは苛立《いらだ》ちが募《つの》る一方の会議に飽き飽きし、休憩を入れるという議長の提案に一も二もなく飛びついた。

休憩のため、執務室に戻った某国閣僚は引き出しから本国と直通回線で結ばれた電話を取り出してかける。数コール後に相手が出たので会議の様子を報告する。

「ええ、ですから欧州連合理事会の方には動きはありません。どうやら各国ともにダンジョン出現は予想外の出来事だったらしく、どこかの国が故意に行ったことという訳ではないようです。……ええ、そうです。どの国もダンジョンの現れた理由も原因も知りません。つまり消し方も不明ということです。……はい、引き続き情報収集に努めます」

欧州連合理事会に派遣されている某国閣僚は、引き出しに電話を仕舞い胸に溜まった息を吐き出す。

「こういう状況でも、主導権争いに明け暮れるか……なんともな」

国内のダンジョンは軍や警察が封鎖しているが、既《すで》に民間人が入り込み相応の犠牲者が出ている。幸いダンジョンの外にモンスターが出てくる気配はないが、放置してもいいというものではない。特に国境が複雑に入り組む欧州において、ダンジョンを封鎖するためとはいえ事前に近隣諸国の了承もなく軍を国境付近に展開するなど論外である。

そして、国境付近へ軍を展開することに関する取り決めを行う会議は、醜態《しゅうたい》を晒《さら》し続ける有様。各国ともに言質《げんち》を取られ後々不利になることを恐れ、自分から何かを言いだすこともなく実りのない会議を続けるだけだった。

「今はまだいいが、これからどうするつもりなんだか……。何もないうちに準備だけでも整えておかなければ、即応することなど出来ないのだぞ？」

国境付近に出現したダンジョンは、ＥＵ加盟国内で現在確認されているだけで50を超え増加傾向にある。これらの封鎖作業は地元警察などを中心とした戦力的には貧弱なものであった。万一これらのダンジョンからモンスターが溢《あふ》れ出した場合、被害は人的物的ともに目を覆わんばかりのものになるのが分かりきっている。

欧州理事会の指揮下には〝ＥＵＦＯＲ〟という欧州連合部隊という多国籍軍があり、その軍に国境付近に存在するダンジョンを封鎖させれば話は早いのだが、それを決める事前交渉である連合理事会での話が遅々《ちち》として進んでいない。どこの国もいざという時の責任の所在と、派遣に伴う臨時拠出金のことで頭が一杯なのだろう。

「何事もないことを祈りつつ、もう少しこの茶番に付き合うしかないか……」

再開時間が迫っていたので、執務室に備え付けられている冷蔵庫からミネラルウォーターを取り出し、一気に中身を呷《あお》る。飲み終えたペットボトルを握りつぶし、ゴミ箱に投げ捨てながら某国閣僚は気合いを入れ直し執務室を出ていった。

◆

寒風吹き荒《すさ》ぶロシアの北の大地、ドーム状の建造物の前に大部隊が集結している。多数のテントが張られ、装甲車や戦車が集《つど》い、完全武装した数百名の兵士が並んでおり、その兵士たちの前、設置された演壇に立った少佐の階級章を付けた指揮官らしき人物が演説を開始する。

「これより、ダンジョン制圧作戦を実施する！　目標構造物へ突入後、各分隊ごとに散開し内部を制圧！　制圧後は、科学者による調査チームが調査に入る！　総員出撃！」

指揮官の号令を受け、完全武装の兵士たちがダンジョンへ突入していく。

だが……。

「……そうか、失敗したか」

「はい。A1目標に突入した歩兵一個中隊は壊滅状態。突入しなかった司令部要員のみが残った形で、部隊の再編は不可能です」

「……他のダンジョンへ突入した部隊は？」

「多少の差はあれど、ほぼ同様の被害を受けています」

大統領は補佐官の報告を聞き、頭を抱える。突如世界中で出現が確認されたダンジョン。既に数カ国の軍がダンジョンへ突入したと聞き、後《おく》れを取ってなるものかと国内に出現した幾つかのダンジョンへ軍を派遣した。だが、投入した部隊が僅《わず》かな情報と引き換えにことごとく壊滅したという予想外の報告が飛び込んできた。

「今回ダンジョンへ突入した部隊の被害を合計すると、一個連隊規模の人員を喪失したことになります」

「一個連隊……数千人の兵士が死んだと？」

「はい、残念ながら」

数千人の人員を喪失したという報告に、大統領は意識が遠のく思いがした。大統領就任以来、1度にこれだけの被害を受けた報告など聞いた例《ためし》がなかったからだ。

「ですが大統領、なんの収穫もなかった訳ではありません。コチラを……」

補佐官は1つのケースを大統領の執務机の上に置く。開かれたケースの中に入っていたのは、ソフトボール大の透明な鉱石。

「……これは？」

「ダイヤモンドの原石です。３６７２カラット相当あり、イギリスの保有する世界最大のダイヤモンドの大きさをゆうに超えます」

「!?!?」

大統領は目を大きく見開き、ケースに収まるダイヤモンドを凝視《ぎょうし》した。そんな大統領の様子を見ながら、補佐官は続けて甘言を紡《つむ》ぐ。

「数千人の人員を喪失したことは大変残念な事態です。ですが、このダイヤ一つで経済的損失の補填《ほてん》はできます」

「……」

「幸い、今回の調査隊の残した情報から、ある程度ダンジョンの特性は把握できました。今後の調査は、より安全なものとなるはずです」

「調査を続けよ、と？」

「はい」

大統領は補佐官の進言に悩む。確かにダンジョンから持ち帰ったダイヤモンドによって、失われた人員の補償費用や装備の再購入費用、新規人員の訓練費用は捻出《ねんしゅつ》出来るだろうが、ダンジョンに挑み続けるということは人的資源の継続的損失を意味する。

「それに大統領。ここで我が国だけがダンジョン攻略を諦《あきら》めたとしても、他国はダンジョン攻略を進めるでしょう。そして貴重な品をダンジョンから入手し続けたら、ダンジョン攻略を諦めた我が国だけが後れを取ることとなります」

「それは……マズイな」

「ええ。そうならないためにも、ダンジョン攻略は進めておくべきです」

「……」

そして、大統領は決断を下す。

「ダンジョン攻略を続行する。ただし、万全のバックアップ態勢を整えた上でだ。無駄な人員の損失は避けるように」

「了解しました」

「ああそれと、未発見のダンジョンについてだが……」

「現在軍と警察を動員して探索中です。民間人からも情報が上がってきているので、よほどの僻地《へきち》になければ、数日中にはあらかた確認出来るものかと。詳しくはこちらに」

補佐官は大統領に、捜索中のダンジョンに関する途中経過報告書を渡す。

書類にはダンジョンが出現した場所が記された自国の地図と、都市名の一覧が記されていた。

「これは、多いな」

「現在確認されているダンジョンの数は138。予想では最終的に200を超えることになるかと」

「そうか……どちらにしろこんなにダンジョンが自国領内にあるのでは、何もせず放置する訳にもいかないな。ダンジョンの調査を続行し、有効な対策を立てる必要がある」

「はい。現状では爆破やコンクリートで埋めてしまったとしても、ダンジョンに関する問題がなくなるのかさえ分かりません。下手に対処すれば、さらなる厄災を生むことになるかもしれません。……たとえ犠牲が出ることになるとしても、調査を行わねばならないかと」

僅《わず》か10分にも満たない短い報告会にもかかわらず、大統領は少し老け込んだように見える。

補佐官が執務室を退出した後、大統領は疲れ果てたように椅子の背凭《せもた》れにもたれかかった。

そして……。

「……そうだな。たとえ犠牲が出たとしても、か」

自分に言い聞かせるように、補佐官が口にした言葉を呟《つぶや》いた。

⚠ 幕間　参話　政府の動き2

[Interlude]

About the daily life that dungeon had appeared when waking up in the morning

　最近頻繁《ひんぱん》に開かれるようになった臨時閣議《かくぎ》、その席で総理は手元の資料を見ながら疲れた溜息を漏《も》らす。

「そうですか。第2次調査隊が仮説を実証しましたか」

「はい。仮説のように近接兵装で武装した隊員を中心にモンスターと戦闘を繰り返したところ、隊員の身体能力と装備品に顕著《けんちょ》な差が出てきました」

「身体能力がダンジョン調査前の計測値の1割増しになり、装備品の強度も1割増しにですか……」

　官房長官が暗い顔で、総理に第2次調査隊の結果を報告する。

　第2次調査隊の主目的の一つに、SF作家とゲームクリエーターが提唱したレベルアップ説の検証が含まれており、ものの見事に仮説が正しいと調査隊により実証された。

　第2次調査隊では比較検証のため、従来の銃器で装備を固めたA班と近接兵装で装備を固めたB班に分けられ、無理をしない範囲でダンジョン潜行を行ったところ、A班の銃器による攻撃が表層階層で効かなくなり始め撤退したのに対し、B班によるダンジョン潜行は順調に進んだ。

そして、銃器による攻撃が完全に通じないモンスターも、B班が装備する近接兵装で問題なく討伐《とうばつ》に成功。後の調査で、このモンスターを討伐するのに必要な銃弾の威力を検証したところ、20㎜以上の火砲が必要との結果が出た。とてもではないが、ダンジョン内を徒歩で移動する歩兵が運用するようなものではない。

「これらのことから、ダンジョン内での戦闘行為には銃火器等の飛び道具ではなく、剣や槍《やり》などの近接武器が有効だと判明しました。そして、ダンジョン内でモンスターと戦闘することで外的要因による身体能力向上現象……レベルアップが存在することも」

「レベルアップ……つまり民間にダンジョンを開放し、ダンジョンに潜《もぐ》る者が増えたら」

「時とともに、既存《きぞん》の者とは桁違《けたちが》いの身体能力を発揮する者たちが出現することになります。これは、治安維持に関して重大な問題が発生することになるかと」

総理の脳裏には、レベルアップを果たした者が力に酔って暴走する様が思い浮かぶ。取り押さえようとする警察官を押しのけ被害を拡大させ、最終的にやむなく射殺される犯人の姿が。

「……出来れば、民間への開放は避けたいですな」

「……ですが総理。民意はダンジョン開放に傾いており、国内各企業もダンジョンの開放路線を支持しています。諸外国も、ダンジョンの民間開放の動きを見せている以上……」

「分かっています。現状で民間開放は不可避でしょう。ですが、少しでも開放期日を遅らせることが出来れば、一応の治安対策を整える時間を捻出《ねんしゅつ》出来るはずです。例えば、特殊部隊や機動隊の精鋭を民間に開放する前のダンジョンに潜行させ、レベル的に優位に立った対応部隊を創設するなど……」

「はい。至急対応策を検討し、出来るだけ早期に実現出来るように努力します」

総理と官房長官はいずれ起きるであろう国内の治安問題に頭を抱《かか》えながらも、どうにか対応出来るようにと手を尽くすことを確認し合う。

総理は痛む頭を振りながら、次の議題に移る。

「それで……文部科学大臣。例のものの2次分析結果は？」

「はい、既《すで》に終了しています」

多発する問題で疲れ気味の総理の問いに、文部科学大臣が申し訳なさそうにある資料を読み上げ始める。

「第1次、2次調査隊がダンジョンからともに持ち帰った物品。ここではドロップアイテムと呼称しますが、その中の一つ、コアクリスタルと呼ばれるものの第2次分析結果が出ました。このコアクリスタル、1次分析作業中にある特徴が発見されました。極めて硬質ながら、水に浸《つ》けると熱を出すという性質です。当初、この性質は酸化カルシウム……生石灰《せいせっかい》と同じ性質と思われていました。ですが、このコアクリスタルを詳しく分析したところ、もう一つ特異な特徴が発見されました」

文部科学大臣はひと呼吸、少しの間を入れ、検査結果を口にする。

「……水中で熱量を放出した後に重さを測ると、水の成分を変化させずに軽くなっていたのです」

会議室内には文部科学大臣の言う意味がよく分からず首を捻《ひね》る者と、意味を察し顔色を変え絶句する者に分かれた。前者のうちの一人が質問を口にする。

「つまり、どういうことなのですか？　わざわざ成分に変化がと言う以上、水に溶けたという訳ではないようですが……」

「……自身の質量を熱量に変換する現象……これは質量をエネルギーに変換する核融合や核分裂によって生じる現象と同質のものです」

質問した大臣は表情を凍りつかせ動きを止め、文部科学大臣はさらなる驚愕《きょうがく》すべき情報を開示する。

「さらに詳しく調べたところ、このコアクリスタルはまさに自身の持つ質量を熱量へと変化させていました。変換効率はほぼ１００％、これは反物質に準ずる性質です」

今度こそ会議室内にいた者たちの顔色が全て蒼白《そうはく》に変わり、会議室内の空気が凍りついた。

「ちょ、ちょっと待ってください！　反物質に準ずる!?　何でそんな危険物が!?」

「爆発したら核以上の代物《しろもの》ですよ!?」

「……」

「おい！　なんとか……」

「静かに」

冷静さを失った大臣たちによって、大騒ぎになる会議室。文部科学大臣はこうなることを予想していたのか、目を伏せ沈黙を保つ。その態度に苛立《いらだ》ち、大臣たちがさらなる詰問の声を上げようとした時、今まで静観していた総理が有無《うむ》を言わさぬ声で場を鎮《しず》めた。

「文部科学大臣、続きを……」

「はい。確かにコアクリスタルの持つ質量が瞬間的に熱量に変換されれば極めて危険ですが、コアクリスタルが質量を熱量へと変化させる変換速度はごくごく遅いものです。たとえドロップしたコアクリスタルが水に触れても温かいかな？　と感じる程度で、瞬間的に質量が熱量に変換されることはまずありえません。まさにファンタジー物質ですね」

文部科学大臣は資料を片手に、安全であると断言した。その宣言と同時に、会議室の空気が安堵《あんど》の息とともに緩《ゆる》む。だが……。

「ですが、何事にも例外はあります」

その文部科学大臣の一言で、再び会議室内の空気が緊張する。

「確かにこのコアクリスタル、ドロップした状態では遅い速度でしか熱量に変化しませんが粉末状……ナノ粒子状になると話が変わってきます。ナノ粒子サイズに微細化されるとコアクリスタルは、熱変換速度を急激に上昇させます」

「それはもしかして……爆発する可能性が？」

「いえ。急速に熱量を発生させるようになりますが、爆発の可能性はほとんどありません」

その言葉に、会議室のあちらこちらから安堵の息が漏れる。

そして1拍間を置き、あることに気がついた経済産業大臣が席を立ち、文部科学大臣に震える声で問い質《ただ》し始める。

「文部科学大臣、もしやこのコアクリスタル……」

「はい。水に触れ続けている限り、自己質量を消失させるまで熱量を放出する……エネルギー資源として十分使用できます。それも、原子力とは比べものにならない力でありながら安全かつクリーンに」

「!?!?」

会議室内が歓喜に揺れる。

「それは、エネルギー革命が起きるということではないですか！」

「しかも、必要な物資が国内で調達可能になる！」

「安定供給が実現すれば、エネルギー資源の海外依存《いぞん》度が大幅に減らせますな！」

エネルギー資源を輸入に依存している状態を苦々しく思っていた閣僚たちは、年々上昇するエネルギー需要に対する解決策の出現に小躍りする。原子力事故で国内の原発が停止し、不足する発電力をカバーするため、化石燃料発電への依存度が上昇しエネルギー資源の輸入量が急増している昨今、原子力や化石燃料に代替可能なエネルギー資源の出現はまさに天佑《てんゆう》だった。

「安価なエネルギーが安定供給可能なら、現在節電のために生産設備の稼働率を落としている企業群も息を吹き返します！　製造時のエネルギーコストを落とすことが出来るのならば、安価な海外の製品とも対抗可能になるはずです！　不況を脱するきっかけにもなる！」

「そうなれば税収も増大し、予算不足でストップしていたプロジェクトも開始出来る！」

「新規の高速道路や鉄道路線の交通インフラが整えば、さらに人の動きも活性化し地方経済も活性化する！」

経済産業大臣が物凄《ものすご》い笑顔で不況脱出をほのめかし、財務大臣は増えるであろう税収の皮算用を始め、国土交通大臣は巨額プロジェクトの承認を夢想する。

こうなると、もう止まらない。

各大臣はダンジョン出現によってもたらされるデメリットに頭を抱えていたことはとうの昔のこととし、ダンジョンから産出されるであろう利益を確保しようと思惑《おもわく》を巡らせ始める。

だがそこに、浮《うわ》つき始める大臣たちに冷水をかけるように総理が文部科学大臣に問う。

「それで、ダンジョンから得られたコアクリスタルの量は、如何《いか》ほどなのですか？　あまりに少なければ、エネルギー資源としては……」

期待と不安に満ちた総理の問いによって、各大臣は冷静さを取り戻す。コアクリスタルの産出量が少なければ、全ての思惑は御破算になるのだから。総理の問いを耳にした各大臣たちは、期待と不安の籠《こも》った鋭い視線を文部科学大臣に向ける。

「現在、第1次・第2次調査隊によって確保されたコアクリスタルの総量は10個。ビー玉サイズの大きさで、1つ10gほどの重さがありますので全部で100gほどです。この量でも石油換算でも21万トン相当、石油備蓄タンク2・5基分に当たるエネルギー資源になります」

「……調査隊がダンジョンに入った実働時間は？」

「両隊合わせて5時間に及びません」

この文部科学大臣の報告に、閣僚たちの顔に喜色が浮かぶ。総理は軽く頷いた後、経済産業大臣の方に顔を向けた。

「経済産業大臣」

「はい」

「コアクリスタルを使った新規発電所を建設するには、どれくらいかかりますか？」

「そうですね……」

総理の質問に少し考えた後、過去の事例を参考におおよその期間と費用を述べる。

「実験炉の建設から商業炉の実用運転までおよそ10年、2000億程度とみてもらえれば良いかと」

「10年……ですか」

「はい。原発技術や火力発電技術を応用すれば、新発電に必要な技術の確立のための期間は短くなると思うのですが、発電所を建設するための用地買収などに10年はかかるかと」

会議室内に溜息が漏れる。ダンジョンの民間への開放を不安視する声を一蹴するための世論に向けたメリットの提示であり、即効性のある不況対策のカンフル剤として新方式の発電方法を表に出したいのに10年という期間は長すぎる。10年一昔、10年後に完成してもそれでは時機を逸し手遅れなのだ。

それに10年もあれば、現在エネルギー資源を牛耳《ぎゅうじ》っているオイルメジャーや産油国等も、コアクリスタルが自分たちの利権を脅《おびや》かすエネルギー資源だと気がつくだろう。そうなればコアクリスタルの利用に制限をかけてくるはず。相手が気づき行動に出る遅くとも1年以内には、コアクリスタル発電に成功したという事実を世界的に発表する手を打たねばならない。

石炭から石油に切り替わった際、世界中で起きた栄枯盛衰《えいこせいすい》を経験している以上、既得権益《きとくけんえき》に固執する輩《やから》が妨害してくる可能性が大いにあった。

「何とかならないか？」

「と、言われましても……」

総理の懇願《こんがん》するような眼差《まなざ》しに、経済産業大臣は気まずそうに顔を逸《そ》らす。何とかと言われても、どうしようもないというのが経済産業大臣の本音だった。

他の閣僚たちも実用化に10年と聞き、絵に書いた餅《もち》だったかと失意の底に沈み始めていた。

しかし、そこに……。

「あっ……」

「どうした？」

「えっと、あの……素人《しろうと》考えなのですが、地熱発電ではどうですか？」

「……地熱？」

小さく声を上げた農林水産大臣が、素人考えと前置きした後、おずおずと持論を話す。

「勿論《もちろん》、地熱発電そのものを使うというのではなく応用です。コアクリスタルを水に浸けると発熱するということは、逆に貯水プールにコアクリスタルの粉末を入れれば水は熱水に変化し蒸気が発生するということですよね？　ならば、最近ゲリラ豪雨対策で多数建設している取水立坑のようなものを建設し、濾過《ろか》フィルターを通した水量の多い川の水とコアクリスタルで蒸気を発生させ、汽力発電をすればいいのではないかと……？」

「「……」」

農林水産大臣が自信なさげに話を締めると、会議室内に沈黙が落ちる。ただしその沈黙は、期待ハズレから来る失望の沈黙ではなく、もしかしたらいけるかもという期待からだ。

総理と不安顔の農林水産大臣を除いた閣僚たちは、視線でお互いの意思を確認し、各々《おのおの》提案を出し始めた。

「いけるかね？」

「検討する価値はあるかと。地熱発電の技術はある程度確立していますので、蒸気を発生させることが出来るのなら……」

「発電所建設の候補地は水量の豊富な河川の傍《そば》の国有地を見繕《みつくろ》いましょう。それなら土地買収の手間が省けます」

「今までの例からすると、立坑《りっこう》と発電施設を合わせても工費は５００億程度に抑えられるはずです」

「各法的手続きに必要な作業は、うちの方で進めます」

「至急、ダンジョン潜行経験者を中心に、第３次調査隊の編制を始めます」

期待に胸を膨《ふく》らませ、活き活きと各々の仕事へと動き出す大臣たち。そんな姿を見た総理はほんの一瞬、躊躇《ちゅうちょ》するような表情を浮かべた後、各大臣たちに指示を出す。

「では、各自迅速《じんそく》に動いてください。時間との勝負になるはずです」

臨時閣議を終え、閣僚たちが出ていったドアを眺めながら総理は、ポツリと胸中に渦巻く不安を誰にも聞こえない大きさの声で呟《つぶや》いた。

「……もしかしたら私は、危険な引き金を引いたのかもしれんな」

総理の漏らした不穏な響きを感じさせる呟きは、誰もいなくなった会議室に静かに溶けて消えていった。

この臨時閣議の2カ月後、24時間作業の突貫《とっかん》工事で利根川《とねがわ》近郊にコアクリスタル発電の実験施設が建設され、早々に試運転が行われた。どうにか体裁《ていさい》を整えました感で溢《あふ》れる有様であるが、日本最初のコアクリスタル発電試験が開始される。

調査隊が交代で潜《もぐ》り確保したコアクリスタルをナノ粒子状に粉砕し、1g単位で水溶性カプセルに封入した燃料カプセルがボイラー内に投入された。所定位置にカプセルが到達した十数秒後、水溶性カプセルが崩壊し、コアクリスタルと水が反応を始める。微細化されたコアクリスタルは淡い光を発しながら自己質量の熱量変換を開始、周囲の水を熱湯に変えていく。反応開始数秒で蒸気が発生し、蒸気タービンが回転を始め発電を開始した。

発電量はみるみるうちに上昇し、発電機の定格出力である100万kWhを記録、安定運転のため蒸気量を調整するため、発電に使う量を上回る余剰蒸気が大気中へと豪快に放出されていく。

それを見た試験運転参加者たちは新しい時代の幕開けを予感し、高揚感に包まれていた。

⚠ 第二章　探索者を目指して

[Chapter 2]

About the daily life that dungeon had appeared when waking up in the morning

裕二《ゆうじ》と柊《ひいらぎ》さんの誘いに乗って申込書を提出してから2週間後、試験会場の国立大学に来た俺たちは講堂に集まる人の多さに軽く気圧《けお》されていた。

受験者の年齢層はバラバラ、老若男女区別なく幅広く集まっている。

「結構な人数が来ているな」

「それはそうだろ。今の日本で、一番人気がある資格試験だぞ？」

「既《すで》に何回か試験は行われているから、これでも最初よりはだいぶ減っているはずよ？」

数百席ある講堂の椅子の7割がたが人で埋まっており、俺たちはそれぞれ受験番号が振られた席に着く。

そして入り口で配布されたパンフを見ながら待っていると、講壇に講師らしき人物が立った。

「講習開始まであと5分です。席を離れている受験者は、自分の席に着いて講習開始時間まで待機していてください」

講壇に立った講師が設置してあるマイクを使って受験者に注意を促し、講堂にチャイムが響くと、講師の挨拶《あいさつ》から資格取得講義が始まった。

「皆さん、おはようございます。この講習の講師を務める山元《やまもと》です。本日は、特殊地下構造体武装探索許可資格交付試験の事前講習にお集まりいただき誠にありがとうございます。さて、本日、講義する内容は大まかに分けて2つです。探索者が覚えておくべき法律関係の講義、ダンジョン内で得られた教訓をもとにした事前情報の講義です」

インテリ学者風の山元講師が端末を操作するとプロジェクターが作動し、講壇の後ろ壁に第××回探索志望者講習会と銘《めい》が打たれた映像が映し出される。

「まずは法規関連の講義から行います。テキストの1ページ目を開いてください」

講堂内に一斉にテキストを捲《めく》る音が響く。

「まず初めに、試験に合格し、探索者になった皆さんに直接関《かか》わる法律である〝ダンジョン関連特別措置法〟についての説明です。詳しいことはテキストに記載してありますので、簡単に。まず第1に、ダンジョンに潜行出来る者は特殊地下構造体武装探索許可資格を持つ者に限る。第2に、銃砲・刀剣類の所持及び魔法等の攻撃性のあるスキルの使用を許可する。第3に、ダンジョン内で取得した物品の所有権は国家に帰属し、取得者には金銭において適切な報奨《ほうしょう》が与えられる、です」

山元講師は前に突き出した指を折りながら、大きな題材を3つ上げる。ひと呼吸間を置き、講堂内を見回したあと各項目の簡易的な説明を行い始めた。

「1つ目について説明します。これは当然のことですが、ダンジョンはモンスターの棲息《せいそく》する危険地帯です。ですので、現在ダンジョンは国家の管理のもと、無資格の一般人の立ち入りは制限されています。このため、民間に開放するにあたり特別な資格を新しく創設しました。それが皆様が受験している、特殊地下構造体武装探索許可資格です。この資格を保持する者たちのことを指し、ダンジョンに挑む者を『探索者』と呼びます」

山元講師の説明に特に異論はないのか、受験者たちから質問が上がることはなかった。

「次のページを開いてください。2つ目です。これは探索者がダンジョン内でモンスターと戦う時に使用する、剣や槍などの武具やスキルに関する規定です。探索者にはダンジョン内に限り、武具やスキルの使用が許可されています。無論、ダンジョン外で武器や攻撃性があるスキルを使用した場合は、通常の銃刀法に抵触し犯罪者となるので注意してください。そして、武具の保管やダンジョン外での移動に際しても規定があります。武具の保管には、鍵がかけられる頑丈なロッカー等に保管し、保管する武具の種類と個数そして保管場所を日本ダンジョン協会に申請する必要があります。登録外の武具を保有または保管していた場合、銃刀法に抵触しますので登録は確実に行ってください。そしてダンジョンから産出されるスキルスクロールと呼ばれるアイテムで修得可能な特殊技能、通称『スキル』についてですが、ダンジョン内での魔法等の攻撃性があるスキル使用にはなんら制限はありません。ですが、ダンジョン外でスキルを使用し法に触れるようなことを行った場合、通常の刑法犯罪より量刑が重くなります」

テキストには、保管ロッカーや武具の保管登録書の参考イラストが載《の》っていた。

「武具を持ち、移動する際にも規定があります。武具を運ぶ入れ物は、一見して中身が分からないようにする必要があります。そして移動の際、警察官に職務質問される場合もあります。その場合、警察官の指示に従いながら、特殊地下構造体武装探索許可証を呈示してください。万一、特殊地下構造体武装探索許可証を携帯していなかった場合は警察官に一時的に拘束されることになりますが、拘束された場合は抵抗せずに交番や警察署に同行してください。ダンジョン協会に問い合わせ、照会が取れれば仮の許可証が発行され解放されます。もし抵抗し警察官に怪我《けが》などを負わせてしまうと、公務執行妨害や傷害罪に問われますからね」

許可証を呈示しなかったら身柄を拘束されるという、山元講師の説明に講堂内が少しざわつく。そんなざわめきを眺めながら、俺は殺傷能力の高い危険物を携行するんだから当然の措置じゃないかな？　と思った。武器を持ってモンスターとダンジョンで戦うというものが大半の探索者志望者たちが持つイメージだったのだろうが、ゲーム等ではこの辺の描写はまずないだろうが現実で同じことをやろうと思えば色々と煩雑《はんざつ》な手続きが必要になる。

「それでは、次のページを開いてください。３つ目の説明を行います。これはダンジョンが国の所有物であり、ダンジョンから産出する物品の所有権が国にあるということを明記した項目です。探索者がダンジョン内でモンスターから得た物品を一旦、日本ダンジョン協会で買い取り産出物の管理を行うための規定であります。基本的にダンジョンから産出する物品は、自衛隊が持ち帰り検査を終えた一部の確認済みのものを除き、未検査なものが多いです。安全確認が出来ていませんので、未検査のものが一般市場に出回ることを防ぐ意味合いがあります。皆さんも、新種のキノコが毒物か食用か分からない状況で、食卓に上がることはない方がいいですよね？」

ドロップアイテムを国が全て回収するという説明に、受験者は抗議の声を上げげそうになったが続く山本講師の譬《たと》え話で沈静化した。国としては、ダンジョン産のドロップアイテムの流通を管理下に置いておきたいという思惑《おもわく》も窺《うかが》い知れる規定だ。

「ダンジョン協会が買い取る物品は、原価相場に従った金額が探索者に支払われます。この原価相場は協会のホームページで公開され、随時《ずいじ》更新されていますので適宜《てきぎ》確認してください。探索者に支払われる報奨金は基本的に買い取り時に所得証明を発行後、探索者登録時に書類に記載された口座に振り込まれます。皆さん、年度末の確定申告等はちゃんと行ってくださいね」

確定申告と聞き、少しザワめきが起きるがすぐに沈静化する。

「尚、未確認の物品の場合、安全確認等の終了後、オークション等に出品し査定額を算出後に支払いが行われるため、支払いにひと月近い遅れが生じる場合があります。また、取得物が毒物等危険物の場合、通知後ダンジョン協会の方で廃棄《はいき》処分にするため、破棄通知のみで金銭が支払われない場合があります」

未鑑定の品なら、検査にその程度の時間はかかるか。物によっては年単位の時間がかかるものがあるだろうし。取得したものが危険物の場合は……処分費用が請求されないだけマシだと思って諦《あきら》めた方がいいな。

「そして、最後に重要なことをお伝えします。ダンジョン内で取得し持ち帰った物品は全て、ダンジョン側《そば》にあるダンジョン協会出張所に持ち込んでください。故意に取得物を隠匿《いんとく》したり、引き取り手続きもせず取得物を持ち帰ってしまった場合、窃盗罪《せっとうざい》が適応される場合があります。尚、ダンジョン内で取得した未提出のアイテム類に関してですが、ダンジョン内での使用に限り特に使用制限はありません。ですが、使用したことにより生じた不具合の責任は全て使用者に帰しますので、よく考えた上で未鑑定のものを使用するかしないかを決めてください」

これには講堂内が大きくどよめいたが、山元講師は予想していたのか慌《あわ》てることなく受験者たちが静かになるまで黙って佇《たたず》んでいた。

そして数分待ちザワめきが治まった頃を見計らい、山元講師は説明を再開する。

「大前提として、ダンジョンに関する全ての所有権は国にあります。これには万が一、モンスターがダンジョンから市街地へ進出し、探索者ではない一般市民に危害を及ぼした際、国が責任を以《もっ》て保障するための措置です」

確かに、山元講師の言う通りだな。万が一の時、責任の所在をハッキリさせておくのなら、ダンジョンに関する全てを国が所有しているとした方がいいだろう。

「ですので代わりに、探索者の方にはダンジョン産の物品を市場価格でなく、協会から直接格安購入出来るという権利があります。つまり、ダンジョン協会に買い取られた物品を買い戻すことが可能です」

つまり、ドロップアイテムは一旦ダンジョン協会に買い取られるものの、報奨金の支払いを金銭による支払いかドロップアイテムの買い戻しによる現物支給か選べるということだな。名目上の売買の手続きをした上で。他の受験者も俺と同じ考えに納得したのか、この説明に文句は出なかった。

そして、山元講師がプロジェクター画面を消しながら講習の締めに入った。

「現在分かっているダンジョン内部に出現する各モンスターの特徴とトラップの種類については数が多いのでこの場での説明は省略させていただきますが、テキストに詳しく書かれてありますので各自熟読し把握しておいてください。ではこれで、特殊地下構造体武装探索許可資格交付試験事前講習を終了とします。筆記試験開始は20分後、トイレや休憩を取り時間までに着席しておいてください。試験中に途中退席した場合、再入場は出来ませんので」

連絡事項を伝え終えた山元講師は、手早く手元の資料を片付け、講堂からあっさりと退出していった。俺は忠告に従い、テキスト片手に講習で聞いた内容と照らし合わせながら、筆記試験開始時間までの時間を過ごし、筆記試験に臨《のぞ》んだ。そして……。

「時間です。筆記具を置いてください。解答用紙と問題用紙を試験官が回収しますので、そのままで待機していてください。お疲れ様でした、筆記試験はこれで終了です。この後の予定ですが、昼食と休憩を挟んだ後、運動着に着替えてAグラウンドに集合してください。更衣室は指定の場所を使用してください。13時半からAグラウンドで実技試験を行います。時間に遅れないように集合してください。では以上で午前の部は全て終了です、解散」

テスト用紙を回収した試験官たちはさっさと退出していった。やっぱり試験というものはなんであれ、気疲れするなぁ。

そして昼食と着替えを済ませグラウンドに出て3人で無駄話をしながら待っていると、スピーカーから声が響いてきた。

「あと5分で特殊地下構造体武装探索許可資格交付試験、実技試験を始めます！　受験者の皆さんは、朝礼台が見える位置に集合してください！」

その放送を聴き、グラウンドに散っていた受験者たちが続々と朝礼台周辺に集まってくる。

「時間になりましたので、実技試験を始めます。私たちはこの講習を担当する、講師の坂牧《さかまき》と神谷《かみや》です」

体育教師のような鍛えられた体格の坂牧講師と優男《やさおとこ》ふうの風貌の神谷講師の挨拶で、実技試験が始まった。受験者たちの表情は、期待半分不安半分といった面持《おもも》ちだ。

そして坂牧講師指導のもと、入念に準備運動をすませると実技試験が始まる。

「では、これで準備運動を終わります。次は受験者を2つに分け、トラップ突破試験とモンスター対処試験を行います。午前中、座学講習で学んだことの実践《じっせん》です。講習の内容を思い出しガンバリましょう」

　坂牧講師は笑顔で、なかなか酷なことを言ってくる。トラップ突破やモンスターの対処など、一部の例外を除き講習を聞いただけで出来るはずがない。って、そうか。受験者に痛い目を見させ、気を引き締め直させることが目的なのかな。

「では1～200番をA班とし、トラップ対処試験に。201～387番をB班とし、モンスター対処試験を行います。両班全員が終えたら、内容を交代します。では、A班は私に付いてコンテナの前に、B班は神谷講師に付いてピッチングマシーンの前に分かれてください」

　受験者たちはぞろぞろと、坂巻講師に指示された通りに移動を開始する。

　そしてピッチングマシーンの前にB班が集まると、神谷講師が試験内容を説明し始める。

「それでは、B班の皆さんにこれから行ってもらうことは、ピッチングマシーンから打ち出されるこのゴムボールを避けてもらうことです」

　神谷講師はゴムボールを指先で潰《つぶ》しながら、説明を続ける。

「ピッチングマシーンのスクリーンにはダンジョン内部の様子と一階層に出現するモンスターの姿が映し出されますので、襲ってくるモンスターに見立てたゴムボールを回避するか打ち落としてください。ゴムボールは1人、10球ずつ打ち出されます。尚、球速は遅いですが安全確保のため、この野球のキャッチャーマスクとプロテクターを付けてもらいます。では、それぞれの列が均等になるようにピッチングマシーンの前に移動してください」

　B班の受験者たちはざわつきながらも、指示された通りピッチングマシーンの前に並ぶ。

「では始めます。列の先頭の方、サークルの中に入ってください」

　列の先頭に並んでいた受験者たちは指示された通り、キャッチャーマスクとプロテクターを受け取り装着しながらピッチングマシーンから7～8m離れた位置に設置してある1mほどの大きさのサークルに入る。バッティングセンターなんかに比べるとだいぶ設置距離が近いけど、実際にモンスターと対峙《たいじ》する時の状況を考えれば妥当《だとう》な距離……か？

　だがそんな俺の懸念《けねん》をよそに、ピッチングマシーンのスクリーンが起動し、ダンジョンと思わしき薄暗い石造りの通路が映し出された。

　映像がゆっくりと動き、ダンジョン内を進んでいく。しばらくダンジョン内を進む映像が流れた後、通路の奥から突如《とつじょ》大口を開けた犬型モンスターの姿が大映しになり、同時に、ピッチングマシーンからゴムボールが打ち出された。

　突然の事態に挑戦した5人の受験者のうち、回避もしくは打ち落とせた者はたったの1人。そこで神谷講師は一旦映像を止め、受験者全員に聞こえるような大きな声である事実を伝えてきた。

「今ので5人中4人が重軽傷、もしくは死亡しました」

　淡々とした神谷講師の言葉に、受験者たちのざわめきが潮が引くように消えた。意図的に忘れていたことを思い出させられ重苦しい沈黙に沈む受験者たち、死亡したかもしれないと言い渡され血の気が失せた、ゴムボールを避けそこなった受験者。沈黙が広がり、一種異様な雰囲気が場を占めた。

「今回はゴムボールなので当たっても特に怪我をするようなものではありませんが、皆さんが探索者になり潜《もぐ》るダンジョンでは、ちょっとした油断が大怪我や死に繋がるんですよ？」

神谷講師は押し黙る受験者たちを軽く一瞥《いちべつ》し、朗《ほが》らかな笑みを浮かべ宣言する。

「では皆さん、気合いを入れて実技講習に取り組みましょう！」

ドン引きである。

だが、神谷講師の脅《おど》しが効いたのかダラけ気味だった受験者たちの雰囲気が変わり、真剣な表情を浮かべながら実技試験に取り組んだ結果、全球回避した者こそ数少ないが大半の受験者たちは10球中6、7球は避けるか打ち落とすことが出来ている。ちなみに俺たちは裕二が10球全てを打ち落とし、柊さんは10球全てを回避、そして俺は10球全てをキャッチした。

そして、多少波乱はあったが無事、神谷講師の試験は終了し締めの挨拶が行われる。

「B班の皆さん、お疲れ様でした。この後はA班と課題を変え、トラップ対処試験を行うので坂牧講師のもとへ移動してください。そして最後に私から一言、ボールを全球ノーミスで対処出来なかった人たちは、今のままダンジョンに潜るのなら死傷する可能性を覚悟しておいてください。嫌ならば、ダンジョンを潜るまで体を鍛えておくことをお勧《すす》めします。では、移動を開始してください」

　神谷講師の最後の一言を聞いた受験者たちは、一部を除き表情を強張《こわば》らせ体を硬直させる。神谷講師の忠告を戯言《たわごと》と鼻で笑うことが出来る受験者はB班にはおらず、神妙な表情で考え込む者も出る始末だ。だが、神谷講師に早く移動しろと促されると、重い足取りでB班の受験者たちは坂牧講師のもとへ移動し始めた。

　そしてA班と入れ替わり集合したB班の前に坂牧講師は立ち、トラップ対処試験の説明を始める。

「それではこれより、トラップ対処試験を始める。君たちの前にあるセットは、ダンジョンで出現が確認されているトラップを再現したものだ。トラップの種類、内容、対処方は座学で習ったと思うので、講義を思い出しながら突破してくれ」

　坂牧講師は受講生全員を一瞥し、さらに続ける。

「君たちがダンジョンに潜る時、チームを組んで行動する者がほとんどになると思う。その時、チーム内にトラップについて詳しい者がいれば、その者に任せれば大丈夫と思う者もきっと出てくるだろう。トラップについて専門に任せられる者がいれば、全体の回避率は高くなる。だが、もしその者が死傷した場合でも他のメンバーが役割を代行し地上に帰還出来るよう各員が最低限の対処法を身に付けていなければ、いざという時チームごとダンジョン内で散ることになる」

坂牧講師の言葉に、B班の受験者たちの顔に真剣みが増す。

「真剣に受け止めてもらえているようで大変結構です。でも……あれ？」

神谷講師の脅しが未《いま》だ効いているのか、坂牧講師も想定していた受験者たちの反応との違いに、少し戸惑《とまど》っているようだ。

「ええ……ですので、このトラップ対処試験は皆さんの命を守るために最低限必要な経験を得る場です。試験とはいえ、一度想定されるトラップを体験しておけば、本番のダンジョンでも的確に対処出来る可能性が上がります。そのことを念頭に置いて試験に臨んでください。では、試験を始めます。各セットの前に均等になるように分かれてください」

坂牧講師の指示に従い、B班の受験者は先程のモンスター対処試験の要領で素早く分かれ、列を作る。そして、受験者たちの分散を確認した坂牧講師は、試験で使うセットの内容を説明し始めた。

「セット内はダンジョン内部と同じ光量に保たれ、薄暗くなっているので足元などに気をつけて転ばないように。ああ参考に言っておくが、中に入ったら動き出す前に10秒ほど目を閉じればだいたい慣れるはずだ。そして、セットの中に仕掛けられているトラップは受験者がケガを負わないように発泡ウレタン等の道具で出来てはいるが、トラップ自体はダンジョンで出現するものと同等だ。これらのトラップを回避出来なかった受験者は、それ相応の傷を負ったものと心得るように。それと、今回は多数の受験者が試験を受けるため、時間制限を設けている。

ブザーが鳴ったらそこで終了だ。モンスターの襲撃から撤退するという状況もあり得るので、あまり慎重になりすぎると最後まで行けないので気をつけるよう。では列の先頭の者、セットの中へ」

坂牧講師が話を締め、係員がドアを開け受験者たちをセットの中へと誘《いざな》う。受験者がセットの中へ入って30秒ほどすると内部から悲鳴が響き始め、悲鳴は終始止《や》むことなく、ブザーが鳴って出てきた受験者たちは憔悴《しょうすい》しきった表情を浮かべていた。だが坂牧講師は気にすることもなく、次の受験者たちに中へ入るように声をかける。

そしてしばし悲鳴を聞き続けていると、ついに俺たちに順番が回ってきた。

「……じゃぁ、逝《い》ってくる」

「えっと、何だ……頑張れ？」

「えっと、気をつけて？」

裕二は真剣な表情で、セットの方に歩み寄っていった。

そして数十秒後、セットの中から裕二の悲鳴が響いてきたので、俺と柊さんは合掌《がっしょう》し裕二の冥福《めいふく》を祈った。

「どういうトラップが仕掛けられているんだ？　裕二が悲鳴を上げるなんて……」

「そうね。広瀬《ひろせ》君も覚悟を決めて挑んでいるはずだけど……」

実試験セットがどういう造りをしているのかサッパリだが、この事態は尋常《じんじょう》ではない。

そして終了を知らせるブザーが鳴り、憔悴し虚《うつ》ろな表情を浮かべた裕二が実試験セットから出てきた。いや、正直ドン引きなんだけど。

「じゃぁ九重《ここのえ》君……私も逝ってくるわ」

「……うん」

地面に疲れた様子で座り込んだ裕二の姿を見て引き攣《つ》った笑みを顔に貼り付ける柊さんに、何て声をかければいいのか分からず、俺は柊さんの背中に向かって静かに合掌した。

そして終了のブザーが鳴り、試験セットから出てきた柊さんは裕二と同じように心底疲れた様子で近くの地面に力なく座り込んだ。

「……」

俺はそんな二人の様子に、思わず空を仰ぎ見た。他に取れるリアクションがないって。

そしてついに、俺にも順番が回ってくる。ただの改造ドライコンテナモドキも、今の俺の目にはＲＰＧのラストに出てくる伏魔殿《ふくまでん》のように見えた。

「では、頑張ってください」

「……はい」

係員に促され、俺は伏魔殿もどきに足を踏み入れた。実試験セットの中は事前説明通り薄暗く、坂牧講師のアドバイスに従い動く前に瞼《まぶた》を閉じ10数えてから開ける。側面に掲《かか》げられた常夜灯ほどの明るさに保たれたランプが石造りの内面を照らし、それっぽい雰囲気を作り出している。見た目はただの石造りの通路なのだが、あれだけ受験者たちが悲鳴を上げるものを見た目通りに受け止められる訳がない。

俺は軽く息を吐いた後、【鑑定解析】を発動しながらセットの内部を見て顔を引き攣らせた。

「……何を考えてるんだ、これを設計した奴は」

設計者出てこいと叫びたい。確かに、坂牧講師の言っていたように受験者がケガを負うようなトラップはないが、トラップの仕掛け方が悪辣《あくらつ》過ぎる。どこか一つでもトラップを作動させると、連動して他のトラップも作動する仕掛けになっていた。中でも入り口付近に仕掛けられている切断糸《せつだんし》モドキの糸や、ゴールの扉のノブに仕掛けられている電気ショックトラップはイヤらしい。切断糸モドキは床から20㎝ほどの所に仕掛けられており、どこかのトラップを作動させたら後方から足を刈り取りにくる仕組みになっており、扉のノブの電気トラップにも結構な量の静電気を帯びている。明らかに、素人《しろうと》に対して仕掛けるレベルのトラップではない。

「……行くか」

だが、実習である以上は進むしかない。最初のトラップは、足首の高さに仕掛けてある細い糸。このトラップも容赦《ようしゃ》なく、初っ端《しょぱな》から二重トラップだ。糸を踏み越えた先に影に重なるように、黒く塗られたもう1本の糸が仕掛けられている。無造作に踏み越えれば、影に隠れた糸を踏みトラップが作動する仕組みだ。極度の緊張状態では、これに気づけた者は少ないだろうな。

「っと、危ない危ない」

二重の糸を越えた先に仕掛けられていたトラップは、周囲の床に比べ僅《わず》かに表面の色が薄いエアクッションの床だ。この暗さでは、注意深く見ないと識別は困難だろう。糸を無造作に飛び越えていれば、この床に足を取られバランスを崩し別のトラップに引っ掛かるだろう。

そして最初のトラップを乗り越えた先にある罠《わな》は、あからさまに何かあると疑わせる黒い床の重量センサーと、センサーに反応して起動し首を刈りに来るであろう軟質ウレタン製の棒だ。床の重量センサーの範囲は幅１ｍほどなので、立ち幅跳びの要領で飛び越せばいいのだが、例によって二重トラップだ。重量センサーの床を大きく避けようと飛び過ぎると、光沢《こうたく》があるゴム製の蓋《ふた》で覆《おお》われた落とし穴に落ちる。

「設計者の性根、絶対にネジ曲がっているだろ……」

思わず愚痴《ぐち》を漏《も》らしながら、俺は軽く飛び重量センサーを避け、落とし穴の手前に着地するが、そこでまた足が止まる。落とし穴の先にはシーソー床があり、安全な床に比べ僅かに色が濃い。中央の安全地帯以外を歩くと、床が傾くと同時に左右の壁からＢＢ弾が発射される仕組みのようだ。証拠に、暗くて見つけづらいが、床に黒色のＢＢ弾が多数転がっている。

「だからコレ、受験者にクリアさせる気ないだろ……」

何のための試験なのか分からなくなるようなセットの造りに頭を傾《かし》げながら、俺は落とし穴とシーソーを纏《まと》めて飛び越え安全地帯に着地する。

あと、ゴールの扉まで、ドアノブの電気ショック以外は次のトラップで最後だ。赤外線センサーを使った見えない壁。天井には、赤外線センサーの存在を知らせるように光る多数の赤い光点が規則的に並んで見える。その配置から推測するに、ゴールまでに見えない壁が1m間隔で平行に4枚並んでいるようだ。

「……」

俺は設計者に呆《あき》れつつ、黙って見えない壁の攻略に挑む。見えない壁に開けられた隙間《すきま》は1枚目が中央、2枚目が右端、3枚目が左端、4枚目は中央に引っ掛け用の狭い隙間があったが右端にある本命の隙間をすり抜けクリアした。

「最後の最後まで引っ掛けありかよ」

俺は設計者に対し愚痴を吐き捨てながら、ゴールの扉の前で立ち止まる。

「このままブザーが鳴る前に扉から出ると、変に注目されるよな……でも」

俺は少し悩む。このまま扉を出れば悪目立ちするだろうが、裕二や柊さんと一緒にダンジョンに潜ることを考えると、ここでトラップを完全突破したという実績を作っておいた方がいいのでは？　と。受験生たちが失敗しまくるコースを完全クリアしておけば、本番のダンジョンに潜った時に俺がトラップの存在を進言した時に素直に信じてもらえるはずだからな。

「よし、出よう」

俺はメリットとデメリットを天秤《てんびん》にかけメリットを優先することを選択し、電気トラップが仕掛けられているレバー式のドアノブをゴム底の靴裏を使って下げゴールの扉を開けた。

「えっ、嘘!?」

扉の外に出るとまず、驚いた顔の係員に出迎えられる。どうやら、ブザーが鳴る前のクリアは想定していなかったようだ。まぁ、あの偏執《へんしつ》的かつ底意地の悪いトラップを素人が突破出来るとは思わないいか。

「どうも、お疲れ様です」

俺が軽く手を上げながら軽い調子で返すと、係員は変なものを見るような眼差《まなざ》しを向けてくる。無理もないのだろうが、いささか不快な気分になるな。俺はさっさと驚きの表情を浮かべる係員の前を離れ、黄昏《たそが》れた雰囲気を醸《かも》し出しながら地面に転がる裕二と柊さんのもとへと向かった。

途中、坂牧講師が目を丸くしていたので、俺は軽く会釈《えしゃく》しながら通り過ぎる。

「……おいおい、よく制限時間前に突破出来たな?」

「……ホントね。いったい何をしたの?」

俺の接近に気づいた裕二と柊さんからも、まるで珍獣を見るような眼差しを向けてくる。

「……アレだけ悲鳴が聞こえていたからね。注意深く周りを観察しながら、慎重に歩いただけよ」

「いやいや、アレはそんなことで突破出来るようなものじゃないだろ?」

「そうよ。あんな底意地の悪い仕掛けの数々、設計者は絶対に生粋《きっすい》のサディストよ」

柊さんが漏らした設計者への感想には、俺も全面的に同意する。

でも、本当によく見ただけなんだよね……多少スキルというズルはしたけどさ。

「それなら、俺にトラップを見抜く目があったってことじゃないのか？」

「そういうことになる……のか？」

「そう……ね？」

2人は首を傾げながら、俺の意見に消極的賛同をする。疲れて頭が回らないみたいだな。

よし、ならばこの間に例の話をねじ込んでおくか……。

「だから、トラップなら俺に任せてよ。3人の中では俺が一番こういうのが得意みたいだしさ？」

「そうだな。実際に大樹《たいき》はアレをクリアしていることだし、任せても大丈夫かもな……」

「……そうね。アレをクリア出来た訳だしね」

二人は疲れた表情で顔を向け合い、深く考える様子もなく首を縦《たて》に振って一言。

「「任せる（わ）」」

とりあえず、了承は貰《もら》えたな。だけどコレは……信頼されていると思ってもいいのかな？

その後、絶えず悲鳴が響き続けたトラップ試験も終わり、坂牧講師が受験者たち全員の前でクールダウンのストレッチ法を指導した後、全試験終了を告げる演説を始めた。

「お疲れ様でした。これで実技試験は全て終了です。今回の試験の結果を受け、自身の力不足を感じられた方にはダンジョン探索をする前に筋トレやジョギングなどの自己鍛錬を推奨《すいしょう》します。では皆さん、怪我のないよう気をつけてダンジョン探索を行ってください」

表情にこそ出していないが、坂牧講師の瞳には多くの受験者たちを心配するような色が見え隠れしていた。恐らく、ここに集まった受験者たちの行く末がなんとなく見えるのだろう。もしかしたら坂牧講師や神谷講師は、ダンジョン潜行経験がある自衛隊出身者なのではないのだろうか？

そして最後に、坂牧講師は事務連絡を行う。

「試験の結果は後日、郵送でお知らせします。合格者は合格通知と身分証明書、買い取り金を入金する振込口座関連の書類と印鑑を持参し、最寄《もよ》りの日本ダンジョン協会支部で許可証の発行手続きを行ってください。ではこれで、特殊地下構造体武装探索許可資格交付試験を終了します。皆様、本日はお疲れ様でした」

果たして1年後に、ここに集まっている人間の何割が生き残るだろうな？　解散し散り散りに去っていく名も知らない受験者たちの背中を見ながら、不意にそんな思いが俺の胸を過《よ》ぎる。

そして後日、俺たち3人の手元に日本ダンジョン協会から合格通知が届いた。

◆

合格通知が届いた翌週、俺たちは時間を見つけダンジョン協会に免許発行手続きに来ていた。人波が途切れることなく続いているロビー。大勢の人間がソファやパイプ椅子に座り、整理券を手に握り締めながら登録窓口に呼ばれるのを暇《ひま》を潰しながら待っていた。俺たちも同様に整理券を手に待っているのだが、既に30分近く経っても未だに電光掲示板には自分の持つ整理券番号が灯《とも》らない。

そして待ち始めて1時間、ようやく俺の持つ整理券の番号が呼ばれ順番が回ってきた。

「番号札317番の方、2番窓口にお越しください」

「ん？　あっ、俺の番号呼ばれた。じゃぁ、行ってくるわ」

2人に軽く手を挙げながら断りを入れ、俺は登録窓口へ向かった。

「大変お待たせしました。登録申請ですね？　書類の提出を、お願いします」

「お願いします」

俺は特殊地下構造体武装探索許可証発行の関係申請書類一式を渡す。すると、淡々と書類を受け取った受付事務員さんは、手慣れた様子で素早く申請書類を確認し幾つかの書類にハンコを押していく。

「はい。申請書類はこれで大丈夫です。発行までしばらく時間がかかりますので、この番号札を持ち発行窓口の側でお待ちください。許可証の発行時に、登録手数料の支払いがあるので準備しておいてください。本日は混雑のため、大変お待たせしまして申し訳ありませんでした」

こうして発行申請自体は、ものの5分もかからなかった。俺は何とも言えない心持ちになりつつ、番号札を持ち発行窓口の近くに移動し、空いているソファに座り直した。

そして十数分後、今度はそれほど待たずに番号が呼ばれたので俺は発行窓口へと向かう。

「お待たせしました。こちらが特殊地下構造体武装探索許可証になります。記載内容に間違いがないか、御確認ください」

番号札を渡すと発行窓口の事務員さんに、Ａ4サイズの書状と健康保険証ほどの大きさのカード、そして反射素材で出来た2枚1組のステッカーを差し出された。名前や住所などの記載内容に間違いがないか素早く確認し終えて窓口の事務員さんに伝える。

「大丈夫です」

「はい。記載内容に間違いがないようなので、3つの品について説明をさせていただきます。まずＡ4サイズの書状ですが、特殊地下構造体武装探索許可証の本人控えになります。紛失や破損がないように、大切に保管してください。カードを紛失し再発行する際に、確認書類として必要になります」

賞状に使われるような上質な紙なのだが、許可証自体は必要事項が羅列《られつ》されているだけのずいぶん簡素なデザインだ。

もう少し、こう……許可証の縁《ふち》を金で装飾するとか手をかけてほしいかな。

「次に、こちらのカードについてご説明します。こちらのカードはダンジョンに入場する際に、ゲートで本人確認のため、必要になります。ダンジョン入場の際は、必ず持参してください。またダンジョン内で使用する武器を携行する際にも必要になりますので、必ずこのカードを身に付けていてください。携行時に警察官に職務質問をされた場合、こちらを呈示しますと本人確認が行われ、すぐに解放されます。ですが不所持の場合、本人確認のために大変煩雑な手続きを行うことになり、長時間拘束されることになりますので御注意ください」

少し厚めのプラスチック板にしか見えないが、かなり大事なもののようだ。しかし、そんな大事なカードなら、割れやすそうなプラスチック製でなく、ICチップを埋め込んだドックタグみたいに金属製にしろと思うのは俺だけだろうか？

「尚、カード紛失時の再発行には、特殊地下構造体武装探索許可証の本人控えと再発行手続き費用として5000円かかりますので、お気をつけください」

……おいおい、もしかして割れて再発行することを前提にしてないか？　まさかとは思うが、再発行費用で稼《かせ》ぐためにわざとプラスチック製にしているとかないよな？

俺はカード1枚で、いきなり日本ダンジョン協会の隠された（？）セコさを垣間《かいま》見たような気がする。

「「……」」

ジト目で事務員さんの顔を眺めていると、彼は堪《たま》らず顔を背《そむ》けた。

何してんの、日本ダンジョン協会。

「こほんっ。ええっと、最後になりますが、こちらのステッカーについて説明いたします。ダンジョンに潜る際は、探索者の方々の安全の確保のためにこちらの協会のロゴが描かれたステッカーを体の前後に貼っていただきます。このステッカーは再回帰性反射素材で出来ていますので、光を非常に明るく反射し、暗所でもよく見えます。基本的にダンジョンは暗く視認性が悪いので、対象の誤認による同士討ちを予防するのが目的です」

なるほど、要するに敵味方識別ステッカーということか。確かにこういうものがないと、ダンジョン内では一目でモンスターか探索者なのかを識別するのは難しいよな。

「以上で、３つの品の説明を終わります。では、こちらの書類に受け取りのサインと特殊地下構造体武装探索許可証の発行手続き費用の精算をお願いします」

俺は受取書にサインし、発行費用プラス税の５４００円を受け皿に入れた。

「確かにお預かりいたします。少々、お待ちください」

事務員さんは受取書と受け皿を回収し、手早く処理していく。１分ほど待つと、領収書が受け皿に乗って出てきた。

「これで事務手続きは全て終了です。怪我がないよう、頑張ってください」

最後に事務員さんが激励の言葉とともにパンフレット等の各種書類が入った茶封筒を手渡してきたので、俺は激励に曖昧《あいまい》な笑顔で応《こた》えながら元座っていたソファへと戻っていった。

そして俺たちは協会施設の最上階にあるカフェスペースに移動し無事に3人とも登録を済ませ新人探索者となったことを確認し合った後、品揃《しなぞろ》えの見学がてらに3階にある公式ショップへ移動したのだが、なんと、店内は3階フロアの3分の2ほどの広さを占める規模だった。

「ずいぶん広く店舗スペースを確保しているな」

「それだけ提携している企業の商品が置いてあるんじゃないか?」

チラッと見ただけでも、小物から携帯食品、迷彩服のような衣類まで置いてある。カタログに載っていたものの他にも、一通りダンジョン探索で使えそうなものを揃えましたよ、といった品揃えだ。品揃えがいいと言えばいいのか、物が煩雑に溢《あふ》れていると言えばいいのか……とりあえず一通り店内を回ってみることにした。

そしてしばらくの間、俺たち3人でショップ内を物色していると突然店内に大声が響く。

「俺じゃ買えないって、どういうことだよ!?」

なんだ? なんだ? 何事だ?

怪訝《けげん》そうな表情を浮かべながら声がした方に顔を向けると、刀剣類が並ぶショーケースカウンターの前で、俺たちより年齢が少し上の4人組が壮年の男性店員に食ってかかっていた。

「ですから、18歳未満の方への刀剣類の販売は出来ません」

「だからなんでだよ!?　俺たちは協会に登録も済ませている、正式な探索者だぞ！　探索者の権利には武器の使用と所持があるじゃないか！」

「ああ、はい。その規定ですか……。それはあくまでも武器の所持と使用の権利であって、18歳以下の者が刀剣類を購入出来る権利ではありませんよ？」

「「「……はぁ!?」」」

……なんですと!?　つまり、18歳以下の俺たちに武器の購入は出来ないと？

「……ああ、やっぱりか」

裕二の奴が何か呟《つぶや》いた。何か事情を知ってるのか？

俺と柊さんが裕二の呟きの意味を問い詰めるような眼差しで見詰めると、裕二の奴は諦《あきら》めたように小さく溜息を吐きながら説明をしてくれた。

「銃砲刀剣類所持等取締法……通称銃刀法は基本的に18歳以下の銃砲刀剣類の所持を認めていないんだよ」

「？　でも、そうなるとダンジョン法と矛盾《むじゅん》しないか？」

「いや、一応矛盾はしていないみたいだぞ？」

どういうことだ？　18歳以下の銃砲刀剣類の所持を禁止している法律と許可している法律、これが矛盾していない？　首を傾げる俺と柊さんに、裕二はさらに詳しい説明をしてくれた。

「あの店員も言っているように、探索者の権利として18歳未満の者でも所持とダンジョン内での使用は許可されている。ここまではいいか？」

「ああ」

「18歳未満の探索者が持っている権利は、所持とダンジョン内での使用だけだ」

「「……ああっ！」」

俺と柊さんは手をポンと打ちながら、裕二の話の意図をようやく理解した。つまり、18歳未満の探索者が持っている武器に関する権利は所持と使用、この2つだけだ。

「俺たちが探索者として持っている権利は、所持とダンジョン内での使用。ココに、購入の権利は含まれていない」

断言する裕二の言葉を肯定するように、男性店員は今なお頑《かたく》なに少年たちの要求を拒否していた。男性店員と少年たちの話を盗み聞く限り、購入資金自体はちゃんと所持しているようだ。

しかし、男性店員は購入資格がないとの一点張りで糠《ぬか》に釘状態だ。

「たぶんわざと、この穴を開けたまま立案されたんだろうな……この法律」

「だろうな」

「そうね、となると……」

俺たちが静かに事の成り行きを見守っていると、予想通りの展開となった。

口論を続ける少年たちと男性店員のもとに、奥のスタッフルームから警備員の制服に身を包んだ屈強な数人の男たちが近寄っていく。少年たちは男性店員との口論に熱くなって気がついていないようだが、男性店員はチラリと警備員たちに目配せをした。警備員たちも静かに少年たちの背後に展開し、準備が整ったところで口を開く。

「チョッといいかな、君たち？」

「ああ!?　なんだ!?　今忙し……い？」

「ここであまり騒ぎを起こしてもらっては困るんだよ。中には危険なものもたくさん陳列されているからね……ちょっと事務所まで来てくれるかな？」

「えっ？　あの、その……？」

少年たちはようやく自分たちがどういう状況下にあるかに気がつき、顔を青くしながら警備員たちに付き添われスタッフルームへ連行されていった。

少年たちが警備員に連れられ出ていった後、俺たちと同じように公式ショップ内にいた18歳以下で武器を購入しにやってきたと思わしき少年少女たちが、顔色を若干《じゃっかん》悪くしながら一斉に足を揃えてエレベーターホールへと向かって出ていった。

俺たちはその様子を見ながら、３人揃って顔を見合わせて溜息を吐く。

「やっぱり、こういう展開になるか」

「あの警備員たちも、わざわざあそこに待機していたみたいだしね」

「となると、あの店員の対応もいつものことってところかな？」

俺たちは口々に、目の前で見せられた茶番劇の評価を下す。

恐らく、この手の騒動が起きるのは、ダンジョン法案成立時から想定されていたことだろう。国としても、18歳未満の者のダンジョン攻略はあまり望ましくないと思っていたのだろうが、労働基準法上、職業選択の幅を狭めるような規定は作りづらいので、銃刀法と絡《から》めて18歳未満への暗黙の了解になる規制を作ったというところだろう。

ダンジョン法にある探索者の権利としての銃砲刀剣類の所持とダンジョン内での使用は、本来18歳以上の者を対象とした権利のはずだ。しかし探索者になれる者の下限は16歳。この年齢差を利用して、18歳未満の者のダンジョン攻略への意欲を一時的に削り、攻略可能年齢を引き上げようと画策《かくさく》しているのだろ。

ダンジョンに行くのは自由だけど、銃砲刀剣類の武器は購入できないよ？　18歳になったら頑張ってね！　……これが、国からの18歳未満の探索者に対する本音だろう。国は規制していないが、18歳未満の者たちが自主的にダンジョン攻略を数年先延ばししなくてはいけないない流れにしたいのだろう。

まぁ元来、銃砲刀剣類の所持には色々な条件があり、特に18歳未満の者へ無制限にばら蒔《ま》くようなことは出来ないし、成熟度が足りない若年層の人材が無謀にダンジョンへ突撃し、大量喪失したなんてことになったら将来的に人的資源や税収的意味で国が困るからな。

「そういう訳で、俺たちは基本的に武器は買えないと思った方がいい」

「はぁ、困ったことになったわね」

「そうだな。つまり未成年の探索者はダンジョンへ行くのを諦めるか、素手や日用品を装備してダンジョンへ行くかを選べって話だな」

俺たちは再び溜息を吐きながら、なかなか悪辣な手段を取ってくるものだと感心する。ダンジョン開放を求める若年層の要望に応《こた》えつつ、武器の購入を規制することで18歳未満のダンジョン行きを鮮やかに牽制《けんせい》している。さすが、この法案を作った官僚たちは伊達《だて》に国家の中枢《ちゅうすう》組織にいるわけではないな。未成年探索者の武器購入権の不備を主張し、銃刀法を改定するにも改定案作成に数年はかかるだろうからな……なかなか効果的な時間稼ぎだ。

事前に武器というものを試験講義時にカタログで明示していたことも、今になって思うと妙だ。あれのせいで講義を受けた探索者たちは、ダンジョンへ持っていく武器のイメージを無意識下に埋め込まれるだろう。恐らく大多数の探索者たちはよほど自分の使う武器に拘《こだわ》りを持っていない限り、無意識下でカタログに載っていた武器から使用するものを選ぶはずだ。現に、この公式ショップに展示してある武器も、これ見よがしにカタログに載っていた銃刀法の規制に引っかかるものばかりだ。

「それと、ここまで手の込んだことをする以上は恐らく、素手や下手《へた》な得物《えもの》を持っていく18歳未満の探索者たちには別の抑制がかけられるんじゃないか？」

そうだろうな、と裕二の言葉に首を縦に振りながら同意する。

武器を買えない以上、諦めが悪い18歳未満の探索者たちから、農具や工具といった代用武器を装備してダンジョンへ赴《おもむ》く者が出てくるはずだ。そして、その行動も恐らく想定内だろう。

「探索者たちの中にサクラを仕込んでおいて、まともな武器を持っていない18歳未満の探索者を蔑《さげす》む風潮を作ったりしそうよね……」

「あるだろうね。政府としてはあくまでも、探索者たちが自主的にそういう風潮を作ったから18歳未満の探索者たちがダンジョンに行きづらく数が減った、っていう形が欲しいだろうからね」

政府の連中は、風潮という目に見えない規制をかけることによって、物的な面と精神面で二重の意味で18歳未満の探索者たちに抑制をかけた。これで大半のダンジョンへ興味本位という、浮《うわ》ついた動機で行動した連中は二の足を踏むだろう。無駄な経費をかけることなく効果的な対策を施《ほどこ》すとは感心するね、まったく。

「そうなると、ますます武器をどうするかだよな」

「そうだけど、正規ルートでは銃刀法が邪魔をするから私たちには購入は出来ないわよ？」

「……」

考えれば考えるだけ18歳未満の者にとって不利な状況で、俺たち3人は解決策を捻《ひね》り出そうと頭を悩ませる。最低限、まともな武器を所持していれば風潮的な対策はできるのだが……。

勿論《もちろん》、解決策の一つには俺が空間収納庫に収めている、スライムがドロップした武器系アイテムを二人に渡すという方法もあるのだが、これは1度でもダンジョンへ潜っていないと武器の出どころが疑われて面倒なことになる。何せ、ドロップした武器の形状がかなり特殊で、アニメや漫画に出てくるような形をしているからだ。と、そんな思考の袋小路《ふくろこうじ》にはまっている時、同じように頭を抱え悩んでいた裕二がとある提案をしてきた。

「よし。爺《じい》さんの指示でダンジョンへ行くんだ。頼めば、武器ぐらい出してくれるだろ。２人とも、帰りに俺の家に寄らないか？」

「えっ？　裕二の家に？」

「ああ。２人にはうちが古武術道場をやっているっていうことは、この前話したよな？」

「「聞いたな（けど）」」

俺と柊さんは裕二の問いに、首を縦に振って返事をする。

「侍《さむらい》を表す言葉の中に、武芸百般っていう言葉があるだろ？　戦場武術が起源のうちの流派も、武芸に通じることを一通り学ぶことになっているんだ。その中には当然武器の取り扱いについても含まれていて、練習するための実物の武器が家の蔵の中には多数保管されているんだよ」

「つまり裕二の案は、その中から幾つか武器を譲ってもらおうっていうこと？」

「確かに購入出来ない以上、武器を譲ってもらえるならありがたいことだと思うのだけど……それって法的には大丈夫なのかしら？」

確かに、柊さんの心配も当然だろう。裕二の家から譲ってもらえるのならば武器問題は解決するが、未成年への譲渡は法的に大丈夫なのだろうか？　と俺は首を捻った。

「確かに刀剣類を譲渡する時にも、色々と手続きをしなければいけないんだろうけど、探索者の権利として所持を許可されている以上は正式な手続きを踏めば大丈夫だと思うぞ？……自信はないから確認は取らないといけないけどさ」

「……不安を煽《あお》る回答だな」

「でも法的に譲渡が大丈夫ってことなら、私たちの武器問題は解決するわ」

裕二の返答に不安な表情を浮かべる俺に対し、柊さんは問題が解決するかもしれないと安堵《あんど》の表情を浮かべる。その反応を少し不思議に思ったが、柊さんの事情を思い出すと合点《がてん》がいく。ここでダンジョン行きが不透明になると、柊さんの場合、生活に直結するからな。

「よし。じゃあまず、武器の登録窓口で譲渡に関して相談をしてみないか？　俺たちが顔を付き合わせて悩んでいても、法律の専門家でない以上は結論が出ないからな」

俺と柊さんは裕二の提案に頷き、窓口に譲渡に関する相談をしに行くことにした。

そして実際に相談してみた結果、最低限の抜け道は用意されていたようだ。武器登録窓口で裕二が代表し譲渡に関する法律上の取り扱いを相談したところ、譲渡された銃砲刀剣類を18歳未満の者が所持しダンジョン内で使用することは、探索者として正式に登録手続きを行えば特に問題はない、という返答があった。話を詳しく聞くと、全探索者に説明はしていないが、窓口で相談すれば特に制限を設けることなく教えてくれるそうだ。利用者が聞かない限り積極的に説明をしないところがイラッとくる対応だ。

ともかく、これで武器問題は解決の目処《めど》がついたと、俺たち3人は大きく安堵の息を吐いた。

昼食を地元駅の近くにあるファミレスで済ませた帰り道、俺たちは武器を手に入れるために住宅街の端にある2mを超える高さの石垣と白塗りの塀《へい》に囲まれた裕二の家に寄った。ここには時々遊びに来ているがいつも思う、重厚な一枚板で作られた両開きの武家屋敷門は威圧的だなと。俺がそんな感慨《かんがい》にふけっている隙に、裕二は潜《くぐ》り戸を開け敷地の中に入っていく。

「おおい2人とも、何しているんだ？　早く入ってこいよ！」

「ああ、すぐ行く！」

既に中に入った裕二が、門の前で立ち尽くしていた俺と柊さんを呼び寄せる。俺は裕二に返事をした後、緊張し足が動き出そうとしない柊さんの背中を軽く押す。すると俺に押されたことで柊さんも緊張による硬直が溶けたのか、覚束《おぼつか》ない足取りであったが1歩目を踏み出した。

「ちょっ！　いきなり押さないでよ、九重君！」

「ごめんごめん。でも俺がきっかけを与えないと、緊張で動き出せなさそうだったからね、柊さんは……」

「そ、そんなことないわよ！」

苦笑を浮かべた俺と耳を赤くした柊さんは小声でやり取りをしながら、裕二の家の敷地内へ足を踏み入れた。玄関までの道のりには飛び石と玉砂利《たまじゃり》が敷き詰められており、庭には松やツツジが植えられ和の景観で統一されている。

「……ねぇ、九重君？　本当にここって、個人のおうちなの？」

「そう思うのは無理ないけど、間違いなくここは裕二の家だよ」

「……そう」

あまりに別世界な裕二のお家事情に、柊さんは呆然《ぼうぜん》としながら頭を左右に振って視線をあちらこちらにと巡らせていた。金ってある所にはあるんだな……ホント。俺も初めてここに来た時は柊さんと同じような反応をしたな……と、ちょっと現実逃避気味に過去を振り返った。

そして俺たちは裕二の部屋に荷物を置いた後、裕二のお爺さんがいるという道場へと移動する。道場は歴史を感じさせる佇《たたず》まいの木造で、十数名が稽古《けいこ》しても互いが邪魔にならない広さを誇っていた。何度か裕二の家に遊びに来たが、ここに立ち入るのは俺も初めてだな。

「ただいま！　爺さんいるか!?」

裕二が道場の外から大声で声をかけると数秒ほど間を置いて道場の入り口の引き戸が開き、中に作務衣《さむえ》を着た鋭い眼光の白髪のお爺さんが立っていた。

「だれじゃって、おお裕二か。もう帰ってきとったのか？」

「うん。ついさっきな」

裕二と話していたお爺さんの視線が、俺と柊さんに向けられる。何度か会ったことはあるが、相変わらず威圧感のある爺さんだな。

「お久しぶりです」

「えっと、その、初めまして」

俺は軽く会釈しながら挨拶をし、柊さんは緊張しながら頭を下げる。

「九重の坊主か、久しいな。それと……裕二、こっちのお嬢さんは？」

「ああ、紹介する。こちらは柊雪乃《ゆきの》さん。同じクラスで、今度一緒にダンジョンへ潜る仲間だよ。それと柊さん、この爺さんが俺の祖父で広瀬重蔵《じゆうぞう》。うちの流派の総師範《そうしはん》で、俺がダンジョンへ行くことになった元凶だよ」

「元凶とは……また酷《ひど》い言いざまだの。まぁ、いいわい。初めましてじゃの、柊の嬢ちゃん。ワシはこのバカ孫の祖父、広瀬重蔵じゃ」

裕二のお爺さん……重蔵さんは柊さんに軽く会釈しながら、自己紹介をする。バカ孫扱いされた裕二はいつものことなのか、特に気にしたふうにも見えない。

「で、どうしたんじゃ裕二？　人を連れて道場の方まで来るとは、珍しいの？」

「実は爺さんにお願いがあって、３人で来たんだ」

「お願いじゃと？」

「うん。蔵の中に仕舞っている、使っていない武器を俺たちに譲ってもらえないかな？」

裕二のお願いを聞いた重蔵さんの雰囲気が一変、ただでさえ鋭い眼光がより鋭くなった。裕二はそんな重蔵さんの眼差しを、真正面から視線を逸《そ》らすことなく受け止める。

しばし無言の後、重蔵さんが口を開いた。

「どうやら軽い気持ちで言っとる訳じゃないようじゃな。武器を欲《ほっ》す理由を言うてみい？」

「ダンジョンに持っていく武器が、銃刀法の関係で18歳未満だと買えないんだよ。でも譲渡の方は問題ないみたいだから、蔵の中の得物を譲ってもらってダンジョンに持っていきたいんだ」

「「……」」

裕二が理由を言い終えると、再び二人が無言で睨《にら》み合う。先程より長い沈黙が続いたが、不意に重蔵さんの鋭かった眼差しとプレッシャーが緩《ゆる》む。

「まぁ、いいじゃろ。そっちの2人の分もか？」

「うん。2人も同じ理由でダンジョンに持っていく武器を買えないからね」

「……いいじゃろ。ちょっと待っとれ」

重蔵さんはそう言って、道場の中へと戻っていく。なんとか交渉は成功したようで、重蔵さんのお許しが出た。裕二は安堵して小さく息を吐く。ホント、よくあの重蔵さんの眼光に引かず、自分の意見を通せたものだ。裕二、ご苦労様。

そして数分後、重蔵さんは鍵束を手に持って出てきた。

「では、付いてきなさい」

重蔵さんに連れられ、俺たちは道場隣の土蔵へと移動する。

土蔵は漆喰《しっくい》の白壁造りの古い建物であったが、重厚で頑強な印象を受ける。入り口の鉄張りで補強された扉にも頑丈そうな南京錠《なんきんじょう》が取り付けられており、安っぽい道具では壊せないだろう。重蔵さんが手に持っていた鍵束から一本の鍵を取り出し、表のカギ穴を無視して南京錠を裏返して装飾のような蓋を開け鍵を挿《さ》し込み解錠する。

俺と柊さんがその光景を驚いて見ていると、裕二が説明をしてくれた。

「あれは昔の仕掛け鍵だよ。正面のカギ穴はダミーで、泥棒がいくら必死に開錠しようとしても無駄って寸法。まっ、昔の防犯装置ってとこだな」

俺と柊さんは、裕二の解説に単純そうで効果的な仕掛けだと感心する。誰しも正面に鍵穴があれば、あそこに鍵を入れて使うものだと思うからな。昔の人はよく考えているよ。

そして南京錠は開錠され、重蔵さんに引かれると、鉄張りの分厚い扉はゆっくりと外向きに開く。

「さ、中へ入りなさい」

重蔵さんに促され、土蔵の中へ俺たちは入っていく。入った時は真っ暗でよく見えなかったが、蛍光灯に照らし出された土蔵の中は広々としていた。

棚や木箱が整理整頓され、古美術品と言っていい品々が所狭しと飾られている。俺と柊さんが興味深げに土蔵の中を眺めていると、後ろから重蔵さんが声をかけてきた。

「どうじゃ？」

「すごい、としか言いようがないですね」

「ええ、そうね」

俺と柊さんの気の抜けたような感想に、重蔵さんは苦笑する。いや、一般人がいきなりコレを見せられたら、皆似たような反応しかできないと思うんですけど……ね。

「まぁ、良い。武具の類《たぐい》は2階の方に置いてある、そこの階段を上りなさい」

重蔵さんが指さした土蔵の奥隅に、梯子《はしご》のような急角度の木製階段が設置されていた。というか、急過ぎないかアレ？

裕二を先頭に、俺、柊さん、重蔵さんの順で階段を上る。滑らないよう踏み板にしっかり足をつけ2階へ上がると、そこには多数の箱と壁一面に布がかけられていた。先に2階へ上がった裕二は手馴れた様子で壁の布を次々と剥《は》いでいく。すると……。

「うわっ、すっげぇ……」

「わぁ……」

俺たちの目の前に、壁一面に飾られた多種多様な武具が姿を現す。刀や槍《やり》を筆頭に、弓に火縄銃、外国のものらしき武具も飾ってあった。俺も柊さんも息を呑んで、蛍光灯の光を反射し鈍《にぶ》い輝きを放つ武具の数々に魅入った。

まさにこの土蔵は、古今東西の武具が揃った見本市状態だな。

「どうじゃ？　ワシがコツコツ世界を回って集めた、自慢の武具コレクションの数々は？」

ドヤ顔を決めながら、重蔵さんが階段下から顔を出す。確かにこれが個人のコレクションだとしたら、よくこれほどの数の古今東西多種多様なものを集めたものだと感心するしかない。

「ウチは戦場武術を発祥《はっしょう》に持つ流派じゃからの、敵がどんな得物を持つ相手でも対処できねばならん。彼を知り己《おのれ》を知れば百戦殆《あや》うからずじゃ。研究の一環のためにも、世界中から手に入れられるものはだいたい集めてみたんじゃよ。で、お主《ぬし》たちはどれを持っていく？」

　重蔵さんの問いに、武具たちが放つ威圧感のようなものが増したように感じた。改めて壁際《かべぎわ》に並べられている武具類を見渡してみる。が、正直どれを選んでいいのか分からない。何せ、パッと見で名前が分かる武器が日本刀くらいしかないからな。

　ここは変な見栄《みえ》を張らず、先達《せんだつ》の知恵を借りるのが得策だろう。

「すみません、重蔵さん。どれがいいのかよく分からないので、オススメのものはありませんか？」

「？　どうした九重の坊主、好きなものを選んでいいんじゃぞ？」

「好きなものと言われても、名前も分からなければ、どういう用途で使われる武器かも分からないので、選びようがありません」

「ふむ、そうか……。柊の嬢ちゃんは？」

「私も九重君と同じです。何か、オススメのものはありますか？」

　俺が素直な感想を伝えると、重蔵さんは怪訝な表情を浮かべながら柊さんに同様の問いかけをする。柊さんも俺と同意見だったようでそう答えると、重蔵さんはニヤリと笑った。

「そうか。合格じゃ」

は？　合格？

重蔵さんが口にした言葉の意味が分からず、俺と柊さんが頭を捻《ひね》っていると、重蔵さんは機嫌良さげに理由を話してくれる。

「お主《ぬし》らが素人なのは、分かっとったからの。ここから自分に合った武器を選べるとは、初めから思っとらん。何より武器は凶器じゃからの、素人が興味本位で選ぶようなものではないわ。好きなものを選べと言われてすぐに選び始めておったら、ワシは武器を渡しておらんかったの」

どうやらいつの間にか、俺と柊さんは重蔵さんに試されていたようだ。その上、何も言わず静観している裕二は軽く頷《うなず》いており、なんとなく重蔵さんの企《たくら》みを察していたらしい。

「素人が下手な得物を選んでも、使いきれずに自分や仲間を傷つけるのが精々じゃよ。その点お主らは自分たちの武具に対する無知を自覚し、口にする羞恥心《しゅうちしん》を飲み込み、迷わずワシに尋ねた。故《ゆえ》に、合格じゃよ。よし！　良かろう、ワシがお主らに合うものを選んでやるわい」

そう言い重蔵さんは、俺と柊さんの手や肉付きを観察した上で、幾つかの武器を手に取った。

「お主らには、これとこれなんかがオススメじゃな」

俺たちの前に重蔵さんが持ってきたものは、90㎝ほどの日本刀と180㎝ほどの槍だった。

「下手に見慣れん武器を使うより、こういう使った時の姿をイメージしやすいものが良い」

　重蔵さんの言うことももっともだなと思った。学校の授業で竹刀《しない》は振ったことがあるので、日本刀の振り方はなんとなくイメージが湧くが、いきなり特殊形状の外国製武器を渡されても振り方のイメージが湧かないからな。柊さんも重蔵さんの言い分に納得したのか、重蔵さんが持ってきた刀や槍を興味深そうに見ている。すると、重蔵さんは俺に刀を、柊さんに槍を手渡した。

「九重の坊主に渡したその刀は、軍刀と呼ばれる種類の一昔前に作られた日本刀じゃ」

「軍刀……ですか？」

「そうじゃ、軍用に造兵廠《ぞうへいしょう》で作られた工業刀と呼ばれる日本刀じゃよ。軍用らしく長期使用しても、切れ味は落ちようとも少々無茶な扱い方をしても折れない頑丈さがある。芸術性や伝統だのはないが、ダンジョンでの実戦使用を考えるならばコッチが良いじゃろ」

　俺は重蔵さんに手渡された黒塗りの軍刀の駐爪《ちゅうそう》を外し、鯉口《こいぐち》を切る。少し引き抜くと黒塗りの鞘《さや》から、刃紋のない白銀の刀身が姿を見せた。鏡面仕上げをされた刀身には俺の顔が映り込み、吸い込まれるような感じがする。軍刀の持つ鋭い刃《やいば》には、危険な魅力があった。

「生き物を数回斬《き》れば、脂《あぶら》で切れ味が落ちるからの。薬局で無水エタノールを売っとるから、ダンジョン内にはそれを持っていって布にでも含ませて拭《ふ》くと良い。とりあえずの応急措置にはなる。あと……」

軍刀に魅入っていた俺を、重蔵さんの声が引き戻す。

そして、使った後の処置の仕方を淡々と話す重蔵さんをボンヤリと眺めながら、この軍刀を持ってモンスターを斬るのだと思うと俺は背筋がゾッとした。これで生き物を斬るのだと。

その瞬間、モンスターと一括《ひとくく》りに纏《まと》めてしまっていたことを思い出す。日課でスライムに塩を振るい、モンスターが光の粒になって消える瞬間を見ていたからこそ忘れていた。モンスターが消える。それは、俺がモンスターを殺した結果だったのだと。その考えに至り、俺は思わず苦笑を漏らす。なんのことはない、俺も人のことを笑えなかったのだ。俺も現実を直視せずに浮かかれ、ダンジョンというものをどこか空想の産物だと無意識に思っていたのだから。

「？　どうしたんじゃ、九重の坊主？　急に自嘲《じちょう》っぽい笑みを浮かべおって……」

「いえ、何でもありません」

俺が突然笑みを漏らしたことに、重蔵さんや裕二、柊さんは不思議そうな表情を浮かべる。確かに、このタイミングで笑うのはおかしいだろう。

だが、自分の馬鹿さ加減を笑うにはこの瞬間をおいて他にない。

「……そうか、まぁよい。では説明の続きじゃ、柊の嬢ちゃんが持っとる槍じゃが……」

重蔵さんが、俺の隣にいる柊さんに渡した槍の説明を行っているが、俺の耳にはそれが遠く聞こえる。引き抜いていた刀身を鞘に戻し、改めて軍刀を見た。手に持つ軍刀の重みが、受け取った時より数倍重いもののように感じる。

塩によってスライムが血も流さず簡単に消えたからこそ、深く実感出来なかったダンジョン攻略の実態。だが、この凶器を手に持ったことで俺にも明確な形が見えた。ダンジョン攻略とは、探索者がアイテムを得るためにモンスターを狩り、モンスターが己の縄張りに侵入した探索者を狩る。ただ、それだけのことなのだ。

「九重の坊主。お主のその顔を見るに、それを持つことの意味は感じ取ったようじゃの？」

「……重蔵さん」

思い詰めた表情を浮かべ手に持つ軍刀を見詰めていた俺に、柊さんへの説明を終えた重蔵さんが鋭い眼差しを向けてきた。

だが俺が無気力な生返事で応えると、重蔵さんの眼差しが不意に和《やわ》らぐ。

「なに、それは所詮《しょせん》タダの道具じゃよ。どう使うかは、お主次第じゃ」

「……」

「さて……2人の得物選びはこんなものじゃの。裕二、お主はそれを持っていけ」

重蔵さんは裕二に壁にかかった二振りの小太刀《こだち》を指さし、持ち出しの許可を出す。

「それって……いいのかよ？」

「いい、持っていけ。さてお主ら、譲る武器も決まったことじゃし道場の方へ移動するぞ。その武器の使い方と手入れの仕方、一通り教えてやるわい」

裕二は驚いたように再確認を取るが、重蔵さんの意思は変わらない。裕二は目を瞑《つぶ》り一呼吸入れた後、二振りの小太刀を恐る恐る手に取った。裕二の様子からして、何か特別な小太刀なのだろうか？　武器を選び終えたことを確認した重蔵さんは、外していた布を武器に掛け直し俺たちに道場へ移動するように促すと早々に階段を下りていく。俺たちは顔を見合わせた後、それぞれの得物を抱え重蔵さんの後を追った。

そして、道場に到着した俺たちは胡座《あぐら》をかいて座る重蔵さんの前に、持ってきた得物を自身の前に置いて横一列に正座をして並ぶ。……うん、体育で剣道を習った時のような感じだな。

「さてと、それぞれの使う武器が決まったことじゃし、基本的な使い方と手入れの仕方を教えるとしよう。いきなり真剣を使うのもアレじゃな。裕二、木刀を持ってきなさい」

裕二が重蔵さんの指示に従い立ち上がると、道場の壁に掛けられていた、それぞれ木で出来た太刀、小太刀、槍を取ってくる。重蔵さんが腰を上げたのを合図に、釣られて俺と柊さんも立ち上がった。戻ってきた裕二に手渡された木刀は、赤みがかった木材で出来た重いものだ。軽く手に打ち付けてみると、かなり硬い印象を受ける。

「さて、まずは九重の坊主から教えるかの。裕二、お前は柊の嬢ちゃんに槍の基本的な使い方を教えておれ。坊主、正面に剣を構えてみろ」

重蔵さんに促され、俺は剣道の授業で習った竹刀の持ち方を思い出しながら木刀を重蔵さんに向けて構える。初心者にしては、そこそこマシな構えをしているつもりなのだが、眉を顰《ひそ》める重蔵さんの様子を見るに落第点のようだ。

「ふむ。まぁ、素人ならこんなもんじゃろ。まずは剣の握り方から教えようかの」

つまり根本的にダメということか。

そして重蔵さんの指導が始まる。剣の握り方から足の動かし方、剣を振るまでには色々と覚えることがあるらしい。重蔵さん曰《いわ》く、体の動かし方を覚えず剣を振るえば自分の体を傷つけるぞと。

試しに木刀を連続で振ったら、十数回目の踏み込みで前に出ていた左足のスネに当たった。かなり痛かったが、これが真剣だったらと考えると、ゾっとする。

「まぁ、ちゃんとした型で剣を振り続ければ、いずれ体の方が剣の振り方を覚える。軽くでもいいから、毎日素振りはしておくと良いぞ。下手な振り方では、自分だけでなく周りの人も傷つけるからの」

重蔵さんの忠告を、スネの痛みとともに実感する。確かに下手な振り方をしていれば、モンスターを斬る前に裕二や柊さんを斬りかねないな。

「剣を振るう時は、米の字を書くイメージを持って振るうのじゃ。基本的に剣を振り始める軌《き》道《どう》は、その8と突きを合わせた9つじゃ」

「……米の字、ですか」

重蔵さんの言うように、米の字を描くように木刀を振るう。何度か素振りを繰り返していくうちに、最初はブレブレだった剣の軌道がだんだんと安定していく。

「ふむ。これだけ木刀を振るって息を切らさんのを見ると、九重の坊主は体力面では心配いらんようじゃの。お主、普段から何か運動でもしとるのか？」

……あっ、やべ！　木刀を振るうのに夢中になって、身体能力が強化されていることを忘れていた。1回1回確認しながら木刀は振るっていたので剣速自体は常識の範囲内に収まっていたのだが……それでも同年代の奴が全力で木刀を振るった時に出る程度の剣速は出ていたようだ。

そんな剣速で木刀を振るい続けて、息一つ乱していなかった俺。普通に考えれば、おかしな状況だろう。

「え、ええ。軽くですけど、空いた時間にジョギングとかをしています」

俺は重蔵さんに、咄嗟《とっさ》に思いついた苦しい言い訳を口にする。

その後、十数分間木刀を全力で振るい続けたのに、息一つ切らさない体力が軽いジョギング程度で身につくのかと、自分で自分に問うてしまった。

「……そうか。まぁ、とりあえずイッチョ前に剣は振れるようになった訳じゃし、そろそろ真剣に持ち変えて振ってみい」

「あっ、はい」

重蔵さんの指示に従い、木刀を壁の棚に掛け、床に置いてあった軍刀を手に取る。鯉口を切り、刀身を鞘から引き抜く。白銀の刀身が照明に照らされ、妖《あや》しい輝きを放つ。

俺の緊張感を見て取ったのか、重蔵さんは俺に助言の声をかける。

「なに、木刀と同じように振るえば良い、変に緊張すれば余計な力が入り危険じゃよ」

「あっ、はい。……ふう」

鞘を床に置き、心を落ち着かせるように息を吐く。俺は体の正面に構えた軍刀をゆっくり頭上に掲げ、吐く息とともに真っ直ぐに振り下ろす。

「ふむ。まあまあ、じゃな。刃筋も立っとるし、真剣を使って初めての素振りがコレなら十分及第点じゃ」

「あ、ありがとうございま、す？」

重蔵さんに褒《ほ》められた？　俺は生返事をしつつ、もう一度軍刀を構え直し軌道が米の字を書くように軍刀を振るう。1振り、2振り、3振り……素振りの回数が増えるに従い剣速が次第に上がっていく。

「坊主、その辺で良いじゃろ」

「あっ、はい」

「素人にしては筋がいいの。どうじゃ？　本格的にうちに通ってみんか？」

新しい玩具《おもちゃ》を見つけたような表情を浮かべる重蔵さんに、何故《なぜ》か弟子にならないかと勧誘された。あの……別に剣の道を邁進《まいしん》する気はないんですけど。

「すみません。せっかくですけど、お断りします」

「そうか。まぁ、気が変わったらいつでも言ってこい。ビシバシ鍛えてやるわい」

「はっ、はぁ」

その後、細々とした指摘を重蔵さんから受けながら、俺と柊さんはそれぞれの武器の使い方を習っていった。裕二も重蔵さんの指摘を受けていたが、俺たちに比べ圧倒的に少ない。さすがは経験者、普段使っている得物と違ってもともとの下地が違うな。

一通り武器の使い方を習った後、各々《おのおの》の武器の手入れ方法を習っていく。なかなか面倒な作業が続くが、この手入れで手を抜くと武器の性能に直結するとのことで、一つ一つ手順を踏んで手入れをする。特に砥石《といし》を使った砥ぎの作業は気が抜けず、一度刃を砥石に当てる角度が悪かったらしく砥ぐ前より切れ味が落ちるという事態も発生した。この作業をダンジョンから帰るたびに行わなければならないかと思うと、憂鬱《ゆううつ》になる。

重蔵さんの指導が終わった頃には、空が少し朱色に染まり始めていた。昼過ぎから夕方までかかるとは……。

「とりあえず、基本的なことはこれで終わりじゃな」

「あ、ありがとうございました！」

俺と柊さんは、重蔵さんに深々と頭を下げる。突然来訪し、武具の無心をした俺たちに武器の譲渡は言うに及ばず、使い方や手入れの方法の指導まで丁寧《ていねい》にしてくれたのだ。これで感謝しない訳がない。むしろ、言葉で述べるしかお礼の方法がない今の自分の無力さが恨めしい限りだ。

「よいよい。まぁ、お主らもダンジョンへ行ったら頑張るんじゃぞ？」

「「はい」」

「うむ。っと、そうじゃ。お主らにやった刀と槍、銘《めい》を教えておらんかったな」

銘？　ああ、刀の名前のことか……って、名前があるような品なのコレ⁉　……俺たちが、本当に貰って良かった品だったのかな？　と、俺の脳裏に一抹《いちまつ》の不安が過《よ》ぎった。

「九重の坊主が持つ軍刀の銘が、不知火《しらぬい》。柊の嬢ちゃんが持つ槍の銘が、五十鈴《いすず》じゃ」

「不知火……」

「五十鈴……」

重蔵さんに教えてもらった銘を、俺と柊さんは口にする。ただ銘を口にしただけだというのに、不思議と愛着が湧いてきた。

俺は手に持った軍刀……不知火を眼前に掲げ心中で呟く。

「……（これからよろしく頼むな、不知火）」

これが、俺とダンジョン攻略をともにする相棒、不知火との出会いだった。

◆

翌週末、協会で重蔵さんから譲ってもらった武具の所持登録を済ませた後、裕二と柊さんを自宅に招いた。ダンジョンに潜る前に、引き出しの中のことを2人に話すために。

部屋の中央に置いた折り畳み式の卓袱台《ちゃぶだい》を囲み、俺たちは座布団に座っていた。

「……で？　話しておきたいことって何だ？」

お茶を一啜《ひとすす》りした裕二が、一息間を置いて話を切り出す。

俺は一瞬躊躇《ちゅうちょ》したが、意を決し口を開く。

「実は2人に……いや、皆に隠していたことがあるんだ。2人にはダンジョンへ潜る前に話しておいた方がいいと思って」

俺は2人の目を見ながら、真摯《しんし》に語りかける。2人は俺の様子から軽い話ではないことを感じ取り、真剣な表情で居住まいを正す。

「2人には、話をする前に先に約束しておいてほしいことがあるんだけど……」

「何だ？」

「……これから話すことを他の誰にも話さないでほしいんだ。公的機関にも、家族にも」

かなり身勝手なお願いだとは思うけど、現状でこの部屋のダンジョンの存在を公《おおやけ》にしてもらっては困るからな。

「……そんなに秘密にしないとまずいことなのか？」

「うん。かなり」

「……約束はしてもいいけど、あまりに許容出来ない話だったらさすがに約束しきれないわ」

　まぁ、そうなるよな。言ってみれば、俺は2人に共犯になれって言っているようなものだし。

最低限、話を聞いて秘密を共有してもいいって思えないと約束できないか。

「今はそれでいいよ」

　俺は卓袱台の上のお茶を一口飲んで、緊張で渇いた喉《のど》を潤《うるお》し話し始める。

「家にダンジョンが出来たんだ」

「「……はぁ？」」

　2人は俺の話を聞き、鳩が豆鉄砲を食らったような表情になった。

うん。まぁ、そういう反応になるわな。いきなりダンジョンが出来た、なんて聞けば。

「半年前にダンジョンが出現した時、どういう訳か俺の部屋の机の引き出しにダンジョンの入り口が繋がっていたんだ」

「「……」」

「で、今も机とダンジョンは繋がっている」

　放心した2人の様子に、俺は少し申し訳なさを覚えた。

　最初に正気を取り戻したのは、柊さんだった。柊さんは鋭い目つきで俺を睨みつけながら、
声を荒らげることはせず、淡々とした口調で詰問してくる。

「……ねぇ、九重君？　なんで半年前、公的機関にダンジョンの出現を通報しなかったの？

今でこそ、ダンジョンからモンスターが外に出てこないということが分かっているけど、あの時点では、ダンジョンの存在は凶暴な敵性生物が湧いて出るかもしれない極めて危険なものという認識だったものよ？　万が一のことがある、とは考えなかったかしら？」

やっぱり、それを聞いてくるよな。

「今まで公的機関に言ってなかったのは、タイミングを逃したというのが大きい理由かな」

「タイミングを逃した、ですって？」

「うん。ダンジョンの存在に気がついたのは、政府放送があったすぐ後だよ。登校の準備をする時に引き出しを開けたら、中にモンスターが鎮座《ちんざ》するダンジョンがあったんだ」

「……モンスターの存在を確認していたのなら、なおのこと公的機関に通報した方が良かったんじゃないのかしら？」

「その時は俺も、現実離れした事実に気が動転していたんだよ。まさかダンジョンが家に……しかも、自分の使っている机の引き出しの中にあるだなんてさ。だから、ダンジョンなんて存在しないと思い込んで目を逸らし、その日は現実逃避しつつ学校に行ったんだよ」

「……あの時の大樹の妙な様子は、美佳《みか》ちゃんだけが理由じゃなかったんだな」

黙って俺と柊さんのやり取りを聞いていた裕二が、何かを思い出したかのように口を開く。

おそらく、あの朝の出来事を思い出したのだろう。

あの時は美佳を理由に、心ここにあらずといった様子を誤魔化したからな……。

「勿論《もちろん》、美佳が心配だったということに嘘はないよ。ただ、引き出しの中のダンジョンのことで頭が一杯だったというのも確かだけど。その後は、学校で裕二や柊さんと話したお陰で少しは落ち着いたんだけど……」

「けど？」

「ダンジョンの情報を集めようと思って休み時間にスマホでネット情報を漁《あさ》ったんだ。でも、ある騒動のニュースを見たら公的機関に通報するのが怖くなってさ」

「……もしかして、あの騒動のことを言ってるのか？」

「うん。そのことだよ」

ちなみに、ここで裕二の言うあの騒動とは、市街地に出現したダンジョンから避難命令を受けた市民が避難する様子がテレビ中継されたことだ。あの光景を見たお陰で、俺の部屋にダンジョンが出現したことを公的機関へ通報することを躊躇してしまった。荷造りも許されず警察の誘導に従い慌《あわ》てて避難していく住民たち、大量動員された焦《あせ》りを露《あらわ》にする警察官、ダンジョンの危険性を煽り立てながら緊急避難という特ダネに群がる報道機関。

「2人とも、うちの位置はわかるよね？　住宅地の中心部付近で、近くには大規模マンションなんかもある。そんな所にダンジョンが出現したと公的機関に報告して、緊急避難命令を出されたら……って思ったらさ」

「まぁ、テレビ中継された時以上の大混乱になるだろうな」

「そうね。ざっと見積もっても……２０００～３０００人近くの避難住民が出るでしょうね」

「それを思うと、なかなかに踏ん切りがつかなくてね。通報するタイミングを逃した理由の一つだよ」

あの中継を見ていなければ、俺は素直にダンジョンのことを通報していたかもしれない。

俺が気落ちして少し暗い顔をしていると、柊さんが質問を続けてきた。

「でも、それだけでは通報しなかった理由として弱いわよ？　確かに、大規模な避難活動が行われることは避けたいでしょうけど、九重君の家族を含めて、周辺住民がモンスターに襲われる心配の方が大きいはずよ」

「確かにそうだな。大樹……改めて聞くけど、何で通報しなかったんだ？」

俺はつい裕二から眼を逸らし、押し黙ってしまった。そう、だよな。あの時点では、モンスターがダンジョンから出てこない事実は分かってなかった。家族や周りの人たちの安全を考えれば、公的機関に通報して避難すべき状況だろう。

だが、俺がそれをしなかったのは……。

「……麻痺《まひ》、していたんだろうな」

「「麻痺？」」

「ダンジョンに出現したモンスターっていうのが、スライムなんだよ」

「「はっ？　スライム!?」」

2人はスライムと聞き、驚きの声を上げる。無理もない。ダンジョンが出現しモンスターの存在が認知されるに従い、スライムの認識は激変していた。

ダンジョンが出現する前までは、某ゲームの影響でスライムは最弱のモンスターという見方が一般的だったのだが、ダンジョン出現以降スライムはダンジョン表層階一の難敵扱いだ。銃や剣などの物理攻撃は効きづらく、粘性体ゆえの不規則な動きからの攻撃により犠牲者が続出していた。倒すためには、希少な魔法スキル保有者や液体窒素《ちっそ》等の特殊装備が必要で、軍の特殊部隊チームでも避けて通るようなモンスターだ。

「九重君。それならなおのこと、通報して周りの皆と避難しないとまずいじゃない……」

「そうだぞ大樹。何で通報しなかったんだ？　危険なものだっていうことは、分かってたんだろ？」

2人は苛立《いらだ》ちつつ、身を乗り出しながら俺を睨みつけた。その様子を見て俺は、ああ、これが普通の反応なんだな……と改めて認識し自分の対応の拙《まず》さを後悔する。俺は俯《うつむ》きながら、2人が落ち着くまで黙って咎《とが》めるような視線に耐え続けた。

だが、しばらくして冷静さを取り戻した2人は気まずそうな表情を浮かべ俺に謝罪する。

「すまん、少し興奮しすぎた」

「ごめんなさい、私も」

「……いや、二人の反応は当然だよ。当然の……」

どんよりとした雰囲気が俺たちを包む。感情に任せて俺を責めたせいで、自己嫌悪に陥《おちい》る2人。自分のしたことを再認識し、底抜けに落ち込む俺。どうしようもないほどに、負の感情が部屋に満ちていた。

「……で、どうしたんだ?」

「……?」

「スライムだよ、スライム」

「ああ」

重苦しい空気を壊すように裕二が質問を投げかけてきたので、俺は体に纏《まと》わりつく鉛《なまり》のような空気を押しのけて覇気のない表情で口を開く。

「勿論、倒したよ」

「……えっ!?」

「驚くのは無理もないけど、世間で言うほどスライムは倒しにくいモンスターじゃないんだ」

俺の発言に虚を突かれたように2人は大口を開けて驚いていたが、俺は構わず話を続ける。

「スライムが倒しにくい理由は、物理攻撃が効きづらいことだよね? でも実は、ローコストで簡単に倒せる方法があるんだ」

俺が視線を部屋の隅に置いてあるダンボール箱に向けると、2人も俺の視線に釣られて同じダンボール箱に視線を向けた。

「あの箱の中に入っているものなんだけど……全部塩なんだ」

「塩？」

「うん。スライムの簡単な倒し方っていうのが、塩を振りかけることなんだ」

そう言うと、２人の視線がダンボール箱に釘付けになる。俺は座布団から立ち上がり、ダンボールから小分けにしておいた塩の袋を取り出し、証拠だとばかりに卓袱台の上に置いた。

「舐《な》めてみて。間違いなく塩だって分かるはずだからさ」

「あっ、ああ」

「う、うん」

２人は俺の差し出した塩の袋に指を差し込み、指先に付いた塩を舐めた。

「……塩だな」

「……塩ね」

指を咥《くわ》えたまま、２人はしょっぱそうに僅かに顔を歪《ゆが》める。

そして、２人が確認を終えた後、俺は袋を持って机に移動した。

「２人とも、今から証拠を見せるからコッチに来てよ」

「「……」」

２人は座布団から立ち上がり、机の引き出しの中が見える位置に寄ってきた。俺は２人の顔を確認した後、引き出しに手をかけてゆっくりと開ける。

「「!!」」

「見ての通り、スライムが鎮座するダンジョンだよ」

引き出しの中に広がるダンジョンに、２人は息を呑む。部屋の中央に鎮座する、ウニウニと動く不定形粘性物体、通称スライム。

俺は息を呑んだまま固まっている２人の目の前で、塩の入った袋を引き出しの上からスライムに向けて傾けた。塩の滝はスライム目掛けて一直線に落ちていき、見事に命中。塩がスライムに触れると、すぐに効果が出る。スライムは苦しそうに伸縮を繰り返してのたうち回り始め、次第にその体積を減らしていく。体の大きさが元の半分を下回ろうとした時、中心部にあった黒い球体が砕け散り、光の粒子となってスライムは消滅した。

その光景を見た２人は今度こそ絶句する。

「今見てもらったように、スライムは塩をかけると消滅するんだ」

スライムが消えたダンジョンの床を凝視《ぎょうし》する２人に、俺は見たままの事実を伝えた。２人はゆっくりとした動作で顔を俺に向けた。

「これが、ダンジョンを報告しなかった大きな理由の一つだよ。あまりにも簡単にモンスターが倒せてしまったから、自分で対処出来るのなら騒ぎを大きくしないでいい、通報する必要も避難する必要もないじゃないかって……そう思ってしまったんだ」

俺は顔を俯かせ落ち込む。改めて過去を振り返ると、自分の馬鹿さ加減に呆れる。危険を口では訴えていても、やっていることはダンジョンに熱を上げていた連中と同じだった。倒しても、死体は残らずゲームのように散るモンスター。モンスターを倒すとレベルが上がり、ドロップアイテムを得る。俺は無意識のうちに、ゲームの主人公にでもなったつもりだったんだろうな。

「結局のところ、俺は引き出し越しに被害を受けることなく容易かつ一方的に倒せる立場にいた……つまりは、現実を見ているようで見ていなかったんだよ。……何やってんだか、ホント俺は」

「「……」」

「最初にダンジョンが出現してから半年近く経《た》った今じゃ、自宅に出現したダンジョンの存在を公的機関に通報することも出来ないよ。あの時タイミングを逸《いっ》したせいで……」

自嘲の笑みとともに自分の軽率さを懺悔《ざんげ》する俺に、2人は顔を見合わせて何とも言えない表情を浮かべた。

「でも、重蔵さんに剣を貰って目が覚めたよ。現実の重みを実感してね。俺がやっていたのはただの一方的な虐殺だってさ」

俺の独白に、2人が息を呑む音が聞こえた。その音を聞き、俺はハッと正気を取り戻す。

2人の顔を見ると、裕二は目を見開き、柊さんの顔は若干青ざめていた。

「……ごめん」

「いや。大樹が謝る必要なんかないさ。……俺もどこか楽観視していたみたいだ。思えば、小さい頃から武術を習っていたけど、結局それを振るう機会はなかったからさ、爺さんがダンジョンへ行けと言った時も口では逆らっていたけど、身につけた武術を全力で試せる機会が出来たことにどこかで喜んでいたんだろうな。結局俺は、誘惑に負けただけで、拒絶はしなかったんだ。

そうだよな、ダンジョン攻略って言っているけど、結局のところは殺し合いだしな」

「……そう、ね。私も家の事情があるにしても、私が強く拒否すればお母さんだって娘が命を落とすかもしれないダンジョン探索者になれなんて言わなかったはずよ。お父さんを説得するなり、別の方法を考えるはずだわ。でも、私が強く反対しなかったから……ふぅ、今思えば私も周囲の空気に当てられてどこか浮かれて楽観視していた感があったわね」

部屋の中に、重苦しく気まずい空気が流れる。俺の告白をきっかけに、2人もダンジョン攻略という看板の陰に隠れていた現実を再認識したようだ。協会に武器の所有登録をしに行った時は、どこか高揚《こうよう》しているように見えた2人はもういない。結局、俺たち皆、揃いも揃って頭ではダンジョンを危惧《きぐ》していたはずなのに、実感としての危機意識は抱いていなかったってことか。そして卓袱台に戻った俺たちはお茶を飲みながら、心を落ち着けてから話し合いを再開した。

「……以上が、俺がダンジョンのことを公的機関に通報しなかった大きな理由だよ。まぁ結論としては、俺の身勝手で通報するタイミングを逸し、秘匿《ひとく》し続けるしか選択肢がなくなったってところかな？　今更、このダンジョンのことを公にするには……」

「そうだな。今更言い出せないよな。まぁ、今のところ大樹1人でも十分に対処出来ているようだし、状況に変化があるまでは現状維持でいいんじゃないか？」

「そうね。現状、他にいい方法もなさそうだし……」

裕二と柊さんは深い溜息を吐きながら、疲れ果てた虚ろな表情で投げやり気味に言葉を吐き出す。無理もないな、かなりヘビーな話だったし。

「とりあえずしばらくは黙っておくが、どんな些細《ささい》なことでも変化があったら教えてくれよ」

「私もしばらくは黙っておくわ」

「ありがとう……」

2人は心底疲れた様子で、俺の提案に同意してくれた。

心の隙間を突くような感じになって心苦しいけど、ダンジョンのことを秘密にすることを受け入れてくれて安心した。

秘密の暴露を終え、少し胸のつかえが取れた俺は注ぎ足したお茶を飲みながら2人が落ち着くのを待った。2人は卓袱台に突っ伏しながら、頭の中を整理しているようだ。

「それと提案なんだけど、2人も俺には色々言いたいことがたくさんあるだろうけど、安全にダンジョン探索をするためにやっておいてもらいたいことがあるんだけど……」

2人の様子が元に戻ったことを見計らい、俺は試験を受けた時から考えていた提案をする。

「ダンジョンへ行く前に、ここのダンジョンを使ってレベル上げをしないか？」

「「えっ？」」

ダンジョン探索は命懸《いのちが》けだ。安全マージンを確保するためにも、2人のレベル上げはしておいた方がいいと思う。ここのダンジョンを使えば、初心者でも安全にレベルが上げられるからな。

「幸か不幸か、このダンジョンに出現するモンスターは全てスライム。さっきも見てもらったように、スライムは塩を使えばたいした苦労もなく倒せるから、数をこなせばレベルは確実に上げられるよ。現に俺も、スライム討伐《とうばつ》で結構レベルを上げているからね……」

俺の提案に、2人の疑いの籠《こも》った視線が向けられる。いや、そんなに疑わなくても……。

「大樹、その話は本当か？　ちょっと信じがたいんだが……」

「私もちょっと信じられないわ」

「講習でもダンジョンには多種多様なモンスターが棲息《せいそく》しているって言っていたぞ？」

「そうよ、単一種のモンスターしか出ないダンジョンの話なんて……聞いた覚えがないよ？」

でも、本当にスライムしか出てこないんだよな、このダンジョン。通常のスライム種の他に大きさや属性の違う派生型のようなやつは出てくるけど、今現在までスライム種以外がこのダンジョンに出てきたことは一度もないんだから。

「俺が自分で半年間毎日観察し続けた結果、本当にスライムしか出現していないんだよ」

俺は2人の目を見ながら、真摯に嘘偽《いつわ》りがないことを訴える。だけど……。

「「……」」

うん、沈黙が痛い。本当のことを言ってはいるのだが、簡単には信じてもらえないであろうことも俺は認識している。しかし、信じてもらわないと話が進まないのも事実だ。すると……。

「……本当のことらしいな」

「……ええ」

どうやら、信じてくれたようだ。安堵の息を漏らしながら、俺は胸をなでおろす。

「信じてもらえて良かった。じゃあ、早速始めようか」

2人の気が変わらないうちに座布団から立ち上がり、塩の入った段ボール箱から幾つかの小分けした袋と計量カップ、スプーンを取り出し、机への方へと移動する。

「今度は2人にやってもらうよ。経験値（ＥＸＰ）はモンスターを倒した人にだけ入るシステムみたいだから、2人にモンスターを直接倒してもらう必要があるんだ。ああ、心配しないで。塩をかけるだけの簡単な作業だから、簡単な……」

どうも、気が滅入《めい》る。半年間毎日続けてきたことなのだが、自分がやっていたことを改めて認識した後だと……いささか罪悪感がある。便利な効果があると思っていたスライム族の天敵という称号も、今となっては大量虐殺をした罪状のようなものだ。

そして、俺が話の途中で突然落ち込んだことに、2人は何とも言えない表情になった。

「……まっ、とりあえずやってみよう。大樹、塩をくれ」

「あっ、うん」

俺は引き出しを開け、ダンジョンの中に鎮座するスライムを確認する。どうやら今回出現したスライムは、ノーマルタイプのようだ。

「あのタイプのスライムなら、スプーン1杯分もあれば倒せるよ。はい、裕二」

俺は計量スプーンに塩を盛り、裕二に手渡す。裕二は計量スプーンを受け取ったが、俺が渡した塩の量に若干不安そうな顔を浮かべた。

「……おい、大樹。これっぽっちの塩で、本当に大丈夫なのか？」

「大丈夫、大丈夫。ここ半年で色々実験をして統計を取った結果、あのタイプのスライムにはこれくらいの量で十分だから。余裕を持たせた上で適量と判断したのが、その量だよ」

「……そうか」

「ほら裕二、早く振りかけなよ」

いまいち腑《ふ》に落ちない感じの裕二の背中を軽く押し、ダンジョンと繋がる引き出しの前へ押し出す。

そして裕二も覚悟を決めたのか、計量スプーンをダンジョンと繋がる引き出しの上に移動させ、スライム目掛けて計量スプーンを一気に傾けた。塩がスライムに触れると、すぐに効果が出る。スライムは苦しそうに伸縮を繰り返してのたうち回り始め、次第にその体積を減らしていく。体の大きさが元の半分を下回ろうとした時、中心部にあった黒い球体が砕け散り、光の粒子となってスライムは消滅した。

「な？　簡単だったろ？」

「ああ……そうだな。だが、これは……」

「……簡単過ぎる、って言いたいんだろ？」

「……」

俺の問いに、裕二は生唾《なまつば》を飲み込みながら無言で頷く。俺は未だ引き出しの中のダンジョンを凝視している裕二を尻目に、机の引き出しを一旦閉めてから再び開く。

すると消えたはずのスライムが再び出現していることに気がついた裕二は、目を見開き絶句していた。俺は引き出しの中を覗《のぞ》き込み、中のスライムを確認する。

「げっ……上位タイプ」

ダンジョンの中に出現した新しいスライムは通常タイプの5倍ほどの大きさのスライムだった。藍《あい》色の体をうねらせ、形を自在に変えている。

俺は1歩離れていた柊さんに手招きをし、引き出しの中のスライムを見せた。

「……何あれ？　さっき見たのより、かなり大きいみたいだけど？」

「グレータースライム。さっき裕二が倒したノーマルタイプの上位種だよ。属性は持っていないけど、ノーマルタイプ以上の物理耐性持ちだよ。上位種は滅多《めった》に出てこないんだけどね」

「グレータースライム……」

柊さんは俺の言葉を繰り返すように口ずさみながら、グレータースライムを見続ける。俺はその間に、グレータースライムを倒すのに必要な量の塩を計量カップに移していた。

「はい、柊さん」

「……こんなに？　広瀬くんの時とは量が違いすぎない？」

計量カップいっぱいに入った塩を受け取り、柊さんは困惑《こんわく》気味に量が間違っていないか俺に確認してくる。いや、まぁ……確実性を取るとそれくらいの量になるんだよね。

「スライム族にとって塩は劇毒性の物質だけど、種類ごとに致死量が変わってくるんだよ。グレータークラスだと、最低でもこれくらいはかけないと」

「そう」

俺の説明を聞き終わった柊さんは、躊躇することなくグレータースライム目掛けて計量カップを一気に傾けた。塩の塊《かたまり》の直撃を受けたグレータースライムは一瞬体を震わせた後、体を伸縮させ苦しみながら体積を減らしていく。元の体積の半分ほどになったあたりで、グレータースライムは砕け散り姿を消す。

そして、スライムが消えたダンジョンの床には、拳大《こぶしだい》のコアクリスタルが転がっていた。

「……これは、ダメね」

「……簡単過ぎるから？」

「ええ。九重君がこのダンジョンのことを、自分でどうにか出来るって思うようになったはずだわ」

　柊さんは難しい表情を浮かべ、不安げに眉を顰《ひそ》める俺を見つめる。

「九重君。安全マージンを作るために、このダンジョンを使ってレベルを上げるというあなたの提案には乗るわ。だけど、最低限のレベル上げを終えたらここを使うのはやめましょう」

「……柊さん？」

「このダンジョンだと簡単に強くなれてしまうわ。何でこのダンジョンが九重君の部屋に出現したかは分からないけど、あまり使いすぎない方がいいわね」

「……俺もそう思うぞ、大樹」

「柊さん、裕二」

　二人の提案に俺は困惑した。ここでレベルを上げられるだけ上げておけば、安全マージンは確保出来るというのに何故？　と。

「確かにこのダンジョンを使ってレベルを上げれば、ダンジョン探索での安全性は確保出来るでしょうけど、代わりに私たちと他の探索者との能力差が急激に広がっていくわ。新人探索者が普通にあのレベルのモンスターを倒せるようになるのに、どれくらいの期間がかかるかしら？　絶対に2、3カ月では足りないはずよ」

「……大樹。実技講習の時、トラップを全て回避して出てこれたのも、このダンジョンを使って強くなった成果だったのか？」

「あ、ああ……このダンジョンで手に入れたスキルのお陰だよ」

裕二の質問に俺が口ごもりながら答えると、裕二はこれみよがしに溜息を吐いた。

「やっぱり、ここを使いすぎるのは考えものだな。他の探索者とは一線を画《かく》す能力を短期間で持ったら、違和感を持った人が何かあると俺たちに探りを入れて、芋蔓《いもづる》式にこのスライムダンジョンのこともバレかねないぞ」

「そうなったら監視の上、ダンジョンを秘匿したことに対する奉仕活動とか言って、攻略の最前線に送り込まれる……なんて可能性もあり得るわ」

それはさすがに……嫌だな。

「という訳で、九重君。安全にダンジョン上層階を探索が出来る最低限の力を得たら、しばらくは周りとのレベル差を実感するために普通にダンジョン探索をしましょう？　ね」

「あっ、はい」

有無を言わさない柊さんの凄《すご》みが利《き》いた笑みに、俺は白旗を揚《あ》げた。

いや、だって本当に怖いんだよ？　今の柊さんって。裕二だって柊さんの後ろで、雰囲気に呑まれて思わず後ずさってるしさ。

「広瀬君もそれでいいわよね？」

「あっ、ああ、問題ない。もともとこのままダンジョンへ行くつもりだったんだしな」

「そう。それは良かったわ」

柊さんの鋭い眼差しに気圧《けお》された裕二は、口ごもりながら柊さんの提案に同意した。

そして、裕二の同意を得た柊さんは再びこっちを向いて、俺の両肩に手を置き……。

「だから、ね……九重君……ダンジョン関係で他に秘密にしていることがあるのならば、今のうちに全て吐きなさい」

「……は、はい」

この後、俺は柊さんによってステータスやドロップアイテム等々について、俺が知る限りのダンジョンに関する情報を吐き出させられた。

「なるほど。このダンジョンでは、扉を開閉すると倒したスライムはリポップするのね」

「う、うん。ただ、出現したドロップアイテムを放置したまま扉を開閉したら、そのアイテムは新しいスライムのリポップと同時に消えるから、回収作業は毎回する必要があるよ」

「後で纏めて回収することは出来ないのね……気をつけるわ」

なぁおい、裕二……見てないで助けてくれよ。えっ、無理？　まぁ、そうだよな、うん。

……肝《きも》が据わった目の女の子って怖いよな。

その後、２人は放課後に毎日うちに寄るようになり、俺の日課になっているスライム潰しに参加するようになった。毎日数時間、引き出しの扉を開け閉めしながらスライムに塩をかけ続ける作業。1度俺がデータを揃えていたということもあり、2人は出現するスライムに、あらかじめネットで追加発注しておいた塩を使って次々と倒していく。俺の時のようにスライムの致死量を探るための試行錯誤をする必要がないので、手早く進むスライム討伐で出現するドロップアイテムは、柊さんに吐かされた念力スキルと空間収納スキルをフル活用して回収していたのだが量が多く、収納の許容量ギリギリまでに迫った。どう処分すればいいんだよ、これ。はぁ……。

そして、2人のレベルがそこそこ上がった時、俺は空間収納に仕舞っておいたスキルスクロールを取り出し、2人に見せて効果を解説しつつ好きなものを選んでもらった。

名前：広瀬裕二
年齢：16歳
性別：男
職業：高校生
レベル：25
スキル：身体能力強化〈P〉7／10・知覚鋭敏化〈P〉4／10・高速思考〈P〉3／10・斥《せき》力鎧《りょくよろい》〈A〉1／10
HP：255／255

ＥＰ：10／１３０

名前：柊雪乃
年齢：16歳
性別：女
職業：高校生
レベル：27
スキル：身体能力強化〈Ｐ〉４／10・気配感知〈Ａ〉２／10・気配隠蔽《いんぺい》〈Ａ〉２／10・風魔法〈Ａ〉１／10
ＨＰ：２５５／２７５
ＥＰ：１００／１４０

２人のステータスを見て、裕二が前衛、柊さんが中衛、俺が後衛といった形で自然とまとまった。

その際、俺の【鑑定解析】スキルでスキルスクロールの詳細が分かっていたことも役立ち、ＥＰのリソースを無駄に消費した歪《いびつ》なスキルを構築せずにすんだのは幸運だった。ある程度法則性が解明され始めているとはいえ、ゲームなどと違い、手引き書などないこの世界においてのスキル決めは、探索者としての今後を大きく左右する大博打《おおばくち》に等しい。

まぁ、そんなこんなでバタバタと慌ただしい日々を過ごし、少しずつ準備を整えていた俺たちはようやくダンジョンへ乗り込む準備を全て終えた。俺たちが初めて挑戦するダンジョンは、住む街から程近い山の麓《ふもと》に誕生したダンジョン。周辺都市圏に在住する探索者が集《つど》う、今一番ホットな場所だ。

◆

2人のレベル上げが終わった翌週、朝一で俺たちは各々譲渡された武具を持ってダンジョンの最寄《もよ》り駅まで来ていた。風情《ふぜい》のある古い駅舎の前には、老若男女の人だかりが出来ている。見渡す限り、人人人。電車の乗客が、全員一斉にこの駅で降りた結果が目の前の光景だ。

そして彼らの格好から、俺たちと同じ探索者だということが一目で見て取れた。

「うわっ、人ばっかり」

「ざっと……100人ってところか？　早朝だっていうのに、結構賑《にぎ》わってるな」

「今日は日曜日だし、朝釣りや朝野球のノリじゃないのかしら？」

俺は試しに、彼らのレベルがどれほどのものかと思い【鑑定解析】を試してみる、すると。
5、7、2、4、9……。常連っぽいのを数人調べただけだが、二桁《けた》台に至っているような探索者はいない。

「やっぱり、まだレベルの低い探索者が中心だな。まぁ、探索者制度が始まって1カ月ちょっとしか経ってないから当たり前だよな」

　俺はある意味予想通りの鑑定結果に半目になりつつ、いかに自分たちが特殊な状態にあるのかを再認識した。コレは絶対に、自分たちのレベルがバレないように気をつけないといけないな。

　そう決意しつつ、俺は2人と口々に人だかりの感想を述べながら、さらに駅周辺の状況を確認していく。駅周辺には真新しいコンビニがあり、さらにファミレス等の新規飲食店が多数建設中だった。恐らく、ダンジョン探索者目当ての出店だろう。

「車窓からも見えたけど、田舎《いなか》っぽい所なのに急激に開発の波が押し寄せているな」

「ダンジョン特需ってところじゃないか？　探索者相手に商売をして一稼ぎしようってさ」

「そうね。基本的に今回開放されたダンジョンは山間《やまあい》なんかの人里離れた場所に出来たものが中心だから、土地代も安く新規出店もし易いんじゃないかしら？　人が多く集まれば、それに比例して地元にお金も落ちるしね」

　そういえば、最近ニュースで地方経済が活性化しているって言っていたな。ダンジョンのお陰で地方に雇用が出来て、都市部に集中していた人口が分散し始めて、地域経済が回り始めたって。

そうした視点で見ると、元は田んぼであったと思わしき場所にも工事車両が多数出入りし、アパートやマンションらしき建物が多数建設中で田舎にしては珍しく活気づいていた。

「この調子だと、そのうち移住を考える人も出てきそうだね」

「いるだろうな。探索者として安定して稼げるのなら、ダンジョンに近い場所に居住環境があった方が便利だろうしな」

「そうね。私たちだって、ここに来るまで少なくとも1時間近くかかるのよ？　毎日ダンジョンに通おうと思うのなら、交通の便も考えて近場に引っ越すわよ」

「確かに」

探索者としての稼ぎが安定するのならば、ダンジョンの近くに移住するのも選択肢に入る。電車も通っているので自家用車がなくても都市部に出る手段に困ることもないし、建設中の看板を見るに近々大型店舗の出店も予定されているようなので利便性もそう悪くないだろう。

と、そんなふうに3人で町の発展具合をネタに雑談をしていると、バス待ちの列が少しざわつく。どうやら、ダンジョンに向かうシャトルバスが来たようだ。

「アレに乗れば、ダンジョンも目前だな」

俺たちを乗せたバスは木々の生い茂る狭い林道を抜け、30分ほどかけて目的地であるダンジョンに到着した。ダンジョンの前の森は大きく切り開かれており、ダンジョンの入り口がある施設の他にも多数の建物や駐車場が出来ている。

バスが停留所に到着し、扉が開くと俺たちは口を押さえながらバスの外に出た。

「うっ、気持ち悪い」

「……やっと着いた」

「まったくだ……」

通ってきた林道は申し訳程度に舗装されていたが、かなり路面が荒れており、走行中は上下左右に容赦のない揺れが常時襲ってきた。椅子にしがみついていてこんな状態なのだから、ギュウギュウ詰めで乗っていたらと思うと、ゾッとする。

しかも、俺たち以外の乗客も似たような状態で、酷《ひど》い者は顔が青ざめており今にもリバースしそうだった。そのうち、路面舗装修理費用の募金とかが探索者の間で起きそうだな。

「……ダンジョンに入る前にリタイアする奴が出るんじゃないの、コレ？」

死屍累々《ししるいるい》といった有様である。俺の視線の先にある公衆トイレの近くには、先に出発したバスで到着したと思わしき探索者たちの成れの果てが多数転がっていた。

「さぁな、でも半日は使い物にならないんじゃないか？　この状態じゃ？」

「そうね。私も出来れば、少し休憩したいわ」

顔を顰《しか》める裕二と、若干気持ち悪そうに口元を押さえて休憩を提案してくる柊さん。俺も少し気持ち悪いので、休憩は入れたほうがいいと思う。

というか、こんな状態でダンジョンへ突撃はしたくない。

「賛成。裕二は？」

「俺も賛成だ。少し休憩を入れてから移動した方がいいな」

「ありがとう」

全員の意見が一致したので、俺たちはバス停から少し移動し、自販機コーナーで麦茶を購入し一息つく。多くの人が同じように休憩しており、足早にダンジョンへ入っていく人は少数派だった。この自販機コーナー、繁盛《はんじょう》してるよな。

「で、あの人たちは何であんなに急いでいるんだ？」

麦茶のペットボトルを傾けながら、俺は足早にダンジョンへ入っていく人たちに視線を送る。

「……アレが原因じゃないか？」

「アレ？」

裕二が指さす先には掲示板があり、ドロップアイテム買い取り強化中という大きな見出しの下に数枚の写真つきのアイテムリストが張り出されていた。掲示板の前には人だかりが出来ており、興味なさげに眺めている人から、ある項目で顔の動きを止めた後ダンジョンに向け走り去っていく人など、様々な反応をしている。

俺は2人に断りを入れた後、麦茶を飲みながら掲示板を見に行く。

「……へぇ、色々あるな。なになに、回復薬が1つ1万円で買い取り中？」

俺は買い取り金額に違和感を覚えた。リストの写真に載っている回復薬は回復薬の中では最下級であるが、軽い擦《す》り傷程度なら使用後十数秒で完治してしまう程度の効能はある。今でも自衛隊がダンジョン探索時に回収したものは、国が余剰《よじょう》分を救急医療用にと、全国の病院や救急隊に配布しているものだ。勿論、探索者の中にはもっと治癒《ちゆ》効果が高い回復薬を得ることを目的に、ダンジョンに潜っている者もいる。

それの買い取り額が1万円？　これは高い……のだろうか？　正直、基準がよく分からないな。

「えっと、他のは……？」

他のリストを見るが、そこまで高額な値段はついていない。鉄や宝石等の鉱物系は相場で買い取られており、エネルギー資源にはなるがドロップアイテムとしてそこそこの数が産出されるコアクリスタルは安価で買い取られていた。

ただ、産出数の少ないマジックアイテムやスキルスクロールはピンキリだが、10万円くらいから数千万円で買い取られている。ホント、ピンキリ過ぎだろう！　と叫びたい差だな。

「……鉱石やコアクリスタルは数をこなさないと、あまり稼ぎにはなりそうにないな」

「そうだな」

いつの間にか裕二と柊さんが俺の側まで来ており、2人とも難しい表情を浮かべながら買い取り強化リストを見ていた。

「マジックアイテムやスキルスクロールが高額取引されるのは分かるけど、他の品の買い取り額が低いのは考えものよね」

柊さんの言う通り、鉄などの鉱石等はキロあたり100円もしない。運がなければ、命懸けなのに日に1万円も稼げないという事態にもなりかねない。

俺の引き出しダンジョンから産出されたドロップアイテムの比率はだいたい、何も出現しないが5割、コアクリスタル出現が3割、鉱石類やその他が2割、マジックアイテムやスキルスクロールは希《まれ》に出る程度である。

「俺は特に金目当てで来ている訳じゃないから、まぁいいけど。金目的で来ている連中にとってみたら、この買い取り金額は結構キツいんじゃないか？」

「そうだよな」

裕二は流派発展のための経験値稼ぎ、柊さんはお金と食材調達、俺は……惰性《だせい》か？

まぁ一攫千金狙《いっかくせんきんねら》いという訳ではないから、俺たちはこの買い取り額でもいいが、そのうち買い取り額に不満を持つ探索者の暴動でも起きやしないか心配になってくる。探索者には自分たちの代表として、ダンジョン協会と交渉してくれる労働組合なんてものはないからな。

「マジックアイテム類の査定基準はよくわからないけど、他の物に関しては市場価格が基準だからそこまでオカシな金額っていう訳じゃないんだろうけどな……」

「命懸けでやって、この程度の稼ぎか！　って騒ぐ人はいるでしょうね。私はとしては、納得出来る許容範囲内の買い取り額だとは思うけど」

どうやら、資金稼ぎが目的の1つに含まれる柊さん的には、この買い取り額は適正範囲内らしい。

だが、やっぱり買い取り額に文句を言う人は一定数いるだろうな。

「でも、俺たちにはどうしようもないね。この買い取り金額を決めているのは、ダンジョン協会……ひいては国なんだからさ。1人2人が騒いでも、どうにもならないんじゃないかな？　国家賠償訴訟とか起こして、数百万人規模の署名が集まるとかしないとさ……」

2人は俺の意見に賛成なのか、無言で頷く。

「まぁ、それくらいしないと動かないわな、国は」

「そうね。それに、別にボッタくってるっていう訳じゃないしね。原価や仕入れ値って言われたら反論のしようもないわ。探索者って、言ってみればダンジョン協会の非正規雇用の下請《したう》けなんですもの。それも、完全歩合《ぶあい》の出来高払い」

あれ、何だろ？　言葉にしてみると、探索者って結構アレな職じゃね？　俺は脳裏に過《よ》ぎるアレな考えを、頭から振り払った。

「まぁ、あまり気にしていてもしょうがないよ。そこそこ休憩もとれたし、そろそろダンジョンへ入ろうか？　柊さん、顔色がさっきよりは良さそうだけど大丈夫かな？」

「ええ。十分に休憩をとったから、もう大丈夫よ」

どうやら休憩を挟んだお陰で、気分の悪さは落ち着いたようだ。少し青かった顔色も今は元に戻っているので、無理をして強がっている訳ではないらしい。

「じゃぁ、行こうか」

「おう」

「うん」

俺たちは飲み終えたお茶のペットボトルをゴミ箱に捨て、ダンジョンの入り口があるプレハブ倉庫へと入っていった。入場受付を済ませ、更衣室の前で柊さんと別れると、更衣室内のロッカー前で持ってきた戦闘服ことジャージに着替え、防具と武器を身に付けていく。

俺は普段部屋着として使っていて、ともにレベルアップした黒いジャージの上下とブーツ型の安全靴、LEDヘッドライト付きの白いヘルメット。裕二は青い作業服の上下とブーツ型の安全靴、LEDライト内蔵のヘルメットだ。あとはそれぞれ腰のベルトに各々の得物を付け、協会の公式ショップで売っていた比較的安価な衝撃吸収用のウレタンが内張りされた強化プラスチック製の防具に再回帰反射テープを貼付し、カラーリングしたアサルトグローブを身に付けていく。最後に小物の入ったバックパックを背負えば、ダンジョン探索の準備は完了だ。着てきた服やバッグなどはロッカーに仕舞い、俺と裕二は更衣室を後にする。

そして5分ほど更衣室の外で待っていると、着替え終わった柊さんも更衣室を出てきた。白い作業着を着て槍を持っていること以外は、俺たちと同じような格好だ。互いの装備に不備がないことを最終確認した後、いよいよ俺たちはダンジョンの入り口へと向かった。

ダンジョンの入り口があるホールには、様々な格好をした人が綺麗に並んで入場の列をなしている。俺や裕二のように剣を持っている者や、柊さんのように槍を持っている者も多くいるが、中にはスコップやバールといったものを持ってきている者もいた。武器購入制限に引っ掛かる年齢というわけではないだろうに……趣味に走っただけなのか、高価な武器が購入出来ず身近にあるものの中から実用性を考えて選択したのか判断が難しい。

他にも、倉庫の一角に20畳分ほどのクッションマットが敷かれたエリアがあり、十数人の探索者たちが講習で習った準備運動をしていたので、俺たちもそこで準備運動を入念に行って体を解《ほぐ》していく。ココで手を抜くと動きが鈍《にぶ》るし、怪我《けが》をする可能性があるからな。

そして列の最後尾に並びしばらく待っていると、やっと俺たちの番が回ってきた。係員の指示に従いカードケースに入れた探索者カードを読み取り機械に翳《かざ》すと、短い電子音が鳴るとともにゲートが開く。コレで正真正銘、俺たちはダンジョンの入り口の前に立ったことになる。

俺は小さく息を呑んだ後、自分に言い聞かせるように横に並ぶ二人に最終確認の声をかけた。

「準備はいいか？」

「ああ、大丈夫だ」

「私も問題ないわ」

俺の問いに、二人は張りのある声で返事をしてくる。雰囲気に呑まれ緊張していないか心配したが、どうやら無用の心配だったらしい。

「じゃ、行こう！」

俺の声掛けに合わせ、俺たちはダンジョンへ最初の一歩を踏み入れた。

第三章　ダンジョン探索開始

[Chapter 3]

About the daily life that dungeon had appeared when waking up in the morning

入り口の門を潜《くぐ》ると、俺たちの眼前には広い石造りの通路が奥まで続いていた。このダンジョンはかなり余裕を持った造りのようで、武器を振り回しながら戦闘しても、武器が壁に当たったり仲間の動きを邪魔することもない。

そして、ダンジョンの天井や壁の一部が数メートル間隔で淡く光っているので、一応ダンジョン内の光源は確保されている。もっとも普段、蛍光灯やＬＥＤ照明などに慣れている俺たちの目には、かなり薄暗く感じるんだけどな。今は入り口付近ということもあり、ゲートの方からも照明が差し込んでくるのでそれほど暗い感じはしないけど、奥に進めばかなり暗くなるだろう。俺たちはヘルメットに付いている高輝度ＬＥＤライトのスイッチを入れ、ダンジョン内での視野を確保する。

「今日はダンジョン探索初挑戦だし、ライトの電池が持つのはおおよそ４時間前後だから２時間ほど進んだら引き上げる、ってことでいいよな？」

「そうだな。初挑戦だし、それくらいが適当じゃないか？」

「そうね。慣れないうちから無理をする必要はないものね」

俺の探索時間の提案に、裕二《ゆうじ》と柊《ひいらぎ》さんが特に反論もない様子で同意してくれた。今回のダンジョン探索の方針はとにかく、命を大事に、だ。今日は初日だし、ダンジョン探索の空気を肌で感じられれば十分だろう。ガンガンいこうぜ！　っていうような、阿呆なノリでもないしな。まずは確実に、怪我《けが》なく探索から帰還することを目的とするべきだろう。

一応、家のダンジョンでレベルアップをしているので、表層階に出現するようなモンスターが相手なら楽に撃退出来るはずだが、何しろ実際に戦闘をこなした経験がない。塩でスライムを一方的に倒してきたことなど、とてもではないが戦闘経験値としては数えられないからな。

俺は左腰にぶら下げた軍刀の柄《つか》に手を当て、気合いを入れるように大声を上げる。

「それじゃぁ……出発！」

「おう！」

「ええ、行きましょう」

ダンジョンを歩く順番は裕二を先頭に、柊さん俺。前衛中衛後衛といった順番で、適度に間隔を開けながら縦《たて》一列に並んで探索を開始する。

表層階にトラップは仕掛けられていないと聞くが、念のために俺は【鑑定解析】スキルを使い、トラップの有無を確認しながら慎重に奥へと進んでいく。

「大樹《たいき》、トラップは？」

「ないな。講習で習った通り、どうやら1階層にはトラップは仕掛けられていないみたいだ」

講習の時に習ったが、ダンジョンの地下3階層まではトラップは仕掛けられていないようだ。他にも、地下3階層までは多種類のモンスターが単独で出現するだけとも習った。なんというか、親切設計のダンジョンだよな、ホント。チュートリアル階も完備しているなんてさ。

そんな訳で、本格的な探索は地下3階層以降からとされている。

「まぁ念のため、トラップ調査は続けるよ。柊さんの方はどう？　モンスターの気配は感じる？」

「……今のところ、私たちに近付く気配はないわね」

周囲を注意深く観察しながら気配を探っている柊さんは、首を軽く左右に振りながら俺の問いに答える。既《すで》に多くの探索者が入り込んでいるからなのか、30分以上探索しているにもかかわらず、まだモンスターの1匹とも遭遇していない。だから休日は、朝イチでダンジョンに潜《もぐ》る探索者が多いのか。

「なぁ、どうする？　この階での戦闘は諦《あきら》めて、下の階に行くか？」

裕二が途方にくれたような顔で、俺と柊さんにこれからどうするか尋《たず》ねてくる。今日は安全を第一に考えて、1階層を回ってダンジョンに慣れることを目的としていたのだ。

もともと1階層のモンスター分布自体が少ない上、モンスターのリポップスピードが探索者の数と討伐《とうばつ》スピードに全然追いついていないようだ。こうなってくると、裕二の提案するように地下2階層に移ったからといって、モンスターと遭遇するとは思えない。

「そうしたいのはやまやまだけど、ダンジョン内での戦闘に慣れる前に下の階層に行くというのには、私は反対よ？　せめて一度だけでも、いざという時にすぐに脱出出来る1階で戦闘を経験しておきたいわ」

「……うん、そうだね」

確かに裕二の提案も分かるのだが、俺は柊さんの意見に賛成だ。戦闘に慣れるまでは、即時撤退が可能な1階層で行動した方がいい。何しろ、今日はダンジョン攻略の初日だ。俺たちがモンスターを武器で倒した時、動揺し酷《ひど》く取り乱さないとも限らないからな。

俺たちにとって脅威《きょうい》にならないモンスターしか出ないといっても、ダンジョンの奥深くに潜っていたら万が一が起きかねない。それだけは避けたいからな。

「しかし、こうもモンスターと遭遇しないとなると な……」

「裕二……」

「広瀬《ひろせ》君……」

裕二のどこか諦め切れなさそうな声に、俺は思わず下の階層に潜ろうと言いたくなった。

確かにこのままモンスターと戦わないとなると消化不良も甚《はなは》だしいが、せめて1度でもいいので1階層目でモンスターとの戦闘を経験しておきたい。俺たちはそんなことを思いながら、歩き回った。

そして10分後、俺たちの願いが通じたか遂《つい》にその時が訪れる。

「!?　気をつけて、何か近付く気配がある！　この気配……人じゃないわね。２人とも、このままだとモンスターと遭遇する可能性があるわよ……！」

柊さんの警戒を促す声に、俺と裕二は腰の鞘《さや》から刀を抜き放ち、構える。柊さんも鋭い目つきで槍《やり》を構え、前方を睨《にら》む。

そして、10秒ほどした時、石畳を踏む足音を立てながらモンスターが姿を見せた。

「来た」

「アレは、確かハウンド・ドッグ……？」

「……結構大きいな」

10ｍほど先に姿を見せたモンスターは、黒い体毛に覆《おお》われた大きな４足歩行のイヌ（？）だった。鋭い牙《きば》が生えた口からヨダレを垂らし、血走った紅《あか》い瞳が俺たちの姿を捉《とら》えている。控え目に表現しても、ダンジョンの外にいたら、捕獲命令より殺処分の許可が下りそうな風貌をしている凶暴な大型犬だ。

まず俺は、ハウンド・ドッグに【鑑定解析】を使ってみた。すると、ハウンド・ドッグのステータスが判明。たいした数値ではないのだが、見た目のせいでレベル以上に強そうに見える。レベルでは俺たちの方が優位であることは分かっているが、緊張で喉《のど》が渇《かわ》く。

しかし、いつまでもこうしてモンスターと睨み合いを続ける訳にもいかない。だから……。

「じゃあ、予定通りに。まずは柊さんの魔法で牽制《けんせい》、次に俺が例のものを試すからトドメは裕二が」

緊張で荒れた呼吸を整えた俺は、入場の列に並んでいる間に決めておいた行動方針を自分に言い聞かせるように力強く口に出す。

「お、おう！」

「わ、わかったわ。じゃ、じゃあ……行くわよ！」

俺の言葉に、緊張した硬い声で2人は返事をしてきた。うん。俺もそうだけど、2人も実戦の雰囲気に飲み込まれているな。この状態で下の階に降りていたらと思うと……ゾッとする。やっぱり、勇み足で下の階層に降りなかったのは正解だったと俺が思っていると、柊さんが【風魔法】スキルで最初に覚えた攻撃属性の風魔法の名を宣言し魔法を繰り出した。

「エアーボール！」

柊さんがハウンド・ドッグに向けて突き出した左手から、周囲の空気を圧縮した野球ボールほどの大きさの空気の塊《かたまり》が打ち出される。エアーボールはハウンド・ドッグ目掛けて真っ直ぐ、野球のストレート……120㎞／hほどの速さで飛んでいく。距離が近かったということもあり、エアーボールは1秒とかからずハウンド・ドックに到達し、その力を解放した。

「ギャンッッッ！」

エアーボールはハウンド・ドッグに命中するとともに、指向性を持って圧縮空気を開放。大

型犬ほどあるハウンド・ドッグを、軽々と数メートルほど弾《はじ》き飛ばした。弾き飛ばされたハウンド・ドッグはフラつきながら体を起こし、敵意に満ちた血走った目で柊さんを睨みつけてくる。

エアーボール……ダメージは軽い魔法だが、相手の体勢を崩す牽制魔法としてはなかなか有用そうだな。モンスターとの距離を開けたい時や援護で隙《すき》を作る時などに使えそうだ。

「じゃぁ、次は俺だな。裕二、効果がなかったらフォロー頼む」

「任せろ！」

柊さんの魔法を見た俺はバックパックの横に吊るしておいたプラスチック銃を取り外し、右手は軍刀を持っているので左手で構えた。柊さんの魔法でダメージを受けたハウンド・ドッグは激高し、雄叫《おたけ》びを上げ距離を詰めてくる。だが俺は万が一に備えて裕二にフォローを頼んでいたため、慌《あわ》てず狙《ねら》いを定め、適当な距離までハウンド・ドッグが迫るのを待って銃の引き金を引いた。

すると銃口の先端から真紅《しんく》の液体が飛び出し、一直線に距離を詰めてきていたハウンド・ドッグの顔面に命中。次の瞬間……。

「ギャウウッッッッ!?!?!?」

効果は抜群。ハウンド・ドッグは突撃の勢いそのままに、無様にも石床に倒れ込んだ。顔を石床に何度も擦《こす》り付け、何とか真紅の液体を振り払おうとしているが効果がなく、顔の至る穴から涙や汗を噴き出しのたうち回る。そんなハウンド・ドッグの姿は、とても哀《あわ》れだった。

「「「うわ……」」」

あまりの効果絶大さに、俺たちはドン引きしてしまった。だがその間も、ハウンド・ドッグは苦しそうにのたうち回り続け、次第に動きが鈍《にぶ》くなっていき体全体を細かく痙攣《けいれん》させ始めた。

「「「……」」」

言葉もない。俺たち3人は動かなくなってきたハウンド・ドッグの様子を、ただただ呆然と見続けるしかなかった。俺は手に持つものに視線を落とし、予想外の効果を発揮したことに冷や汗を流す。

「……おい、大樹。お前、何をしたんだ？　試してみたいことがあるとは言っていたけど……」

「……九重《ここのえ》君、その水鉄砲に何を入れていたの？」

柊さんが俺が手に持つ水鉄砲……またの名をウォーターシューターを指さしながら鋭い眼差《まなざ》しと硬い声で問い詰めてくる。その姿に、俺はいつぞやの詰問を思い出し、思わず口ごもる。

「えっと、その……」

「……九重君？」

「激辛《げきから》ホットソースの希釈液《きしやくえき》が入っています！」

目を細めた柊さんに恐怖を感じた俺は、反射的に叫ぶように水鉄砲の中身を答えた。

「ホットソース？」

「激辛マニア御用達《ごようたし》の超激辛ソースです！　ルインソースっていうホットソースシリーズの中で、上から4、5番目に辛いって評判のものを使いました！」

スライムが塩で倒せたので、他のモンスターにも応用できないかと思ってネットで調べたところ、俺の目に留《と》まったのがルインソースだった。説明文には、唐辛子《とうがらし》の数百倍の辛さがあると書いてあったので、これは使えるかもと思い用意したのだ。

「ネット評で、口にすれば下血する辛さだって書いてあっていたからモンスターにも効くかな？　って」

残念ながら、1番辛いやつは既に製造を中止されていて、購入は出来なかった。なんでも、辛いを通り越しすぎて危険物にクラスチェンジしたそうだ。代わりにそれよりはマシだが、数滴も垂らしたスープを飲めば下血間違いなしとの評価を得ているものを使っている。

で、そのホットソースを水で希釈し濾過《ろか》したものを俺はポンプ式の水鉄砲に注入し、今回モンスターに対して使用した。

「その結果があれかよ……」

俺の説明を聞いた裕二と柊さんは、反撃を警戒し、目を離さず監視しながらも、痙攣し続けているハウンド・ドッグに哀れみの眼差しを向ける。そんな姿に、俺はなんとなく居た堪《たま》れない気持ちが湧いてきて、2人から目を逸《そ》らした。

「はぁ……まったく。スライムの塩といい、今回のことといい……九重君は予想の斜め上の行動を取るわよね」

柊さんは溜息を吐きながら、額《ひたい》に手を当てた。

えっと……何か、ごめんなさい？

「で、どうするのよ、アレ？」

「どうするって……」

柊さんに促され、俺は痙攣を繰り返す虫の息のハウンド・ドッグに目を向ける。このまま放っておいても、そのうち死にそうな気がしてきた。

だがさすがに放置する訳にもいかないので、俺は視線を裕二に向け……。

「……分かってる。トドメは俺が刺すよ」

「……」

俺の大丈夫かという視線に、裕二は無言で頷《うなず》く。

そして裕二は小さく溜息を吐いた後、倒れて痙攣を繰り返しているハウンド・ドッグを警戒しながら小太刀《こだち》が届く距離まで近付いていく。だが、すぐ間近にまで裕二が近付いてもハウンド・ドッグは痙攣を繰り返すだけで、反撃や回避といった素振りは何も示さない。

裕二は緊張で唾《つば》を飲んだ後、右手に持った小太刀を振り上げハウンド・ドッグの首筋目掛けて一思いに振り下ろした。小太刀は狙い違《たが》わず、ハウンド・ドッグの首筋に突き刺さり、赤い血が噴き出す。裕二はハウンド・ドッグの首に突き刺さった小太刀を素早く捻《ひね》り、トドメを刺す。

ハウンド・ドッグは一度大きく痙攣した後、全身の力が抜け動かなくなった。

「……」

裕二は無言で動かなくなったハウンド・ドッグから小太刀を引き抜き、少しフラつく足取りで距離を取る。

チラリと見えたが、裕二の顔色がいささか悪い。

「……大丈夫か？」

「……ああ、大丈夫だ」

口では大丈夫とは言っているが、到底そうは思えない。裕二は微妙に焦点《しょうてん》が合っていない目で、血の付いた小太刀をジッと見ていた。しばらく場に沈黙が広がる。

そして裕二がトドメを刺してから1分ほどして、ハウンド・ドッグが光の粒になって姿を消した。死体が消えた場所には拳大《こぶしだい》の赤みがかった鉱石が転がっていた。俺は鉱石に対し【鑑定解析】スキルを使ってドロップアイテムの正体を探る。その結果は……。

「……銅、みたいだ」

「……そうか」

裕二はドロップアイテムに興味を示さず、未《いま》だ茫然《ぼうぜん》自失《じしつ》といった様子で血の付いた小太刀を見続けていた。コレは……少しまずいな。

俺は柊さんにチラリと視線を向けた後、大きく息を吸い込み裕二に声をかける。

「裕二！」

「っ！　……大樹？」

俺のかけた大声に反応し、裕二は何故声をかけられたのか分からないといった不思議そうな表情を浮かべているが、どうやら正気に戻ったようだ。裕二の目には先程までとは違い、シッカリとした光が戻っているしな。

「大丈夫か？」

「……ああ。……なぁ、大樹」

「？　何だ？」

「生き物を殺すって、こんなに気持ち悪い手応《てごた》えだったんだな……」

裕二は俺にうわ言のように、ハウンド・ドッグにトドメを刺した感想を呟《つぶや》き始める。

「刺した瞬間、小太刀を締め付けるように筋肉が動いて抵抗したんだ。けど、小太刀を捻ってトドメを刺した瞬間、それまで強烈に抵抗していた筋肉から一気に力が抜けたんだ。……俺、この手でモンスターを殺したんだよな……」

「……裕二」

「ははっ、なんてことはない。覚悟を決めていたつもりでも、結局このザマだ。……何やってんだろうな、俺」

俺はなんて言葉をかければいいのか、分からなくなった。裕二はそれ以上言葉を発することなく血の付いていない左の小太刀を鞘に収め、バックパックからキッチンペーパーと無水エタノールの入った容器を取り出し、小太刀に付いた血を拭《ふ》き取り始める。俺には、その裕二の背中を見守り続けるしか出来なかった。

だが柊さんは、そんな裕二の両肩に手を置き、優しげな口調で話しかける。

「ねぇ、広瀬君？　確かに生き物を殺したことにショックを受けているというあなたの反応は正常よ。だけど、ここはダンジョンの中なのよ？　すぐに忘れろとは言わないけど、外に出るまではその感情は棚上げしして。そうじゃないと、皆でダンジョンから無事に出ることさえままならなくなっちゃうわよ」

「……柊さん？」

諭《さと》すように話しかける柊さんに、裕二は小太刀の血を拭《ぬぐ》い続けていた顔を上げ、虚《うつ》ろな眼差しを向けた。

「ほら、立って。もう刀に血は付いてないわよ」

そう言って柊さんは両手を肩から二の腕に添え換え、裕二を少々強引に立ち上がらせる。

「……」

立ち上がった裕二はしばらく困惑《こんわく》しながら柊さんの顔を見続けた後、胸に溜まった息を深く吐き出し、どこか吹っ切れたような晴れ晴れとした表情になった。

「ごめん、迷惑かけた。もう、大丈夫だから」

「……本当？」

「ああ。完全に吹っ切れたっていう訳じゃないけど、柊さんの言うように今は棚上げしとくよ」

苦笑いを浮かべる裕二は血を拭き取った小太刀を鞘に収め、ドロップアイテムの銅鉱石を拾い上げる。銅鉱石は大きさから見積もって数キロの重さがあるようだが、裕二はレベルアップの恩恵のお陰で楽々と鉱石を片手で持ち上げていた。

「銅……か。この重さじゃ、良くて換金額は１０００円前後ってところか。はっ、文字通りモンスターの命はこの程度ってことか……」

手に持つ銅を見ながら、裕二はどこか寂《さび》しげな様子で吐き捨てた。

「裕二……」

「分かってるよ。これはただの愚痴《ぐち》だ……」

裕二は銅鉱石をバックパックの中に収納し、自分の頬を両手で叩き、気合いを入れ直す。

それで裕二は持ち直したようなので、俺たちはダンジョン攻略を再開。一応、この時点でダンジョンを出ないかとは提案したが、俺たちの実戦経験のなさが明確に露呈したため、今後のダンジョン探索のためにも最低１人１回はモンスターにトドメを刺す経験をしておいた方がいいという結論に達した。なので、俺たちは柊さんと俺の２人が倒す分のモンスターを求め歩き出した。

「とはいっても、そう都合良くモンスターが出てくるわけないか……」

「……そうだな。柊さんの方は？」

「ダメ。私のスキルに引っ掛かるようなモンスターはいないわ」

ダンジョン攻略を再開して既に1時間。そろそろ、ＬＥＤライトの電池残量が半分を切る時間になる。これだけ歩いてもモンスターに遭遇しないとは、どれだけエンカウント率が低いのだろうか？　ゲームなら確実に、クソゲーと呼ばれる分類にカウントされるだろう。

そんなことを思っていると、柊さんが大声を上げた。

「!?　２人とも気をつけて！　この気配、たぶんモンスターよ！　後ろの通路から来るわ！」

「！　分かった」

「了解！」

俺たちは武器を構えながら隊列を組み直し、モンスターの襲撃に備える。

そして柊さんの警告の声から数秒後、暗闇からモンスターが姿を現す。白い体毛に覆われた中型犬ほどの大きさの、額《ひたい》から1本の角が生えたウサギだ。【鑑定解析】による結果は、ホーンラビットと出た。

「裕二、柊さん、今回は俺がやるから！」

俺はそう叫んだ後、水鉄砲に手を伸ばそうとしたが、ホーンラビットは立ち止まって間合いを取らず、接近してきた勢いそのままに俺たちへと突っ込んできた。そのため、水鉄砲は間に合わないと判断し、俺は不知火《しらぬい》を握る手に力を込め2人に指示を出す。

「2人とも避けて！」

俺の声に反応し、裕二と柊さんはサイドステップでそれぞれ左右に飛んで避けた。そして俺は、体の右側に不知火を水平に構え、突撃を左に避けながら不知火をホーンラビットの跳躍軌道上に置く。すると、水平に置かれた不知火の刀身はホーンラビットの角の下、眉間《みけん》のあたりに当たり、刃が喰い込む感触とともにホーンラビットを上下に両断した。

上下に分断されたホーンラビットの死体は突撃の勢いそのままに、しばし宙を舞った後、濡れた雑巾《ぞうきん》を力一杯叩き付けるような音を立て床へ落下し、血溜まりを作り出した。

「……」

確かに裕二がショックを受けるのも納得だ。モンスターとはいえ、生物を斬《き》る感覚は何とも言えない気持ち悪さがあった。料理で使う肉の塊《かたまり》を切る感触とはまったく違う抵抗感が、未だに手に残る。磨き上げられていた不知火の刀身に少量の血と脂《あぶら》が付着しているので、間違いなく俺がホーンラビットを斬ったという証《あかし》だ。

そして先程と同様に1分ほど待っていると、血溜まりに沈む2つに分断されたホーンラビットの死体が光の粒に変わり消えていった……その場に何も残さずに。

「……ドロップは、なしか」

「みたいだな。で、大丈夫か大樹？」

「ああ。今は何とか」

裕二の件で事前に覚悟していたので、思ったよりもショックは少ないが、喉の奥から何かが込み上げてくるものはある。

だが、それをここで表に出す訳にもいかない。俺は意地を張り、笑みを浮かべながら、柊さんに普段と変わらない感じで話しかける。

「とりあえず、これで残すは柊さんの分の1体だけだね」

「そうね。でも、ダンジョン探索自体はこれで終了よ。ライトの電池を交換して、帰路につきましょう。残りの1体は、帰り道で遭遇することに期待するしかないわね」

俺たちは順番にライトの電池を交換し、帰路へとついた。進むのに2時間ほどかかった以上、帰路も同じだけ時間がかかるので遭遇する可能性は0ではない。

俺たちはマッピングしていた道を、来た時以上のスピードで戻っていく。途中、別の探索者グループとダンジョン内で遭遇したが、互いに協会が発行している識別反射ステッカーのお陰で、相手をモンスターと誤認することなく軽く挨拶《あいさつ》を交わして別れた。

出口まで半分となった頃、遂にモンスターが出現する。出現したモンスターはハウンド・ドッグ、裕二が倒したモンスターと同一種だった。

「柊さん。俺が水鉄砲の攻撃で足を止めるから、そのあと槍で仕留《しと》めて」

「……うん。お願いね、九重くん」

一瞬柊さんは俺がホットソース入り水鉄砲を使うことに躊躇したようだが、安全性優先という方針を思い出したのか頷いてくれた。俺は早速水鉄砲の狙いを定め、ハウンド・ドッグが射程に入った瞬間発射。液体は狙い違わずハウンド・ドッグの顔に命中、苦しそうにのたうち回り始めた。しばらく待つと、ハウンド・ドッグは痙攣を繰り返し動きを止める。

「さっ、柊さん」

「……うん。エイっ！」

柊さんの槍が、ハウンド・ドッグ側頭部に突き刺さる。ハウンド・ドッグは1度大きく痙攣するが、次第に動かなくなり、数十秒の待機時間を経《へ》て死体は光の粒に変わって消え、ビー玉ほどの大きさのコアクリスタルだけが残された。

俺はハウンド・ドッグにトドメを刺し終えた柊さんの顔を覗き込み様子を窺《うかが》ったが、特に変化もなく大丈夫そうに見えた。

「これで、今日のノルマは達成かな？」

「ああ、そうだな。1人1回ずつモンスターを倒しているし、初日なら十分だろ」

「そうね。無理をしてもロクなことにならないわ」

俺たちは初日の目標を達成したので、欲をかかないうちに帰路を急ぐ。思った以上に、俺たちは生き物を殺すということに精神的ショックを受けていたようだ。ここは無理をせず、早期撤退するのがベストな選択だろうな。

レベルが高いとはいえ、あと2、3度はダンジョンの深くには潜らず、モンスターを殺す感触に慣れておかないとまずい、というのが今回の実戦で得た教訓だ。

そして柊さんの戦闘が終わった30分後、俺たちは新たなモンスターと遭遇することもなく、無事ダンジョンから帰還し、初めてのダンジョン攻略を終了した。

ダンジョンを出てゲートを抜けた俺たちはまず、コンテナ型のエアシャワーと滅菌灯が設置された衛生管理エリアを通り抜けた。ダンジョンが開放されるまでの半年の間に、既に自衛隊や厚労省の合同調査チームがウイルス等の有無について徹底的に調べ上げ、危険なウイルスはいないと結論を出した。

だがしかし、深層部はまだ手付かずなため、万が一の可能性を考え、ダンジョンへ潜った探索者には例外なく全員の設備使用が義務づけられていた。バイオハザード発生の危険性がごく僅《わず》かでも懸念《けねん》されるのならばこの措置も仕方ないのだろう、しかし……。

「まるで、俺たちが病原菌のような扱いに思えるな」

俺は思わず感想を口にした。眼球保護グラスを掛け紫色の明かりが灯《とも》るコンテナの中を、エアシャワーを浴びながら誘導灯に従い1分以上かけてゆっくり歩く。どこのＳＦ映画だよと思った俺は悪くないはずだ。

「消毒液を振りかけられなかっただけ、まだマシと思った方が幾分いいんじゃないか？」

「そうね。この程度じゃ、本格的なバイオハザード対策には程遠いはずだもの」

「まぁ、そうなんだろうけどさ、はぁ……」

2人の言う通りだろう。

本気で政府がバイオハザードを警戒しているのなら、世論に煽《あお》られていたとしても民間人のダンジョン侵入などそもそも許すはずがない。そして、許可するにしても最低でも防護服の着用を義務づけ、ダンジョン帰還後に隔離病棟に移された後、各種検査のため数週間にわたって拘束されるはずだ。この程度の簡易設備でお茶を濁すような真似で済ますはずがないだろう。

「それじゃぁ、柊さん。着替えが終わったら、受付の待合スペースに集合でいい？」

「ええ、分かったわ」

俺と裕二は柊さんと更衣室の前で別れる。

そして着替えとコインシャワーで全身の洗浄を終えた俺たちは更衣室を出て、自販機で買ったドリンク片手に本日の反省会を兼ねた雑談を行いつつ、柊さんが出てくるのを待っていると、しばらくして着替えとシャワーを終えた柊さんが更衣室から出てきた。

「おまたせ、2人とも」

「あっ、柊さん。思ったより早かったね。はい、買っておいたよレモンティー」

「ありがとう九重君。お金は後で渡すわ」

柊さんは俺からレモンティーのペットボトルを受け取り、俺の横の空いてる椅子に座って、1口飲み胸に溜まった息を吐き出した。

「それにしても、ダンジョン内でモンスターとなかなか遭遇しなかったな」

「そうだな。朝から潜り続けて……4時間弱か」

「その間に私たちが遭遇したモンスターの数は、たった3匹。……3匹よ？　1階層目だけを探索したとはいえ、4時間近く潜って3匹は少なすぎない？」

マッタリとした空気の流れる俺たちの話題に上がったのは、ダンジョン内でのモンスターとのエンカウント率の低さだった。

そこで少し頭を捻《ひね》っていると、とある推測に思い至る。

「もしかして、各階層における適正人数を大幅にオーバーしてるんじゃないのか？」

「？　どういうことだ？」

「ダンジョンの奥深くに潜れる実力者がほとんどいないから、低階層帯に必要以上の人間がたむろしているんじゃないのかってことだよ」

「なるほど。確かに深く潜ることが出来ないのなら、必然的に探索者たちの狩り場は表層階に集中するわね。リポップ速度が討伐数に比例するような仕組みでもない限り、ほとんどのモンスターはリポップ直後にそこら中で彷徨《さまよ》っている探索者に即狩られるわ」

そうなると、当然レベルアップに必要な経験値はなかなか集まらず、深い層階に潜れるような探索者は生まれない。そんな探索者がダブついているダンジョンに、新しい探索者が大量にやってくれば、モンスターの取り合いが激化しない訳がない。

つまり、この時点で負のスパイラルが完成しているということだ。

「ああ、なるほど。だからモンスターとはあまり遭遇しなかったのか……」

「モンスターが蠢《うごめ》いてるダンジョン内で、リポップ地点から動いているモンスターの方がレアとかないわ」

「本当にそうよね」

嫌な結論に、俺たちは頭を抱《かか》えながら思わず溜息が漏れる。こうなると、ダンジョンへの入場に制限をかけてでも、深層階へ潜れる人材を育成する必要が出てくるのではないだろうか？　探索者たちの狩り場をある程度分散させなければ、この負のスパイラルが解消することは難しいだろう。しかし……。

「ゲームじゃない以上、死に戻りなんて戦法が使える訳ないからな。表層階以降の高レベルモンスターを相手にレベルアップ……なんて真似が出来ない以上は時間がかかるだろうな……」

「だろうな。今回俺たちは3匹しかモンスターを倒さなかったけど、移動時間や戦闘時間、戦闘後の休憩を合わせても、1日に数十匹のモンスターを倒すことなんて無理だろう。無理をすれば、疲労や判断力の低下でモンスターの餌《えさ》だ」

「探索者たちのレベルが低い以上、弱く経験値の低いモンスターの討伐数をこなし、レベルを上げるしかないんだろうけど……数がいないんじゃ」

場に沈黙が流れた。考えれば考えるだけ、詰《けた》んでる気がする。

つまり、駅で見たベテランっぽいレベル一桁後半の探索者たちは、探索者第1期生でスタートダッシュを決めていた者たちということだ。ひと月近く経《た》ってもレベルが二桁にも達しないって……。

「なぁ、俺たちのレベルって」

「広瀬君、それ以上は言わないで」

「……」

結果論だが、今の状況を考えると柊さんや裕二の言うように、安全マージンとして過剰《かじょう》なまでにレベルを上げないで良かったのかもしれない。だが、命の危険がある以上は安全マージンのためにもレベルを上げられるだけ上げようと思うのだが、そのために必須と思われるステータス偽装《ぎそう》系のスキルスクロールがドロップしない現状では、探索者の平均レベルからかけ離れているような状態は避けたい。普通に歩いているだけでも不自然に高レベルということがバレかねない状況だからな。抑えていたつもりのレベル上げでさえ、現状では探索者の平均レベルからずいぶんとかけ離れているらしい。

「……とりあえずさ、ドロップアイテムを換金しに行かない？　今ここで考えても、どうしようもない問題みたいだしさ」

「……そう、だな。換金に行くか」

「そうね。九重君の言う通りね」

俺たちはこの問題を棚上げして、ドロップアイテムを換金しに行くことにした。

何か最近、物事を棚上げすることが多くなってきたような気がする。でも、普通の高校生ではどうしようもないのも事実だし……はぁ。俺は缶に残ったコーヒーを一気に流し込む。

俺たちは荷物を持ってダンジョンの入り口があるプレハブ倉庫を後にし、武装した警備員が入り口に立つ、隣の事務所兼換金所がある倉庫に移動する。入ると、人気《ひとけ》が疎《まば》らなガランとした空間に、窓口のカウンターが並んでいた。どうやら他の多くの探索者たちは、まだダンジョン内に潜っているようで、待合椅子に数人が座っているだけだ。

その証拠に、俺たちが発券機から整理券を受け取ると、すぐに呼ばれた。

「整理券番号5番のお客様、買い取り窓口までお越しください」

布袋に入れた換金用のスキルスクロールや今日のダンジョン探索で取得したドロップアイテムを持って、俺たちは受付カウンターに向かった。

「お待たせしました、本日のご要件は？」

「ドロップアイテムの買い取りをお願いします」

「ではまず、探索者カードを提出してください」

俺は、買い取り係員の女性の指示に従い探索者カードを渡す。

「次に、こちらのカメラの赤いランプをご覧ください」

係員の女性は、窓口の横に設置されてあるカメラを指さす。ＩＣチップが付いているのは知っていたが、顔認証機能まで付いてるとは聞いていなかったんだけどな。俺はカメラに顔を向け、少しの間じっとする。すると。

「はい、本人確認はこれで終了です。買い取り物品をお預かりします」

俺は袋からスキルスクロールを取り出し、買い取りカウンターの上に置いた。

スキルスクロールを見た係員の女性は息を呑み、軽く目を見開く。やっぱりスキルスクロールが、買い取りに出されるのは少ないようだな。

「これは……スキルスクロールですね」

「ええ。運が良かったみたいです」

「そうですか……申し訳ありませんが、マジックアイテムに関する買い取り査定には確認作業に少々時間がかかります。今この場で査定額を算出することが出来ないので、協会の方でお預かりし、後日査定額を通知するという流れになりますがよろしいでしょうか？」

まぁ、そうなるか。でも、どうやって確認するんだ？　スキルスクロールは1度開いたら、対象者にスキルを取得させた後はゴミになるんだけど……気になることは聞いてみるか。

「それはいいんですが、大丈夫なんですか？　聞いた話だと、スキルスクロールは1度開いたらゴミになるって聞いたんですけど。さすがに買い取ってもらう前に、貴重なドロップアイテムをゴミにされたら困るんですが……」

「安心してください。数は少ないですけど、協会本部にドロップアイテムを鑑定するマジックアイテムがあります」

「鑑定するマジックアイテム……ですか？」

「はい、鑑定スキルが付与された鑑定メガネというマジックアイテムです。ダンジョン協会の方でごく小数ですが確保しています。ですが、全国から集まるマジックアイテムを鑑定するのには、数が足りず時間がかかってしまうのが現状です」

へー、スキルとしての鑑定の他に、鑑定が付与されたマジックアイテムなんてものがあるのか。自衛隊とかの精鋭チームが、ダンジョン深部で確保したのかな？

「1週間ほどで鑑定が終了し、査定額の通知書類が郵送されますので、届きましたらお手数ですが、お預かり証明証と査定通知書類をお近くの協会支部にお持ちください。買い取り手続きが行えます」

「1週間ですか……」

出来れば即日で買い取ってもらいたいが、ここでダダをこねてもしょうがないか。

「分かりました。鑑定の方、よろしくお願いします」

「はい、承《うけたまわ》ります。では、こちらがスキルスクロールのお預かりに関する書類です。内容をご確認の上、下記のサイン欄にサインをお願いします」

「はい」

俺は係員さんから書類を受け取る……。って、ずいぶんと細かい文字で色々書かれているなこの書類。保険の規約じゃないんだから、もう少し大きく書いてくれないかな……。

鬼の如《ごと》き細かい文字の羅列に不満を抱きつつ、俺は書類に一通り目を通していく。内容を要約すると、マジックアイテムが危険物だった場合の取り扱いについて書かれている。鑑定の結果、マジックアイテムが危険物だった場合、協会側が廃棄処分にするので探索者は取得権を放棄することに同意するという内容だ。

……って、これ。探索者側が鑑定スキルや鑑定アイテムを持っていなかったら、協会側……というか国側の都合で、預けたマジックアイテムを危険物と主張されたら、いいように没収されないか？　探索者側には提出したマジックアイテムがどういうものか分からないのだから、危険物と言われたら反論することも難しいから素直に従うしかないだろうし……いいのかよ、こんなので？

「すみませんこの規約って、スキルスクロールが危険なものだった場合も適応されるんですか？」

「はい。中には犯罪性が高いスキルもあるようなので、そういうものに関しては廃棄処分する規定になっています。その場合、処分完了後に通知書類を郵送します」

「そうですか……」

うわー、返答に迷いがないな。つまりこれは、そういう回答のマニュアルが協会中に出回っているってことか。適正に運用されているなら問題ないけど、こういう規定を悪用する輩《やから》って絶対出てくるからな。

……って、ん？　もしかしてコレって、鑑定スキル持ちを探し出す罠《わな》か？　さっき係員の人が言っていたように、鑑定アイテムが少ない今、ダンジョン内でスキルスクロールを使って鑑定スキル持ちになった人材を確保することは急務だろうから、査定内容に抗議してくる輩は鑑定スキル持ちである可能性が高いって。

未成年の武器購入に罠を仕掛けるような協会と国だからな、可能性としてはありそうだ……。

嫌な推測にゲンナリとしながら、俺は預かり書類にサインを書く。

「はい、確認しました。お預かり証明証を発行しますので、少々お待ちください」

書類のサインを確認した係員の女性は、プリンターで預かり証明証を発行しながら収納箱を用意する。係員の女性はあえて俺の目の前でスキルスクロールを箱に収め、蓋を開封防止テープで留め、預かり証明証のバーコードシールを箱の表面に貼った。

「こちらがお預かり証明証になります。買い取り手続き時に必要になるので、紛失しないように保管してください。本日は御利用ありがとうございました」

「こちらこそ、ありがとうございました」

預かり証明証を受け取り、俺は係員の女性に軽く会釈《えしゃく》しながら買い取り窓口を離れた。

手続き自体は簡単だったのに、すごく疲れたな。

俺たちはドロップアイテムの買い取り手続きを終え、背を伸ばしながら建物の外に出た。裕二の取得した銅鉱石の買い取り額は思った以上に良く、１４００円前後の支払いがあり、とりあえず電車賃は出たと言える。だが、柊さんが取得したコアクリスタルはそれほど高値では買い取ってもらえず、５００円ほどだった。

「今の状態だと、１日潜っても1万円以上稼ぐのは難しそうだな」

「だな。競争相手が多すぎてモンスターとのエンカウント率が低すぎる上、たとえモンスターを倒したとしても得られるドロップアイテムの買い取り価格がな……」

「運良くマジックアイテムでも取得しないと、命懸けなのに赤字よね」

似たようなレベルの探索者たちが集中しすぎた結果、今のダンジョン攻略は収支バランスが崩れている状態だ。本来なら探索者が上手《うま》く各階層ごとにバラけるのが適切なのだろう。その状態なら、モンスターの過剰な取り合いなど発生せず、適当な収入を得られる状態になったはずだ。

「時間を置いたら、状況が改善すると思う？」

「無理じゃないか？　これからさらに探索者は増えるだろうし」

「そうね、むしろ悪化するんじゃないかしら？」

この事態に至った原因は恐らく、第１回特殊地下構造体武装探索許可試験に定員を設けなかったことではないだろうか？　1度にダンジョンに入る人数を試験で調整していれば、上手い具合にレベル帯が分散していた可能性はあったはずだ。

「こうなると、いつ古参と新参の間でイザコザが起きても不思議じゃないな……」

「そうね。私たちはまだ学生だから、学校の合間に来る程度で趣味の範囲を超えないわ。でも、探索者として生計を立てようと思っている人たちからしたら、趣味程度でダンジョンへ潜ろうとしている探索者たちの増加は死活問題よ。常人以上の能力がある分、万一探索者同士で殴《なぐ》り合いの揉《も》め事にでもなったら……」

そのシーンを想像したのか、柊さんの顔色が悪い。普段モンスター相手に戦っていたような探索者が、安全な人の殴り方を知っているとは思えない。人間なんて、チョット殴る場所が悪ければすぐ死ぬのに。ましてやレベルアップで強化された身体能力で拳を振るえば……。

「そこまでバカじゃない、って期待するしかないんじゃないか？」

「そう、だな」

裕二の言うように、そう期待するしかないだろう。だが、時として感情に流されて考えなしに動くのも人間だ。ニュースで探索者同士の乱闘による死亡事故が報道されないことを祈るしかないだろうな。

溜息を吐きつつ、俺たちはシャトルバスの停留所へ移動し時刻表を見た。時刻表によると、次のシャトルバスが来るのは20分後の予定だ。

俺たちは停留所の椅子に座って、シャトルバスを待つことにした。背もたれに体重をかけ、雲が流れる青空を見ながら俺はポツリと独り言を漏らす。

「こうしていると、やっと終わった……って感じがするな」

「そうだな。実戦経験っていう収穫はあったし、俺たちにも色々問題があるのが分かった」

「そうね。でも、九重君のお陰でかなり変則的な実戦経験だったわよ？」

俺の独り言に反応した裕二と柊さんが、相槌《あいづち》を入れる。

いや柊さん、確かに変則的ではあったけど、1番重要な経験は得られたじゃない。

「モンスターを自分の手で殺す、っていう経験を安全に出来たことはいいことじゃないの？　経験して初めて分かったけど、確かにステータス的には俺たちの方がモンスターを圧倒していた。でも、今の俺たちの精神状態じゃ、モンスターを殺しながら探索を続けることなんて、とてもじゃないけど出来ないいんじゃないかな？」

「……そうね。確かにそうだわ」

「……大樹の言う通りだろうな。俺なんか、たった一太刀モンスターを斬っただけで……」

モンスターを殺した瞬間を思い出した俺たちは、若干顔色を悪くしながら沈黙する。

ステータスが上がったとしても、精神的に強くなる訳じゃない。そのことを実感出来たのが、今回の1番の収穫だと俺は思う。ダンジョンに潜り続けるということは、モンスターを殺し続けるということだ。ステータスだけでなく、精神的に強くなければこれ以上は無理だろう。

今回ダンジョン内で殺したモンスターが、犬や兎《うさぎ》という身近な生物の形をとっていたのも殺した時には精神的に結構きた。スライムは不定形の粘性体だった分、殺しても精神的な衝撃度は低かったのだが、今回殺したモンスターからは夥《おびただ》しい量の血が溢れ出た。

それだけで俺たちは……。

「……2人とも提案なんだけど、しばらくの間は今回みたいに少しダンジョンに入ってモンスターと戦って帰るっていう方針にしない？　とてもじゃないけど今の状態じゃ、ダンジョンの奥深くまで潜るのは無理だと思うんだ」

「……俺はその方針でいいと思う。この段階で無理をするのはまずい気がするからな」

「私はそれでいいと思うんだけど……」

「何か問題があるの？」

「お店の方がね」

そうだった。柊さんはお父さんが経営しているお店の休業中の資金稼ぎと、再開後の目玉商品開発のための食材を調達するという目的がある。柊さんとしては資金を稼ぎつつ、早々に目をつけている食材が得られる階層、オークが出るという地下10階層まで潜りたいはずだ。

でも、新作ラーメンてそんなに短期間で作れるものなんだろうか？　と思い尋ねてみると、柊さんは少し焦燥感《しょうそうかん》をにじませた目をしながら答えてくれた。

「ダンジョン食材が出回り始めてから、まだ日は浅いわ。どの店も今は試行錯誤の段階で、店に並んでいる品の多くは客の興味を集めるためのモニター用の試作品が大半だから、まだ余裕はあるわ……たぶん。それに、お父さんが復帰するのもリハビリ込みで3カ月はかかるもの」

柊さんは深い溜息を吐いた後、俺と裕二の目を見て宣言する。

「だから私は今の段階で、無理強《じ》いをする気はないわ。私も時間をかけて戦うことに慣れた上で、ダンジョンの奥に進む方針には賛成よ」

「……いいの？」

「ええ。ここで無理をしたら必ず後悔することになるわ。今回の経験でそう感じたし」

迷いなく言い切る柊さんに、俺と裕二は顔を見合わせた後。

「分かった」

「でも、何か状況に変化があったらすぐに教えてね」

柊さんが覚悟を決めている以上、俺たちには見守るしかない。でも、ダンジョンに慣れたら出来るだけ早く地下10階層まで潜ろうとは思う。俺と裕二はアイコンタクトで、そのことを互いに確認した。

そんな時、購買店のあるプレハブ小屋から何かが壊れる大きな音が響く。何事かと俺たちが音のした方に顔を向けると、そこには吹き飛んだドアの上に十代後半、俺たちとさして変わらない年齢層の少年が腹を押さえ咳込《せきこ》みながら倒れていた。えっと……喧嘩か？

お腹《なか》をさすりながら少年は立ち上がり、忌々《いまいま》しそうな眼差しを購買店の方に向けていた。少年の視線の先を追うと、そこには、ダンジョン協会の公式ショップで販売されている炭素繊維強化プラスチック製の最高グレードの金色のステッカーで華美な装飾が施された白い全身防具に身を包んだ20歳前後の大学生らしき青年が、腕を組みながら少年を見下すような眼差しと雰囲気を醸《かも》しながら仁王立ちしていた。

　何事かと俺たちが聞き耳を立てていると、少年と青年の罵《のの》り合いが始まった。

「はっ、ガキが！　そんなショボイ装備しか持っていないような奴は、皆の迷惑なんだよ！　とっととおうちに帰んな！」

「うるせぇ、この成金野郎が！　金つぎこんだから装備が立派なだけだろうが！」

「はっ！　それがどうした？　ツナギに野球のプロテクター、スコップ１本の土木作業員のようなお前よりは遥《はる》かにマシだろうが!?　ダンジョンに穴掘りしにでも来たのか!?」

「っ！」

「どうした!?　言い返さないのか！　さっきまでの威勢はどこ行った!?」

　少年は悔しそうに唇を噛みながら青年の暴言に耐えていた。青年はその少年の様子に気を良くしたのか、さらなる罵声《ばせい》の追い打ちをかけていく。

　うん、さっぱり状況が飲み込めない。いったい何がどうして、ああなった？

「……何、あれ？」

「さぁ？」

俺たちは首を傾《かし》げながら事の成り行きを見守る。レベルアップの恩恵で聴力も強化されているとはいえ、購買店からそこそこの距離がある停留所まで声が聞こえたということはかなり激しい言い争いをしていたようだ。現に、ダンジョン内に潜っていなかった探索者たちも、何事かと多数の野次馬たちが姿を見せ始めている。

幸い今のところ、青年の最初の蹴り（？）以外は手は出ていないようで、互いに相手を罵り、怒号を上げているだけだ。

「お前らみたいなマトモな装備も揃えられない連中が大勢来るお陰で、モンスターがいなくなって迷惑してんだ！　出直してこい！」

「っ！　仕方ねえだろうが！　年齢制限に引っかかって、武器が買えないんだよ！」

「はっ！　だからスコップを持ってきたってか⁉　だったら防具はどうした⁉　そんな玩具《おもちゃ》が役に立つか！」

ふむ、何となく喧嘩の内容が分かってきた。なんというか……予想通りの展開になってるな。

……って、ん？　あれは、協会の警備員か？

事務所が入っていたプレハブの方から、ダンジョンポリスと書かれたポリカーボネイト製の透明な盾《たて》と白黒のパンダカラーに塗られた厳《いか》ついプロテクターを身に付けた警備員らしき5人組が、少年と青年のもとに駆け寄ってきていた。彼らは素早く2人を包囲し、隊長らしき三十代半ばの男性が投降を呼びかける。

「2人とも動くな！　DPだ！　おとなしく我々の指示に従え！」

「「!?」」

「手を頭の後ろで組んで、地面に伏せろ！」

黒光りする特殊警棒と盾を構え、いつでも飛び掛かれる体勢を取っているDP隊員たちの姿に、言い争いをしていた少年と青年は顔を引き攣《つ》らせた。

「どうした!?　指示に従わないつもりか！」

「ま、待ってくれ！　おとなしく指示に従う！」

「な、何なんだよお前ら！　いきなり出てきて……」

腰を落として今にも飛び掛かってきそうなDP隊員たちの姿に、青年は青ざめた表情で慌てて指示通り手を頭に乗せ地面に伏せた。

しかし、DPを初めて見る少年は頭に血が昇っているのか、指示に従わずDP隊員に食ってかかる。青年はそんな少年を見て、無知を哀れむ表情を浮かべた。

「確保！」

隊長は、少年の確保命令をDP隊員たちに出す。隊員たちは、盾を構えたまま一斉に少年に飛び掛かり、少年が反応する前に盾で押し潰しながら素早く手足を拘束し、地面に押さえつけた。

苦悶《くもん》の表情を浮かべる少年の前に、隊長が中腰の姿勢になり話しかける。

「おとなしく我々の指示に従うのならば、拘束はすぐに解くが？　まだ抵抗を続けるかね？」

「……」

関節を極《き》められた痛みに耐えながら、少年は若干涙目で何度も首を横に振り、おとなしくする意思を伝えた。隊長は少年に抵抗の意思がないことを確認し、拘束を解くようにと隊員たちに視線で指示する。拘束はすぐに解かれ、少年は隊員たちの手助けで立ち上がったが、両脇をDP隊員が固めていた。

そして、もう喧嘩の1人の当事者である青年も地面から立ち上がっていた。

「喧嘩の理由を聞きたいところなのだが、人が集まり始めている。2人とも事務所の方に来てもらえるか？」

「「……はい」」

冷静さを取り戻し意気消沈《しょうちん》した2人は、DP隊員たちに付き添われながら事務所が入っているプレハブ倉庫へと去っていく。隊長は扉を吹き飛ばされた購買店の店員と会話を交わし、聞き取り調査をした後、後頭部を掻《か》き毟《むし》りながら疲れたように溜息を吐く。その姿に悲哀を感じるのは気のせいだろうか？　さらにいくつか会話を交わした後、隊長は書類を店員に渡して隊員たちの後を重い足取りで追っていった。

突然始まった探索者同士の騒動はDPの介入という形で終了し、何とも言えない空気だけが残される。

俺たちはしばらくの間、ＤＰ隊員たちに引き連れられ姿を消した２人が入っていった事務所のあるプレハブ倉庫を凝視《ぎょうし》していた。

「……噂《うわさ》では聞いていたけど、強いねＤＰの人って」

「そう、だな」

「……探索者を一蹴《いっしゅう》していたわよ？」

ＤＰの強さに、俺たちは言葉もなかった。

探索者同士のイザコザが起きた場合どう対処するのか？　と思っていたが、講習の時に警察の専門対策チームが控えていると言っていたのを覚えている。警察官等を配備して、探索者同士のイザコザを止められるのかと思っていたのだが……。

「押し倒した動きは、柊さん並みに速くなかったか？」

「……確かに。瞬発力は柊さん以上だったな」

「ということは、ＤＰの隊員ってレベル30以上ってこと？」

俺に視線を向けながら聞いてくる柊さんの質問に、俺は申し訳ないという表情を浮かべながら顔を横に振る。いや、あまりの展開の速さに唖然としていて、【鑑定解析】するタイミングを逃しちゃったんだよね。だから、ＤＰ隊員のレベルが分からない。

「「……」」

ごめんなさい。だからそんな蔑《さげす》むような目で、俺を見ないで。

俺だって、ヘマをしたっていう自覚はありますよ？　でも、いきなりあんな重武装の警備員が出てきて、説得もそこそこに問答無用で制圧すなんて思わないじゃない？　ここ日本だよ？単独の立て籠《こも》り犯に対しても、説得に説得を重ねて最終段階で渋々強行制圧に移る国だよ？

さすがに、あんな急展開は読めないって。

「……はぁ。それにしても、あの動きから見て、ＤＰはダンジョンが一般開放される前にしっかりレベル上げをやっていたみたいだな。専門チームだけだろうけど、一般の探索者程度は楽に押さえ込める練度もあるみたいだし」

「そうね。治安機構が何の対策も立てないっていうことはないでしょうし、あの対応でも探索者が相手なら仕方ないと思うわ」

「確かに、身体能力だけでも一般人の数倍だからな。その上、スキルや魔法っていう目に見えない凶器を持っているから、何かする前に早期制圧しないと周辺に被害も出かねない」

「スタンガンなんかを使われないだけ、まだマシな対応じゃないかしら？」

……言われてみれば、２人の言うようにＤＰのあの対応もそう間違ったものじゃないよな。

俺たちも全力でパンチを繰り出せば、薄いコンクリート壁くらいなら楽に穴を開けられる。下手《へた》に抵抗される余地を残そうものなら、取り押さえるＤＰの方に被害が出かねない。それに、悠長に時間をかけて説得していて魔法やスキルを使われれば、周辺の建物や野次馬たちにも被害が及ぶ恐れがあるからな。

「今のところ、レベルが低い探索者同士のトラブルなら、ＤＰが問題なく制圧してくれるみたいだからいいんじゃない？　面倒事を起こさなければ、ＤＰのお世話になることもないだろうしさ」

「そうだな」

「ただ、ダンジョン中でのトラブルは対処してはくれないでしょうから、ダンジョン内部では探索者同士の揉め事に遭遇しないように気をつけた方がいいわね」

「……それって」

柊さんの言葉に、俺は一つ嫌な想像が頭に浮かび体が強張《こわば》り、俺と同様の推論が浮かんだのか裕二も顔色が変わった。

そして、柊さんは言いづらそうにその言葉を口にする。

「ダンジョン内で探索者同士の揉め事が起きた場合、最悪の事態に発展する可能性もあるわ」

「最悪……つまり、探索者同士の殺し合いってこと？」

「ええ。ない……と思いたいんだけどね」

血の気が引く。絶対に起こらない、とは言い切れない可能性だ。

あえて考えないようにはしていたが、これからもダンジョンに潜り続けるのならその可能性も考慮しておかないといけないだろう。

「実際に探索者同士が揉め事を起こしている場面に遭遇すると、どうしてもその可能性が頭から離れないのよ」

「確かにそうだな。ダンジョン内は言ってみれば、巨大な密室。今は多数の探索者たちが似たような階層に多数密集しているけど、いずれ各階層に分散して1階層当たりの人口密度は確実に減る。そうなった時、それまでに揉め事を起こして恨《うら》みを買っていたら……」

「……闇討ちされる可能性があるね」

漫画やゲームの中の出来事と思っていた可能性が、急に現実味を帯びてきた。

モンスターの横取り、ドロップアイテムの取得量格差、1ダンジョン当たりの探索者数の多さ、ダンジョン攻略に対する主義主張の差、揉めようと思えばネタはいくらでも出てくる。むしろ恨みを買わない探索者などいるのだろうか？　人間などちょっとしたことで他人を恨み、疎《うと》み、嫉妬《しっと》する。本人に自覚がなくとも、恨まれるものだ。

そして、ダンジョンという特殊な事情が存在する場は、そうした恨みを晴らすのにはもってこいの場とも言える。モンスターが跳梁跋扈《ちょうりょうばっこ》し致死性の罠《わな》がある以上、探索者がダンジョン内で死亡しても目撃者でもいない限り、それはモンスターや罠によって死亡したものとして片付けられるだろう。詳しく調査しようにも、場所が場所だ。調査自体困難だろうし、巧妙に隠蔽《いんぺい》された場合は深く追及することも出来ない。そこまで考え、俺たちの額に冷や汗が浮かぶ。

「普通ならいくら思い詰めても、大多数の人はふと思い止《とど》まって諦《あきら》めるんだろうけど……」

「犯行に必要な武器を合法的に所持出来て犯行現場は隠蔽が容易、目撃される確率が低く、慌《あわ》てて逃走する必要もない。さらに、モンスターといえどもオークやゴブリン等の人型生物の殺害経験があれば……」

「犯行に及ぶ精神的抵抗は、一般人に比べたら相当低いでしょうね」

「この上、探索者を殺しても経験値が手に入るなんてことにでもなっていたら……」

俺たちの顔色は既に白くなっている。考えれば考えるだけ、現状のダンジョン事情は相当やばい状況に思えた。しばらく俺たちの間に、何とも言えない沈黙が広がる。場の沈黙を破ろうと、俺は唾《つば》を飲み込み言葉を絞り出す。

「でも、こうなると結果的にだけど、わざわざ遠出してまでここに来て良かったよ。近場に行ってたらと思うと……ゾッとする」

「……そうだな。レベル差を身近な知り合いに悟られたくないって理由で、簡単に考えて避けてただけなんだけどな。避けて正解だったたな」

「そうね。今にして思えば、レベルの差なんて些細《ささい》なことよ。普段生活する場の身近な人間が集まるダンジョンなんて、最悪よ」

柊さんの言う通り、身近な人間……学校関係者が多く利用する最寄《もよ》りのダンジョンなど、危険でしかない。俺たちの生活圏で一番恨みを買う機会が多い場とはどこかと考えれば、答えは一つ――学校である。クラスメイトの中にでさえ不倶戴天《ふぐたいてん》の敵とまではいかなくとも、仲が悪く、口さえろくすっぽ利《き》かない奴だっているのだ。これが学校規模で考えれば、自分が把握していないところで恨みを買ってそうな者の数など考えたくもない。

そして、ダンジョンが一般開放されて以来、学校関係者の多くは探索者になっており、彼らのほとんどが最寄りのダンジョンに潜っている。俺たちは揃って顔を顰《しか》めながら溜息をつく。頭痛が痛い、まさにそんな心境だった。

しかし、いつまでも頭を悩ませているだけではどうしようもない。俺は隣で疲れた表情を浮かべる裕二に声をかける。

「裕二」

「ん？　なんだ」

「重蔵《じゅうぞう》さんに、剣術の稽古《けいこ》をつけてもらえるように頼んでくれないか？」

モンスターが相手だから対人剣術は要《い》らないと思い断ったのだが、対人戦を行う可能性が出てきた以上、初歩でもいいので対人剣術を学んでおきたい。一度断っているので頼みづらいのだが、背に腹は代えられない。俺は裕二に頭を下げ、重蔵さんへの仲介を頼み込む。

「あの、広瀬君？　出来れば私もお願い」

頼み込む俺の姿を見て、柊さんも俺と同様に頭を下げる。

「……」

何か思うところがあるのか、裕二は目を閉じしばらく考え込む。そして……。

「……分かった。頼んでみる」

「そうか、あり――」

「ただし」

礼を言おうとした俺の言葉を遮《さえぎ》るように、裕二は言葉を続ける。

「俺に出来ることはあくまでも仲介だけだ。最終的には爺さんが決めることだからな」

「ああ、それで十分だ。ありがとう」

「ありがとう、広瀬くん」

「……」

俺と柊さんがお礼を言うと気恥ずかしくなったのか、裕二はそっぽを向く。まぁ何にしても、この心配が無駄になることを祈っておかないとな。色々とあったが、今回のダンジョン攻略は内外ともに得られたものがたくさんあった。それをどう糧《かて》にするかは俺たち次第だ。

そして俺たちは到着したシャトルバスに乗ってダンジョンを後にし、地元駅近くのカフェで軽く話してから2人と別れ家に帰った。

帰る時には既に陽《ひ》が半分以上沈んでおり、家族は全員帰宅済みで俺が一番最後だった。そのため、すぐに夕食が始まったのだが、俺はダンジョンでの出来事が尾を引いたのか、ロクに食べることが出来なかった。

「大樹、夜食用におにぎりは冷蔵庫に入れておくから、調子が戻って食べられるようなら食べなさい」

「ありがとう、母さん」

少々微妙な雰囲気になってしまった夕食を終えた俺は、美佳に約束をしていたダンジョンの体験談を話すために自室へと向かった。

俺が部屋に着くと、美佳は俺のベッドに腰掛け準備万端といった様子で待ち構えていた。もう待ちきれないといった様子で、俺に話しかけてくる。

「で、お兄ちゃん。実際のところ、どんな場所だったのダンジョンって？　やっぱり、雑誌やTVの特集とかでやってたのとは違うの？」

美佳の言うように、最近では雑誌やテレビ等でダンジョン内部の様子がよく紹介されている。しかし、やはり写真は写真、映像は映像。場の雰囲気までは再現出来ておらず、全体的にアミューズメントパークの施設案内写真？　といった出来栄《できば》えだ。しかも、ダンジョンのいい面だけを強調し、都合のいいように編集し報道するので現実との差異が大きい。使い古された手であるがゆえに、効果的な情報操作手法といえた。

そして、雑誌やテレビの伝えるアトラクションのようなイメージが、現在のダンジョンへの熱狂ぶりを支えている。

俺は楽しそうに聞いてくる美佳に、無言で不知火を入れた竹刀《しない》の収納バッグを手渡す。重蔵さんに譲ってもらってから、今まで一度も触らせたことはなかったが、この後の話には必要だろう。

「？　何これ？」

「俺がダンジョンで実際に使った武器だ。中から取り出してみろよ」

美佳は俺に言われた通り、収納バッグのファスナーを開け不知火を取り出す。

そして不知火の姿を見て手に持った時、期待感に満ちていた美佳の顔色に僅かな驚きの色がまじる。俺は中身のなくなった収納バッグを回収し、鞘に収まった不知火を手に持つ美佳に出来るだけ穏やかな口調で話しかけた。

「実際に持ってみてどうだ？　重いだろう？　その刀」

「う、うん。結構ズッシリとくるね。お兄ちゃんがダンジョンに持っていった武器って、これなんだ……」

「俺の友達の裕二は……美佳も知ってるよな？　それは、アイツの爺さんから譲ってもらったものなんだ。軍刀っていう日本刀の一種で、銘は不知火」

「日本刀……不知火」

美佳は不知火を凝視《ぎょうし》したまま、ポツリと言葉を漏らす。内心でどう思って見ているかまでは分からないけど、不知火の重さは美佳の高揚していた心境を沈静化させることに効果的だったようだ。

「ほら、ちょっと刀身を引き出してみろよ。ああでも、全部引き抜くと危ないから少しだけな」

俺は駐爪《ちゅうそう》の外し方を美佳に教え、刀身を少し引き抜かせる。姿を見せた波紋のない白銀の刀身に俺と美佳の顔が映り込み、美佳の息を呑む様子が分かった。美佳の体が硬直し、刀身に映り込む自分の顔を凝視している時の気持ちが手に取るように分かる。俺も最初見た時は、同じ反応をしたからな。

「おおい、美佳。そろそろ刀身を鞘《さや》に収めろよ。危ないぞ」

「！　う、うん。分かった」

美佳は俺の忠告に素直に従い、不知火の刀身を鞘に戻し、しばらくの間手の中に収まる不知火の存在を呆然とした表情を浮かべたまま凝視し続けた。

だからこそ、教えておこう。いま自分の手の中にあるものが、どういうものであるかということを。

「……重いだろ、美佳？　それがモノの命を奪う武器の重さだよ」

「!!」

美佳は口をパクパクさせながら、俺に何かを言いたそうにしていたが言葉が出てこない。だんだんと美佳の顔色は悪くなっていき、不知火を持つ手が微《かす》かに震えているように見えるのは気のせいなどではないだろう。……うん、少し刺激が強かったかもしれないな。

「俺はそれを持って、ダンジョンに行った。無論、モンスターと戦う時に使うために必要だからな……」

「お兄ちゃん、それって……」

俺は、目を潤《うる》ませ不安げな様子で聞いてくる美佳に、首を縦に振りながらハッキリと断言した。

「モンスターを斬ったんだよ、その不知火で。つまり……殺したんだ」

「……」

「ダンジョンでモンスターと戦うっていうことは、モンスターを殺すことなんだ。美佳はさっき雑誌やテレビとはどう違うのかって聞いたよな？　一番の違いはそこだよ。討伐しただの駆除しただのと濁《にご》して書いたり言ったりしているけど、結局は殺しているんだよ。探索者がモンスターを」

「……」

俺の話を聞いた美佳は、不知火を見たまま俯き黙り込む。その姿からは、つい先程まで俺にダンジョンの話を楽しげに聞いてきた様子は微塵《みじん》も残っていない。俺はダンジョン攻略に憧《あこが》れを抱いていた美佳に、容赦なく現実を叩きつけ、幻想を打ち砕いたのだ。だけど、この程度はまだまだ序の口と言える。今日のダンジョン攻略で、俺たちはそれを実感したのだから。他にも教えておいた方がいい、教えておかないといけない事柄は山ほどある。

だが、今の美佳にはキツイ話だろう。しかし中途半端に教えておくよりも、ダンジョンにまつわる危険性は徹底的に教えておいた方が美佳のためになる……なるはずだよな？

「美佳。辛《つら》いかもしれないだろうけど、俺の話の続きを聞く気はあるか？」

「……」

「別に無理に聞く必要はないけど、俺が今話したことを聞いた上でもまだ美佳がダンジョンに行こうと思っているのなら聞いておいた方がいいぞ」

美佳はしばらくの間目を閉じ、何の反応も示さなかったが、不知火を握る手に力を込めた後、ゆっくりと俯いていた顔を上げる。その顔は歯を食いしばり、今にも涙が流れそうなほどに潤んだ瞳をしているが、真っ直ぐ俺の目を見据えながら美佳は力強く頷いた。美佳はダンジョンへ行くことを諦めなかったけど、俺の話を聞く覚悟を決めたのならば、全て話すべきだろうな。

「分かった。そうだな、じゃあまずは俺たちが今日モンスターと戦った時のことから話そう」

俺は美佳から不知火を返してもらいながら、今日のダンジョン探索で気がついたことについて話し始めた。

結局、俺と美佳の話し合いは夜の11時近くまで続いたが、美佳のダンジョンに対する浮《うわ》ついたイメージが大幅に改善されたと思いたい。

第四章　ダンジョンが日常に浸透し始め

Chapter4

About the daily life that dungeon had appeared when waking up in the morning

寒さが本格的に身にしみる12月。初めてのダンジョン攻略を終えてからというもの、俺たちは放課後に重蔵《じゅうぞう》さんに武術を習い、週末の休みにダンジョンへ行くという生活パターンを繰り返していた。レベルアップのお陰で武術を修得するのに必要な基礎的な身体能力や体力に不自由しなかった俺と柊《ひいらぎ》さんは、重蔵さん指導のもとで剣術と槍術《そうじゅつ》を教わり、腕を磨いている。

「ほれ、どうした九重《ここのえ》の坊主？　動作は速いが、動きがなっとらんぞ？　こんなみえみえの隙《すき》に引っかかりおってからに……」

俺の前で悠然《ゆうぜん》たる態度で佇《たたず》む、木刀を肩にかついだ重蔵さんの手によって。ホント、何？　この爺さんの無茶苦茶な強さは……。俺は道場の床で這《は》いつくばりながら、殴打《おうだ》された痛む腹を押さえ、片目で重蔵さんの姿を見上げた。

「隙は見つけるものではなく、作るものだと何度も言っておろう？　見つけたと思った隙は相手が周到に用意した罠《わな》じゃと思え、とな」

「いや……だけど爺さん、さっきのはさすがに無理なんじゃないか？」

重蔵さんの言い分に、裕二《ゆうじ》が疑問の声を投げかける。

俺も裕二の意見に頷《うなず》きたい。

俺は確かに重蔵さんの竹刀《しない》を叩き落とし、無手にしたはずだ。なのになんで俺は床に転がっているんだ？

「馬鹿孫が、そんなことを言っておるから相手に後《おく》れを取るんじゃ！」

「いや、竹刀を叩き落としたら隙が出来たって思うだろ、普通？」

「剣道の試合をやっとるんじゃないんじゃぞ？　武器が竹刀だけだと、誰が決めた？　実戦武術では、使えるもの全てが武器じゃ。それにな、一つの武器に縋《すが》ればそれ自体が隙に繋がるんじゃ、現に九重の坊主もワシの武器が竹刀だけと思い込んでおったせいでこのザマじゃ」

裕二と重蔵さんの話を聞くに、どうやら俺が重蔵さんの竹刀を叩き落とし、手首を切り替えて胴を横薙《よこな》ぎにしようと踏み込んだところ、切り返しの際に生まれた隙を突かれ、手首を取られ半回転するように投げ飛ばされた。しかも、トドメに鳩尾《みぞおち》を踵《かかと》で踏まれたらしい。

なるほど、道理で背中と腹が痛む訳だ。

「九重の坊主、もう喋《しゃべ》れるじゃろ？　ワシの竹刀を叩き落とした時、竹刀以外でワシを攻撃する気はあったか？」

「それは……考えもしなかったですね」

俺は竹刀を叩き落とされた重蔵さんが次の行動を起こす前に、胴に竹刀を叩き込むことだけを考えていた。

「じゃろうな。あの時ワシが竹刀をあえて落とした可能性は考えもしなかったじゃろ？」

「あえて？　……まさか！」

「今頃気がついたようじゃな。アレはワシが坊主を誘導し、ワザと叩き落とさせたんじゃよ。竹刀を打ち落とした時、手応《てごた》えが妙に軽かったじゃろ？　竹刀が落とされる瞬間に力を抜いて、手に衝撃が伝わるのを逃がしたからじゃ」

楽しげに自《みずか》らの企《たくら》みをバラす重蔵さんの姿を見て、肩を落としながら俺は落ち込む。

結局、俺は重蔵さんの手の平の上で踊らされていたってことか……。

最初っから竹刀を打ち落とさせることが前提だったら、その後の行動が速かった訳だ。重蔵さんが竹刀を落とした瞬間、俺はチャンスだと思い、ガラ空きだった重蔵さんの胴めがけて竹刀を振り抜こうとした。

だがそれこそが、重蔵さんが作った隙だったのだ。俺が次に行う動作が予想出来ていれば、重蔵さんなら反撃は容易だろう。事実、竹刀を切り返そうと一瞬止めた手首を持たれ、綺麗に投げ飛ばされているのだから。

「まぁ、動き自体はだいぶマシになってきたからの、後は経験の積み重ねじゃな」

ギリギリ及第点《きゅうだいてん》とでも言いたげな重蔵さんの態度だが、俺は何ともいえない気分になった。レベルで言うなら、俺の方が重蔵さんを圧倒しているはずなんだけどな……と。

ここ最近の重蔵さんとの稽古《けいこ》で、俺は武術というものの実力を実感していた。身体能力が優れているだけでは、本当の武術家の前ではいいように弄《もてあそ》ばれてしまうんだなと。長年の鍛錬から昇華《しょうか》された武術の理《ことわり》を知ると知らないとでは、体捌《たいさば》き一つとっても大違いだった。

立ち上がった俺は最初の立ち位置に戻り、重蔵さんに頭を下げ礼をする。はぁ、疲れた……。

「それでお主《ぬし》ら、ダンジョン探索の方はどうじゃ？　ダンジョンに潜《もぐ》り始めて、それなりに時間が経《た》っておるじゃろう？」

本日分の稽古を終え、夕日が差し込む道場で茶を飲んで休憩をしていると、重蔵さんがそんなことを聞いてきた。俺たちは顔を見合わせた後、重蔵さんの問いに答えていく。

「今は様子見ってところだよ。今の段階で無理に深く潜るのは危ないだろうから、地下3階層の辺りまでしか潜っていないよ」

「なんじゃ、まだそんなもんか」

「そんなものって……爺さん。俺たちまだモンスターと戦うのに慣れていないんだ、そう深くには潜れないよ」

裕二の回答に、重蔵さんはつまらなさそうに鼻を鳴らす。

いや、モンスターと戦闘するたびに盛大な血飛沫《ちしぶき》が上がってる訳ですよ？　血飛沫に慣れるまでは、そんな連続戦闘は出来ませんって！　じゃないと、俺たちの精神が持ちませんよ！

「おおかた、血に怯《ひる》んどるんじゃろ？　確かに、流血に慣れきってしまうのも問題じゃが、いつまでも慣れんようではいかんぞ？　まぁ、血に酔うよりはマシなんじゃがな」

「……だんだんと慣れてはきているんだよ、一応。来月からはもう少し深くの階層まで潜ってみるつもりだよ。ただ……」

3階層以降……複数のモンスターが一度に出現し始める階層だ。今までのように単独でモンスターが出てくるのではなく、複数のモンスターが同時に出現する。多対一ではなく、多対多の集団戦がメインになる階層だ。単独の敵に対してはそこそこ戦える自信は出来たのだが、チームワークにはまだいささかの不安があり、なかなか地下3階層以降に行く踏ん切りがつかない。下手《へた》な連携《れんけい》で戦えば、最悪同士撃ちの危険が出てくるからな。

俺たちが集団戦のことを思い、不安に思っていると、重蔵さんがニヤリと笑う。

「ふむ、なるほどの。では、今後は連携に重点を置いてしごくとするかの」

げっ。藪《やぶ》へビか!?

しごきがいがある玩具《おもちゃ》を見つけたとでも言いたげな重蔵さんの笑みに、俺たちは顔色を変える。何故《なぜ》なら、ここ最近の重蔵さんの稽古には一切遠慮や手加減というものがなかったからだ。高レベル探索者であるお陰で、常人以上の頑丈さを持っている俺たちは、重蔵さんが本気で攻撃を打ち込んでも、頭部以外なら打ち身にはなっても重傷を負うことはないからな。それをいいことに、重蔵さんは俺たちに常人では致命傷になりかねない技の数々を躊躇《ちゅうちょ》なく繰り出してくるのだ。

重蔵さんからしたら、修練した技量を十全に使って戦える俺たちはさぞかし打ち込みがいがあるのだろうな。はぁ……。


帰りの道すがら、重蔵さんに言われたことを思い出す。

「九重の坊主と柊の嬢ちゃん、悪いが年末年始の稽古はなしじゃ。年末年始に色々と出席せんといかん行事があっての？　ちょっと忙しくて、お主らの相手をしとる暇《ひま》がないんじゃよ。あ、素振りの自主練習は毎日しておくのじゃぞ？」

裕二の家構えを見れば、年末年始の事情は何となく察することができる。恐らくウンザリするほどの年末年始の行事があるんだろう。もしかしたら、他流派との武術交流なんかもあるのかもしれないな。そうなると俺たちに言えることとしては、ご苦労様の一言しかない。

「しっかし、明日でもう2学期も終業式かぁ……今年は色々あったな」

年の瀬の感慨《かんがい》にふける俺は、今年の出来事を思い出し、溜息を漏《も》らす。

色々新生活に思いを馳《は》せていたはずの高校生活だったが、始まってみれば、2週間で世界を様変わりさせるダンジョンが出現した。最初、政府の放送が壮大なエイプリルフールネタかと思い、カレンダーの日付を確認したのが懐《なつ》かしい。

あれを境に世界は大きく変わった。世間的に1番大きいことは、コアクリスタル発電の実用化だろうか？　日本の企業群は今まで省エネのために抑えていた生産力を、コアクリスタル発電の稼働に併せて復活させようと躍起《やっき》になっている。お陰で景気は上向きになり、デフレ脱却も夢ではない状況に来ていた。

しかし、これらはまだましな変化だ。最悪の部類に入る変化は紛争や犯罪の増加だろう。もともと火種が燻《くすぶ》っていた地域で、ダンジョンに潜って力を得た者たちが反政府運動を始め、テロ活動を激化させていた。

ダンジョンで得たドロップアイテムをブラックマーケットに流すことで得た潤沢《じゅんたく》な活動資金で組織力が強化されると、戦闘員1人1人の戦力も増強される。すると鎮圧《ちんあつ》までに時間がかかり、結果、物的被害や民間人の犠牲が拡大してしまう。

他にも外国ではダンジョンで得た力を悪用する犯罪が増加し、対策を講じるために警察が奔《ほん》走《そう》する騒ぎとなった。それを思うと、日本の探索者たちは本当にお行儀がいいものだ。

「明日の終業式が終わったら冬休みか……。重蔵さんとの稽古も休みだし、どうすっかな？　柊さんも年末はお店再開の準備で忙しいって言ってたし……」

予定が急に空き、俺は冬休みをどう過ごすか思案する。単独でダンジョンへ行こうとも思ったが、時期尚早《しょうそう》と思い考え直す。ゴブリンなどの人型モンスターを斬《き》り殺した後、一切動揺せず周辺警戒を疎《おろそ》かにしない自信はまだないからだ。

実際、ダンジョンで怪我《けが》をする状況の第1位は、モンスターを倒した後の興奮と動揺で注意力が散漫な状態になった時だそうだ。

「……寝正月で過ごすか。特にこれといった用事もないしな」

この際ダンジョンのことは一旦忘れ、家族とのんびり正月を過ごそうと思った。今年は美佳《みか》が高校受験を控えているので、家族皆で遠出をするという予定もないしな。去年は俺が高校受験ということもあって家族旅行はなかったので、今度は俺が美佳に付き合って家庭教師のまねごとをするのもいいだろう。年末の過ごし方について考えていると、いつの間にか家へ到着していた。

「ただいま」

「……お帰り！」

玄関を開けると、リビングの方から美佳の声が聞こえてくる。玄関を上がりリビングの扉を開けると、既《すで》にそこには家族全員が揃《そろ》っていた。

どうやら、俺が一番最後だったようだ。

「ただいま。夕飯は今から？」

「お帰りなさい。今から用意するから、大樹《たいき》は先にお風呂に入ってらっしゃい。少し汗臭《あせくさ》いわよ？」

「……？　分かった、そうするよ」

そんなに汗臭いかな？　と俺は襟元《えりもと》を匂《にお》ってみるが、自分じゃよく分からない。手早く入浴を済ませ部屋着に着替えてリビングへ戻ると、既にテーブルの上に夕食が並んでおり、俺が席に着くとテレビを見ながらの夕食が始まる。ちなみに、年末ということもあり特番ばかりだ。

そして食後、会話の流れで俺は、美佳が高校受験に合格したら、ご褒美《ほうび》としてどこかに遊びに連れていくと約束した。はぁ、3月までに軍資金を貯めておかないとな。

窓の外から除夜の鐘が聞こえ始めた。もうすぐ、年越しのカウントダウンが始まる。リビングのビーズクッションに座り込み、俺は妹と一緒にカウントダウンを待っていた。

「今年もあと数分で終わりか……」

「そうだね。なんだかんだで、結構時間が早く過ぎたよね？」

「まぁな。今年はダンジョンなんていうトンデモないものが出現して、世間が大荒れしたからな。余計早く過ぎたように感じるんじゃないか？」

今年はかなり濃密な1年だったからな。ダンジョンが出現してからは、毎日スライムに塩をかけたり、重蔵さん相手に稽古したり、ダンジョンに潜ったりと。もし、ダンジョンが出現していなかったら、俺は今年をどういうふうに過ごしていたんだろ？　友達と遊び惚《ほう》けてテスト前に四苦八苦していたり、部活で青春の汗を流していたのかな？

「そういえばお兄ちゃん。冬休みは稽古ばかりで、ダンジョンに行ってないみたいだけど……冬休み中は行かないの？」

「ああ。裕二も柊さんも年末年始は忙しいらしくてな。さすがにまだ、単独でダンジョンに潜ろうとは思わないから、冬休みはダンジョンには行かないよ」

「そうなんだ。じゃぁ、初詣《はつもう》でに一緒に行こうって言ったら、お兄ちゃんも来てくれる？」

……初詣でか、まぁ特に予定もないからいいか。って、自分で言ってて悲しくなる台詞《せりふ》だな。

「いいぞ」

「本当!?」

「ああ。で、どこの神社に行くんだ？」

「いつもの、山の上の神社。沙織《さおり》ちゃんと一緒に行く予定なんだけど、いいよね？」

沙織ちゃんか……そういえばここしばらく会ってなかったな。最近は学校が終わったらすぐに裕二の家に移動して、夕方遅くまで稽古してたから会う機会がなかった。だから、新年の挨《あい》拶《さつ》を兼ねて、沙織ちゃんに会っておくのもいいか。けど……。

「なぁ、美佳？　俺は別にいいけど。むしろ、俺が一緒に行ってもいいのか？」

「もちろん。あけおめメールのついでに沙織ちゃんに大丈夫かどうか確認取ってみるけど、たぶんオッケーだと思うよ」

「それなら大丈夫か」

そうして、美佳と初詣での話をしていると、いつの間にかテレビでは60秒前のカウントが始まっていた。巨大なスクリーンにデジタル時計が映し出され、今年ブレイクした芸人たちが会場の観客を盛り上げている。カウントダウンは刻々と進み、遂《つい》に10秒前の読み上げが始まった。

「3、2、1、0。お兄ちゃん、あけましておめでとう！」

「うん、あけましておめでとう」

美佳が0カウントと同時に年始の挨拶をしてきたので、俺も美佳に挨拶を返す。なんだかホッとするやりとりだな、これ。

去年までは何も感じず、ただの恒例行事的なやりとりだと思っていたけど、ダンジョンに潜った今なら分かる。俺には謙虚さが足りなかったなと。何事もなく去った年に感謝し、無事に新しい年を迎えられることを喜ぶ。ただそれだけのことがなんと困難なことなのだろうか。

こうして無事に年越し出来ることだけでも素晴らしいことなのだと、今なら実感できる。来年も今と同じように新年を迎えられたらいいな。

◆

俺の目の前に、赤色、青色、緑色、黄色、白色の5色のスライムが鎮座していた。各々《おのおの》粘性の体をくねらせ、何かを主張しているのだが、俺にはそれが何なのかよく分からない。しばらくスライムたちの動きを見ていると、赤スライムを中心に青緑黄白のスライムが左右対称のポーズを決めた。

どことなく見覚えがあるような……ああ、日曜の朝のアレか。ってことはこれ、……粘性戦隊スライイジャーってとこかな？　ということはつまりアレか、俺は奴らに倒される悪役ってことかな？　まぁ、スライムからしたら、彼らを虐殺し続ける俺は不倶戴天《ふぐたいてん》の敵か。

ポーズを決めたスライムたちは、一斉に俺に飛びかかってきた。そこで俺は、何故《なぜ》か手に持っていた袋から塩をひと握りし、力士の土俵入りの如《ごと》く彼らに万遍《まんべん》なく振りかける。塩に触れたスライムたちは、いつものようにのたうち回り苦しみだした。これで終わりかと俺は思ったのだが、今回は違う反応を見せる。のたうち回るスライムたちが1カ所に集結し合体、巨大なレインボースライムに変化したのだ。……ええっ。

あまりの光景に唖然と見入っていると、巨大化したレインボースライムは体を大きく広げ俺に覆《おお》い被《かぶ》さってきた。俺はなんの対処も出来ずレインボースライムに飲み込まれ……目が覚めた。ベッドから上体を起こし、頭を振りながら机を寝ぼけ眼《まなこ》で睨《にら》んだ。最悪の目覚めだな、新年早々夢でスライムに押し潰《つぶ》されるって……どういう夢を見ているんだよ、俺。起きて洗面所で顔を洗うと、鏡に映る俺は酷《ひど》く疲れた顔をしていた。

そして部屋着のままリビングに行くと、母さんが朝食の準備をしている。

「あら？　早いわね、大樹」

「ああ、うん。ちょっと寝覚めが悪くってね。お茶貰《もら》えるかな？」

「ええ、いいわよ」

母さんからお茶を受け取りしばらくテレビを見ていると、父さんと美佳がリビングに姿を見せる。朝食を手早く済ませた後、俺と美佳は着物に着替えて家を出た。俺の出で立《い》ちは、無地の紺色の着物と羽織に金茶の羽織紐《ひも》と巾着《きんちゃく》をアクセントにしてシンプルに纏《まと》められている。美佳は黄色い生地《きじ》に色とりどりの水玉模様があしらわれた着物姿で、白いモダンショールと、花の刺繍《ししゅう》が入った黄色いバッグを身に付けていた。美佳は普段着ない着物の可動範囲に戸惑《とまど》いつつ小幅でユックリ歩いているので、俺も合わせてゆっくり歩を進める。

日は照っているものの、口から漏《も》れる息は白く、元日の朝の寒さをこれでもかと主張していた。実際、寒いしな！　ちゃんと下に吸湿発熱ウェアを着て防寒対策をしてきたんだけどな……。神社への道を歩いていくと、俺たちと同じように初詣でに行く人がチラホラと姿を見せ始める。神社に近付くに従い初詣で客は増えていき、山の麓《ふもと》に到着する頃にはちょっとした人だかりが出来ていた。

うん、こんな中から沙織ちゃんを見つけるのは一苦労だな。

「美佳、沙織ちゃんは今どの辺りにいるんだ？　連絡は取れているよな？」

美佳はバッグからスマホを取り出し、沙織ちゃんと連絡を取る。

「うん。えっと、今近くにあるコンビニまで来てるって」

「そうか。じゃぁ、俺たちは階段の方に移動して待っていようか？」

「うん」

人の流れに乗って山の麓を少し歩くと、山頂の神社まで続く100段近い石階段が見えてくる。階段の上の方にはそこそこの人数が並んでいるのが見えた。

周りにいた参拝客が階段を登っていくのを尻目に、俺と美佳は階段の脇で立ち止まる。

「さてと、沙織ちゃんは？」

「ちょっと待って、えっと……」

美佳がバッグからスマホを取り出し沙織ちゃんにメールを送ろうとしていると、俺たちの背後から急に大声がかけられた。

「お待たせ！」

「きゃっ！」

「ははっ、驚いた？」

「さ、沙織ちゃん！」

急に声をかけてきたのは、花柄模様の薄い桜色の着物姿の岸田《きしだ》沙織ちゃんだった。

本当、やめてほしい。最近の重蔵さんとの稽古の癖《くせ》で危うく沙織ちゃんに迎撃の裏拳を叩き込みそうになったぞ。沙織ちゃんの姿を確認し、腕が動き出す前に止められたのは幸運だった。

悪戯《いたずら》が成功し、嬉しそうに沙織ちゃんが浮かべるはにかんだ笑顔が実に小憎らしい。

「もう、ビックリするじゃない！」

「ゴメンゴメン。あっ、そうそう。あけましておめでとう」

「……あけましておめでとう」

悪びれない笑みを浮かべた沙織ちゃんの年始の挨拶に、美佳は不貞腐《ふてくさ》れた顔をしながら挨拶を返す。まぁ、その後すぐにわだかまりなく普通に話してたけどな。

さてと、俺も挨拶しておくか。

「あけましておめでとう、沙織ちゃん。年始早々いきなりで、結構ビックリしたんだよ？」

「あっ、お兄さん。あけましておめでとうございます。ははっ、ちょっとした悪戯ですよ、悪戯」

うん、まぁ、沙織ちゃんからしたら単なる悪戯なんだろうけど、危うく正月を病院で過ごすことになるところだったんだよ？　最近重蔵さんとの稽古でちゃんとした殴《なぐ》り方も習っているから、なんとなく繰り出した裏拳でも結構やばい威力が出るようになったし。

「出来れば、普通に声をかけてもらえると嬉しかったかな？」

「はーい、今度からはそうします」

返事は素直なんだけど、沙織ちゃんの浮かべるあの顔を見る限りチャンスがあったらまたやるな、きっと。

そして合流した俺たちは長い初詣で客の列に並んだ末、やっと拝礼の順番が回ってきたので二礼二拍手一礼の作法を守りつつ新年のお参りをすませた。

「さて、お参りは終わったけど……次はどうする？　神籤《みくじ》でも引くか？」

拝礼を終えた俺は、美佳と沙織ちゃんに次の予定を聞く。

2人とも今年は受験生だからな、お神籤の他は……合格祈願の絵馬か？

「うん、お神籤も引いておこうかな。あと、絵馬も書かないとね」

「一応、私たち受験生だしね。神頼みもしておかないと。じゃあ行こう、お兄さん」

俺は2人に手を引かれ、社務所の神籤引き場に移動する。結構な人数が順番待ちしているが参拝客の列の回転は良く、数分で順番が回ってきた。俺はお金を払い、木製の神籤箱を振る。

「……弐拾参番《にじゅうさん》か」

俺は巫女《みこ》さんに番号の書かれた串と神籤を交換してもらう。俺は神籤を持ちその場を離れ、ご神木の下で2人を待っていると、間を置かず2人は俺の所にやってきた。ちなみにお神籤の結果は、美佳が大吉で、沙織ちゃんが小吉、そして俺が……大凶だった。って、なんで大凶が出るんだよ！　その後、沙織ちゃんよりお神籤は引き直し可というアドバイスを聞き、再チャレンジしたが末吉という結果に終わった。まぁ、大凶より末吉の方が幾分マシだよな。

そして参拝を終えた俺は、神社から近いファミレスへ移動した。みんな同じことを考えていたのか着物の参拝客が多く、店内は盛況《せいきょう》だった。少し待つと店員さんが俺たちを奥の席へと案内してくれた。料理が来るまでの暇潰《ひまつぶ》しで話をしていると、沙織ちゃんが興味津々《しんしん》といった表情を浮かべながら俺にダンジョンについての話を振ってきた。

「そういえばお兄さん」

「ん？　何だい、沙織ちゃん？」

「美佳ちゃんから聞いていたんですけど、お兄さんはダンジョンに行ってるんですよね？」

俺は沙織ちゃんの言葉を聞き、軽く驚き眉を顰《ひそ》めつつ美佳に視線を向ける。すると美佳は、それに気づき、申し訳なさそうに俺から視線を逸《そ》らした。はぁ……仕方ないな。

俺は視線を美佳から沙織ちゃんに戻し、軽く頷《うなず》きながら返事をする。

「ああ、そうだよ。確かに友達とダンジョンに行ってるよ」

「本当ですか!?　じゃあじゃあ、ダンジョンのことを聞いてもいいですか!?」

「ええっと……」

興奮して身を乗り出しながら聞いてくる沙織ちゃんの積極的な態度に俺は言葉に窮《きゅう》した。

俺は美佳に助けを求めるように視線を向けるが、両手で合掌《がっしょう》しながら頭を下げる美佳の姿が……って、おい！

「お願いします、お兄さん。美佳ちゃんったらいくら聞いても、お兄さんから聞いたっていうダンジョンの話をあまり教えてくれないんです……」

「へー、そうなんだ」

……なるほど、美佳はあの夜にした俺との話を、どう沙織ちゃんに話していいのか分からなくって口を噤《つぐ》んでいるってところか。確かにあの時話した内容は、沙織ちゃんみたいなダンジョンに興味を持つ子には言いづらいだろうな。でも、だからってこっちに丸投げはないだろ。

俺が無言で視線を美佳に向け続けるが、美佳は先程と変わらないポーズで頭を下げ続けていた。

はぁ……仕方ない。でも、どう沙織ちゃんに伝えたもんか……。

そして気持ちを落ち着けるためにコーヒーを一啜《ひとすす》りした後、俺はまず最初に沙織ちゃんに質問をした。

「話すのはいいんだけど、いろんな意味でキツイ話になるけど……それでも聞くかい？」

「？　キツイ話、ですか？」

「ああ。グロイ話から鬱《うつ》になりそうな話まで」

極力平坦な口調を維持しつつ、俺は沙織ちゃんに最終確認を取った。これで諦《あきら》めてくれるといいんだけど、無理だろうな。

正月早々、和《なご》やかな雰囲気をぶち壊すような話はしたくないんだけどなぁ。

「大丈夫です。私、ホラー映画やサスペンス映画は大好きなので、そういう話でも特に抵抗感はありません」

「あっ、うん。……そうなんだ」

「はい。だから、ダンジョンのお話聞かせてください」

フィクションと同じに考えられても困るんだけどな……。でも、こういう話の流れになると、断りづらい。はぁ、仕方がないな。さわり程度にダンジョンのことを話して、お茶を濁《にご》すか。

「分かった。沙織ちゃんが聞きたいのなら、少し話そうか」

「やった！　ありがとうございます、お兄さん！」

「でも話は、食事を終えてからだからね」

「はい！」

そして俺たちは食事を済ませた後、ドリンクバーで飲み物を注ぎ直し、話す準備を整えた。

「さてと、何から話そうか？　何が聞きたい？」

「そうですね。じゃぁ、そもそもダンジョンってどういう所なんですか？　最近はテレビや雑誌で紹介されていますけど、撮影法か演出かは分かりませんが、どうもアトラクション、って感じが強いじゃないですか？、ダンジョンって本当はどんな所なんですか？」

「なるほど」

確かにテレビの映像や雑誌の写真ではＢＧＭや効果音、テロップで実際のダンジョンの雰囲気を改変してるからな。モンスターを倒すシーンも、決定的な瞬間はテロップや効果音で誤魔化して、モンスターが消える瞬間だけを映してるもんな。あれじゃ、ゲームのワンシーンだよ。

「そうだね……。テレビや雑誌との一番の違いは、音がないことかな？」

「音、ですか？」

「そっ、音。テレビやゲームみたいに、ダンジョン内ではＢＧＭは流れないからね。防音性がいいのか吸音性がいいのか分からないけど、よほど大きな音を立てない限り、ダンジョン内で聞こえてくるのは自分たちの足音と呼吸音だけだよ。今は同一階層の近隣区画に他の探索者もいっぱいいるから、結構戦闘時の音や話し声なんかの雑音とかが聞こえるけど、少し他の探索者たちとの距離が空くと、本当に何も聞こえなくなるんだ」

　よく夜の森を歩くと虫や鳥の声しか聞こえなくて怖いというけど、あれの比じゃない。なんの音もしない薄暗い石造りの通路を延々と歩いていると、正直気が変になりそうになる。

　裕二や柊さんと一緒にダンジョンに潜る時は、出来るだけ雑談をしながら歩くようにしているくらいだ。不意に会話が止まり全員が黙り込んだ時など、3人ともそわそわして少し挙動不審になったからな。無音トラップとかないわ……。

「単独でダンジョンに潜るなんて真似、俺には到底出来ないよ。普通の感性を持つ人なら、モンスターと戦う前に無音のプレッシャーで精神の均衡《きんこう》が崩れるんじゃないかな？」

　音楽プレイヤーを持ち込んで、環境音楽でも流していれば少しはマシになるかもしれないが、俺はゴメンだ。モンスターが単独でしか出てこない今の表層階ならいざ知らず、深い階層では複数のモンスターを引き寄せる誘導音になる可能性もあるからな。

　冬休み中に俺が、単独でダンジョン攻略に行かない理由の1つはコレだ。

「そうなんですか」

「うん。よく、静かな空間にいると癒《い》やされるっていうけど、モノには限度があるって知ったよ」

「……」

「他に写真や映像で見るダンジョンとの違いっていうと……明るさもあるかな？　一応ダンジョンには、ダンジョン自体が生み出す灯《あか》りがあるんだけど、これは正直に言って薄暗い。まぁ、それでも常夜灯くらいの明るさはあるんだけどね。テレビでは照明で明るさを確保しているし、雑誌に使うような写真は撮影時に光量にも気を配って最適な状態で撮っているから、映像や写真からはダンジョン内がそう暗くは感じないだろうけどさ」

戦闘では常設灯の明るさでも暗いと言わざるを得ない。最初のダンジョンアタックの時、俺たちは超高輝度タイプのヘッドライトを付けて潜っていたのだが、思った以上に使い勝手が悪く、２回目ダンジョンに潜る前にヘルメットランプを交換した。そこそこの明るさで半日は電池が持つタイプに変え、背中のバックパックにはランタン型ＬＥＤライトを取り付け、光源を複数確保した。他にも手持ち用に超高輝度ＬＥＤライトや投擲《とうてき》用のケミカルライトなども準備している。全部のライトを点灯させると、自分が灯台か誘蛾灯《ゆうがとう》になったような気分になるが、安全のためにも周辺の視認性の確保が第一だ。

「今のところ、俺の知るダンジョンはそんなものかな？　勿論《もちろん》、今俺たちが潜っている低階層についてのことだから、もっと深い階層では状況が違ってくるかもしれないから、あまり詳しくは分かんないんだけどね？」

「……写真や映像では分からないことって、いっぱいあるんですね」

「まぁ、ね」

沙織ちゃんは俺の話を聞き、俺が語るダンジョンの実態とＴＶや雑誌が生み出した虚構のイメージとのギャップに衝撃を受けていた。だからこそ俺は、スマホに保存していた、とある動画を沙織ちゃんに見せることにした。スマホを取り出し、動画ギャラリーから一つの動画ファイルを選択。消音設定にしてから、スマホを沙織ちゃんに手渡す。

「この動画は、俺たちがダンジョンに潜った時に録画した映像だよ。ダンジョン内の映像だから、薄暗くて見づらいとは思うけど我慢してね。ああそれと、この動画はショッキングな場面が映ってるから、無理と思ったら見るのをやめてもいいからね？」

「分かりました。でも……ちょっと楽しみです」

沙織ちゃんは興味津々といった表情で返事をした後、俺がアクションカムで撮影した動画の再生を始めた。

◆

俺たちは、３度目となるダンジョン攻略へと挑んだ。ダンジョンの石廊下を進む俺たちの装備品は、最初にダンジョンへ潜った時とは若干《じゃっかん》違っている。

実際にダンジョンに潜ってみると、色々と不具合が出たからだ。まず、ヘルメットライトが違う。明るさを求めて、超高輝度タイプのライトを使用していたのだが、実際に使ってみると照射時間が短すぎる上、明るさが過剰《かじょう》だった。会話のために相手の顔を見た時、ヘルメットライトの光が目に入り、相手の顔が眩《まぶ》しくて見えなかったのだ。

総合して、超高輝度タイプのヘッドライトは、ダンジョン内では使い勝手が悪かったので、ほどほどの明るさで半日は照射時間が持つタイプのライトに交換し、バックパックの表面に広範囲を照らすランタン型のライトを設置。他にも、手持ちのライトや投擲用のケミカルライト等も準備した。実際に経験してみないと分からないことだったのだが、装備品の追加は出費が嵩《かさ》む。まだ、スキルスクロールの換金が終わっていないのに……。今週頭に査定が終わり、自宅に通知書類が届いて売買手続きは終わったのだが、お金が口座に振り込まれるのは月末だ。今しばらく、金欠が続くことになる。

「裕二、柊さん。今日は3階層まで潜る予定だけど、準備は大丈夫？」

「ああ、問題ないぞ」

「私も大丈夫よ」

「じゃあ、行こうか」

俺たちはモンスターがあまり出現しない1階層を足早に抜け、床と同じ石造りの階段を使い2階層に降りる。2階層に降りても辺りの風景に代わり映《ば》えはなく、ランプの灯《とも》る薄暗い石通路が延々と続いていた。

周りを警戒しつつ進むと、十字路が姿を見せる。俺たちがどちらに進むか迷っていると、右側の通路から微かに戦闘音や怒鳴り声、咆哮《ほうこう》などが聞こえてきた。

「……どうする？　参考に見に行ってみるか？」

「いや、やめておいた方がいいと思うぞ？」

下手《へた》に戦闘中の探索者グループと接触し、揉《も》め事になりにでもしたら面倒なので、右側の通路に進まず、正面か左の通路に進むことにした。特に当てもないので3人で一斉に自分が思う進む方向を指さしてみると、2対1で左の通路に進むことにする。

そして、40分ほど歩いたところでモンスターと遭遇した。

「ニャァー！」

「……猫？」

「ヘルキャットだ」

「……可愛い」

ライトの光に照らし出されたモンスターの姿は、柴犬ぐらいの大きさの可愛らしい斑猫《ぶちねこ》だ。ライトに反射したヘルキャットの輝く目には、俺たちを獲物《えもの》として見ていることが色濃く見て取れた。

って、柊さん。一応相手は俺たちに敵意を剝《む》き出しにしているモンスターなんだから、その感想はちょっと……。

「大樹、アレは使うなよ？　……来るぞ」

裕二が小声で忠告を出すとともに、ヘルキャットは跳躍して俺たちに襲いかかってきた。裕司は右手で小太刀《こだち》を引き抜き、峰《みね》でヘルキャットの鼻先を横合いから殴り飛ばして壁に叩き付ける。

壁にぶつかったヘルキャットは口元から血を流しつつ、震える足で立ち上がった。裕二は左手でもう一本の小太刀も抜き放ち、自然体で構えを取る。

「裕二？」

「俺が殺《や》るから手は出さないでくれ」

「いいのか？」

「無抵抗なモンスターにトドメを刺していくだけじゃダメだからな、それ相応の戦闘経験がないと」

再び飛び掛かってきたヘルキャット。裕二はヘルキャットの跳躍を接触直前で避けつつ、首元目掛けて左の小太刀を振り下ろした。

しかし狙《ねら》いは少々ズレ、裕二が振り下ろした小太刀はヘルキャットの首元ではなく背中に食い込んだ。ヘルキャットの背中から血が噴き出し、辺りに飛び散る。地面に落ちたヘルキャットは血溜まりを作りながら、苦しそうに悶《もだ》えながら呻《うめ》き声を上げていた。

俺は眉を顰《ひそ》めながら、小太刀を構えたまま、残心している裕二に一声かける。

「……トドメを刺してやったらどうだ？」

「……そうだな」

裕二は慎重にヘルキャットに近付き、首元目掛けて小太刀を振り下ろす。小太刀が突き刺さった瞬間、ヘルキャットは短い呻き声を上げ痙攣《けいれん》し、力が抜け動かなくなった。

そんなヘルキャットを見ながら、裕二はポツリと漏らす。

「……やっぱり勝手が違うな」

「？」

「本当なら、首を刎《は》ねるつもりだったんだけど、一瞬躊躇して手元がくるったんだよ」

裕二はヘルキャットから小太刀を抜きながら、若干悔しそうに眉を顰めていた。バックパックからキッチンペーパーと無水エタノールを取り出し、小太刀と防具に付いた血の後処理をし始める。

「お膳立てが揃《そろ》った状態で無抵抗なモンスターに小太刀を振り下ろすのと、戦闘中に動くモンスターに斬りつけるのじゃ、かなりの差があったよ。モンスターを殺すのにだいぶ慣れたつもりではいたんだけど、結局あれは戦闘経験には数えられないと思う。２人も深く潜る前に、ちゃんとモンスターと戦う経験は積んでおいた方がいい」

「……そんなに違うの？」

「ああ。大樹はホーンラビット相手に１度やってるから分かると思うけど、柊さんも経験しておいた方がいいよ？」

「……分かったわ」

裕二は血を拭《ふ》いたキッチンペーパーをジッパー付きのビニール袋に入れ、他の道具とともにバックパックに収納した。ちなみに、血の海に沈んだヘルキャットはしばらくした後に姿を消したが、残念ながらドロップアイテムは出現せず収穫はない。血塗《ちまみ》れになった割には、収入0という散々な結果だった。

◆

20分ほどに短く纏《まと》めた映像が終わると、沙織ちゃんはスマホを俺にそっと返す。その際、沙織ちゃんの顔色が若干悪そうに見えたので、俺は心配げに声をかける。

「大丈夫?」

「……はい。大丈夫です」

口元を押さえながら俺の問いに小声で返事をする沙織ちゃんに、美佳がそっと水が入ったコップを手渡す。沙織ちゃんはそれを受け取り、一気に半分ほどの水を飲み干し溜息を吐く。

「やっぱり、いきなり映像を見せるのはキツかったみたいだね。少し血に酔っちゃったかな?」

「……少し」

「俺も慣れるまでに時間がかかったよ……」

「お兄ちゃん。そう思うのなら、いきなりあんなものを沙織ちゃんに見せないでよ！」

沙織ちゃんの背中を優しく摩《さす》りつつ、俺の行いを責める美佳。

そんな美香に、沙織ちゃんは首を左右に振りながら、俺を擁護《ようご》してくれる。

「美佳ちゃん、私が自分で観《み》るって言ったんだから、お兄さんを責めないで」

「でも……」

「お兄さんも、最初に無理に見なくていいって忠告したのに、ホラー映画とかで慣れてるって思って軽い気持ちで見た私が甘かっただけだよ」

「沙織ちゃん……」

沙織ちゃんが自分が悪いと主張するので、美佳は俺の顔を恨《うら》みがましい目で見るだけで、それ以上は何も言えなくなっていた。沙織ちゃんがコップに残った水を飲み干したので、俺は水を汲《く》みに行くと一声かけて席を離れる。俺が席を離れると、美佳が沙織ちゃんに心配そうに話しかけている姿が見えた。

俺がいる前で正直な意見は言いにくいよな。時間をかけて水を汲んだ後、席に戻ると沙織ちゃんの顔色は少し良くなっていた。

「それじゃ、沙織ちゃん。さっき見てもらった映像で分かると思うけど、ダンジョン内でのことはあんな感じだよ」

「……はい」

「他にもダンジョン以外のこと、探索者についての話なんかもあるけど、どうする？　今から聞くっていうなら話してもいいけど、無理する必要はないからね？　これ以上聞かないっていう選択肢もあるし、日を改めてでもいいしさ」

「沙織ちゃん、今日はもうこれくらいにしておいた方がいいと思うよ？　だいぶ良くなったみたいだけど、まだ顔色も悪いしさ。お兄ちゃんの話ならいつでも聞けるんだし」

「美佳ちゃん……うん。お兄さん、他の話はまた日を改めて聞いてもいいですか？」

「勿論いいけど……無理に聞かなくてもいいんだよ？」

「確かに色々きつい話も多いみたいですけど、私お兄さんの話を聞いてみたいんです。私が今まで見聞きしたダンジョンの話と、お兄さんの言うダンジョンの違いが凄《すご》く気になるんで」

顔色は若干青白いままだが、沙織ちゃんの目には決意の色が見えた。

「それに、美佳ちゃんもお兄さんの話を聞いているんですよね？　だったら私も聞いておかないと」

「……沙織ちゃん？」

「最近の美佳ちゃんって、前とだいぶ雰囲気が違っていたんですよ？　少し前まで私たちと一緒にダンジョンダンジョンって言ってたのに、最近少し離れた立ち位置で私たちの話を聞くようになったのが気になってたんです。お兄さんの話が原因だったんですね」

「……そうなのか？」

沙織ちゃんの話を聞き、俺は顔を美佳の方に向ける。美佳は美佳で驚いた様子で、沙織ちゃんを見ていた。沙織ちゃんは美佳に微笑みながら、声をかける。

「どうしたんだろ？　って思っていたんだけど、やっと理由が分かったよ。こういう話を聞いていたら、私たちと一緒にダンジョンの話はしづらいよね」

「沙織ちゃん……」

どうやら俺の話は、結構美佳に影響を与えていたらしい。

沙織ちゃんの話を聞くと、どうやら美佳は仲良しグループの中で最近浮き気味になっていたようだ。ダンジョンの話になると食いつきが悪くなったと。確かに俺の話を聞いた後だと、友達同士で話すのは難しいだろうな。

美佳のことを思ってダンジョンの話をしたが、申し訳なく思う。

「美佳ちゃんと一緒の話をするのにも、お兄さんの話は聞いておかないと。だからお兄さん、また今度ダンジョンの話を聞かせてください」

「うん、分かった」

美佳はいい友達を持ったな。仲良く話し合う2人を見ながら、俺はそんな感想を抱いた。

沙織ちゃんの気分が良くなったので、俺たちはファミレスの会計を済ませカラオケに行く。元日からでも営業している店が近くにあったからだ。2時間ほど歌った後、沙織ちゃんを家まで送って俺と美佳は長かった初詣でを終え帰宅した。

第五章　ダンジョンが探索者に課す試練

［ Chapter 5 ］

About the daily life that dungeon had appeared when waking up in the morning

冬休みも終わり、寒風吹きすさぶ寒空の下で3学期の始業式が行われた。寒さと校長の長話には辟易《へきえき》としたが、それよりも久しぶりに会ったクラスメイトたちの姿に驚く。何故《なぜ》なら、クラスメイトのほとんどが大なり小なり怪我《けが》を負い、体のどこかしらに包帯を巻いていたからだ。ホームルームの時間でも、担任の先生は敢《あ》えて深く追及こそしなかったがクラスメイトたちの怪我の具合は心配していた。幸い、後遺症になるような怪我をした者はいないらしい。

そしてなかなか衝撃的だったホームルームは冬休みの課題を回収して終わった。明日から本格的に授業開始と言っていたので、気を引き締めないとな。

だが、それはさておき……。

「始業式も終わったことだし、この後どうする？　このまま裕二《ゆうじ》の家に寄っていく？」

「俺はそれでもいいぞ？」

「でも、まだ午前中よ？　昼食を摂《と》ってから、お邪魔した方が良くないかしら？　それに、一度家に帰って荷物を置いてきたいし」

「そう言われてみれば、そうかもね。じゃぁ裕二、一旦解散して、午後から裕二の家に集合でも大丈夫か？」

「大丈夫だ」

「じゃぁ、決まりだな。今が11時少し過ぎだから……14時頃に裕二の家に集合ってことでどうかな？」

「それでいいんじゃないか？」

「私も大丈夫よ」

放課後の予定が決まったそんな時だった。俺たちに声をかけてきた者がいたのは。

「すまない。少しいいかな九重《ここのえ》君、広瀬《ひろせ》君、柊《ひいらぎ》さん」

話しかけてきたのは、右手に包帯を巻いた優しげな容貌の男子生徒……野口《のぐち》君だった。

「野口君？」

「ちょっと3人に聞きたいことがあってね」

「聞きたいこと？」

あまり親しく話したことがないので、野口君が俺たちに何を確認したいのか分からない。俺たちが揃《そろ》って首を傾《かし》げていると、野口君は早々に本題を切り出す。

「3人はさ、俺たちと一緒にダンジョンには潜《もぐ》ってみる気はない？」

「「「はぁ？」」」

何を言いだすんだ、コイツは？　一応俺たちはクラスの中では、ダンジョン危険視派ってことになってるはずなんだが……そんな俺たちをダンジョンに誘う？

「ダンジョン？　何でだ？」

一瞬、俺たちが既《すで》にダンジョンに潜っていることがバレたのかと思ったが、野口君の口振りからしてどうやら違うようだ。俺たちが首を傾げていると、野口君は理由を語りだす。

「実は俺たち、クラスの友達同士でパーティーを組んでダンジョンに潜っているんだ。でも、冬休み中の探索でメンバーから怪我人が出てさ、今補充メンバーを探しているんだよ」

「俺たちに、その怪我をしたパーティーメンバーの代役をしてほしいって話か？」

「うん、そうだよ」

うんって、ずいぶん軽く言ってくれるなコイツ。

ダンジョンに興味があって、内情をよく知らない奴なら二つ返事でＯＫするかもしれないけど。素直にこの誘いを受けることは出来ないなと俺は思った。正直怪《あや》しすぎる。

今から探索者カードを申請して探索者になろうと思えば、発行試験と手続きで2週間近くはかかるはずだ。つまり、その怪我をしたメンバーは最低でも2週間以上ダンジョン探索に復帰出来ない怪我を負ったということ。パーティーメンバーがクラスメイトという話が本当なら、入院することなく登校しているところから、恐らく怪我は骨折なのだろう。

中級の回復薬を使えば単純骨折程度ならすぐ治るはずだが、出回っている数がまだ少なく、そこそこ高い。回復薬を使って怪我を治していないことから考えるに、野口君たちの稼《かせ》ぎはそれほど良くないのだろう。無理に下の階に突撃でもしたのか？　そう不審に思い、俺は野口君に【鑑定解析】をかけた。

名前：野口康史《やすし》
年齢：16歳
性別：男
職業：高校生
レベル：7
HP：85／85
EP：45／45

ステータスは平均的で、特別なスキルもない。だが人口密集気味のダンジョン事情を考えると、高校生探索者の平均よりやや高いステータスだ。これなら、気を抜かなければ1、2階層で大きな怪我はそうそう負わないと思うんだけど……離脱者が出るって何があったんだ？

俺はチラリと視線を包帯が巻かれた野口君の手に向け、彼の怪我の原因がとても気になった。

「勿論《もちろん》、参加してくれるなら報酬は山分けさ。俺たちのパーティーは結構多くのモンスターと戦ってるから、ドロップアイテムを得る機会も多くて結構稼げるよ？」

「ふーん」

「……何か、微妙な反応だね？　３人ともダンジョン探索に、興味ないのかな？」

「まぁ、正直興味ないかな」

俺が頭を下げながら断りを入れると、裕二と柊さんも続けて同意するように首を縦《たて》に振る。

「そっか。そこら辺のバイトより短時間で、それなりに稼げるんだけどな……」

野口君は後頭部を手で掻きながら、どう俺たちを説得しようか悩んでいるようだ。

だが、モンスターとの戦闘でドロップアイテムを多く確保出来るということは、人の少ない下層に突撃して戦闘を行わないといけない。たぶん、野口君のパーティーに欠員が出た原因は、無理な攻略を行ったせいだろう。

こいつ、そのうち引き際《ぎわ》を誤《あやま》って全滅しそうだな……。怪我をしてもダンジョン攻略を諦《あきら》めないところを見るに、俺たちが忠告しても聞く耳を持たないだろうな。

「うん、分かった。興味がないんじゃ仕方がないね。３人とも時間を取らせてゴメンネ」

野口君は意外にあっさりと俺たちの勧誘を諦め、手を振りながら教室に残っている他のクラスメイトに声をかけに行った。だがその際、俺の耳にも届いた野口君の小さな舌打ちは気のせいだと思いたいが……空耳ではない。

アイツ、爽《さわ》やかな笑みを浮かべていたけど実は腹黒なんだな。

◆

3学期が始まって最初の週末、俺たちはいつも通っているダンジョンに来ていた。

今日は4階層以降、モンスターが徒党を組んで集団で襲いかかってくるようになるという階層に挑戦するつもりだ。俺たちは初めて挑戦する階層を前に、いささか緊張した面持《おもも》ちで装備を点検していく。初の集団戦。今までのようにはいかないだろうなと思いつつ、準備を整える。

「よし、点検完了。裕二、柊さん、そっちはどう」

「俺も大丈夫だ」

「私も大丈夫よ」

「じゃあ、行こうか」

俺たちは気合いを入れ、ダンジョンへ突入する。

これまでの探索で判明した最短経路を使って、1、2、3階層を1時間ほどで足早に抜け、地下4階層へと続く階段の前に到着した。ここに到着するまでに数回モンスターと遭遇し戦闘をしたので、ウォーミングアップは出来ている。

俺たちは目線を交え軽く頷《うなず》いた後、裕二・柊さん・俺の順で階段を降りていく。階段を降りた先には、半円状の広場があり、その先には放射状にいくつもの通路が伸びている。

「……柊さん、モンスターの反応はある？」

「……今のところはないわね。九重君、トラップの方は？」

「こっちも今のところ反応なし。トラップは仕掛けられていないみたい」

「そうか」

裕二は俺と柊さんの確認作業の後、ようや地下4階層の広場に足を踏み入れた。階段を降りた直後に、落とし穴というのは割とありがちなトラップだからな。用心に越したことはない。

「さて、どの通路に入るんだ？」

裕二は俺たちの前で8つに分かれた通路の入り口を指し、俺と柊さんに問いかけてきた。

「特に戦闘音も聞こえないし、どの通路を選んでもいいと思うぞ？　なんならいつものように、刀を立てて倒れた方向の通路に進んでもいいんじゃないか？」

「そうね。広瀬君、お願い」

「……分かった」

裕二は広場の中央辺りで小太刀《こだち》を一本鞘《さや》ごと引き抜き、垂直に立てる。そして倒れた小太刀の柄《つか》の先は右から3番目の通路を指した。その通路を10分ほど歩いていくと柊さんが警戒を促す声を上げた。

「2人とも注意して、前方に何かいるわ」

「モンスター？」

「たぶん」

柊さんの忠告を聞き、俺は手持ち用のズームライトで通路の前方を照らす。おそらく100mほど先だろうか？　モンスターらしき影が2つ見えた。

「たぶんアレが柊さんが言うモンスターだね」

「だな」

「こっちに来るわ」

ライトに反応したのか、2体のモンスターは俺たちに向かってきた。

近付くに従い、だんだんとモンスターの姿がハッキリする。

赤い毛並みをした猪《いのしし》だ。

「レッドボアだな」

「あの様子だと、このまま突っ込んでくるわよ？」

「あの速度で突っ込まれると厄介《やっかい》だな。……大樹《たいき》、何かないか？」

「そうだな……」

俺はバックパックに手を突っ込み、中を漁《あさ》って裕二が求めるものを探す。

「あった、あった。じゃあいくぞ？　よっと！」

俺は蓋《ふた》がされた陶器製の瓶を取り出し、レッドボアの足元目掛けて投擲《とうてき》する。瓶は狙《ねら》い通り、レッドボアの手前で砕け散り、中身が周囲に飛び散った。

レッドボアは瓶が割れたことは気にせず俺たちに向かって一直線に走ってきたのだが、瓶が割れた地点を過ぎてすぐ急に立ち止まり悶《もだ》え始める。

「大樹、お前何を投げたんだ？」

「ん？　何って……胡椒《こしょう》」

「胡椒？　じゃあ、あのレッドボアが立ち止まった理由って……」

「クシャミでもしているんじゃないかな？」

レッドボアたちは立ち止まり、鼻水を垂らしながら苦しんでいた。その姿には先程までの威圧感は欠片《かけら》もなく、いっそ哀《あわ》れだ。俺は2人に投げたものの説明をしながら、空中に舞う胡椒が地面に落ちきるのを待った。今レッドボアに近付けば、俺たちも胡椒の影響を受けるからな。

数分後、俺たちは悶え苦しむレッドボアに近付き、首筋に武器を突き刺しトドメを刺した。

「何か、いつもと変わり映《ば》えしないな」

「まぁ、無効化した後にトドメを指しているからな」

「複数のモンスターと遭遇するのに慣れた方がいいなら、正面から戦った方がいいな」

「そうね。これからのダンジョンでの戦闘は集団戦が中心になるでしょうから、チームワークの実践《じっせん》練習のためにも正面から戦った方がいいと思うわ」

胡椒爆弾は意外にも不評だった。いや、まぁ、理由は分かるんだけどね。

「大樹。そういうことだから、あと何回か使ったら胡椒爆弾はしばらく使用禁止な」

「ああ、分かった」

俺たちが、そんなやりとりをしている間に、レッドボアが光の粒になり姿を消す。死体が消えた場には、出刃包丁のようなナイフと赤みがかった鉱石が残っていた。

「ナイフと銅の鉱石か……」

「まぁ、何も出なかったのよりはいいんじゃないか？」

「そうね。そういえば九重君、そのナイフには何か効果はついてないの？」

「？　効果？」

「ええ。確かスライムを倒している時も、刀剣類が何本か出てきたじゃない？　中にはなんらかの効果というかスキルがついたものもあったから、このナイフにも何か効果があるんじゃないかな？　って」

「そうだな。大樹、一応調べてみてくれ」

「そういうことなら……」

俺はドロップ品のナイフに、【鑑定解析】を使う。結果、なかなかの拾い物だということが判明した。ナイフの名称はブロンズナイフ。分類はマジックアイテムで、付与効果は【解体】。討伐《とうばつ》済みのモンスターにナイフを突き刺すと付与された効果が発動、対象を【解体】し、１００％食品系アイテムをドロップさせるという代物《しろもの》だ。

要するにこれは、ゲームの剝《は》ぎ取りナイフと同類のものだろう。どうやって食肉業者がモンスター肉を効率良く得ているのか疑問だったのだが、こういう理由があったんだな。スライムダンジョンでこれが出なかったのは、倒していたモンスターがスライムだからなのか、単に運がなかっただけなのか……分からない。俺は内心溜息を吐きつつ、解析結果を2人に伝えると、特に柊さんが喜んでいた。

「ねぇ、これ私が貰《もら》ってもいいかな？」

「俺はいいよ、裕二は？」

「無論、いいぞ」

「ありがとう、2人とも」

モンスターの肉を得ることがダンジョンに来た目的の1つである柊さんにとっては、この剥ぎ取りナイフは得がたい代物だろう。1度実際に試してみないと、どの程度効果があるのか分からないけれど。

そして、俺たちは剥ぎ取りナイフの効果を試すため、再びダンジョン探索を再開する。すると都合良く、モンスターが俺たちの近くを彷徨《さまよ》っていることに気づき、柊さんが声を上げた。

「来るわ。前方に2体と後方1体、挟み撃ちをかけるつもりよ」

「大樹、後ろの敵を頼む。俺と柊さんは前方の敵を殺《や》る。数字の上ではそれぞれ1対1だから、調味料グッズは使わずに戦うぞ」

「分かった。後ろの敵は任せてくれ」

俺は2人に背を向け、不知火《しらぬい》を構えた。

そして俺たちが背中合わせになると、互いの背中に吊るしたランタンライトがダンジョン内を広角に照らし出す。ヘッドライトの光と合わせると、戦闘に十分な光量を確保出来たと言える。裕二と柊さんが前方から現れたハウンド・ドッグと睨《にら》み合っていると、俺の視線の先にモンスターが通路の暗がりから姿を見せた。こちらの敵も、ハウンド・ドッグだ。どうやら存在がバレたことを察し、戦闘中に背後を突く作戦を諦《あきら》めたようだ。裕二たちと対峙《たいじ》しているハウンド・ドッグも挟み撃ちが失敗したことに気づいたのか、咆哮《ほうこう》を上げながら裕二と柊さんに襲い掛かった。同時に、俺の相手も咆哮を上げ飛び掛かってくる。

「ふっ！」

俺は飛び掛かってきたハウンド・ドッグを直前で躱《かわ》し、無防備な首元目掛けて不知火を突き出す。不知火は抵抗なくハウンド・ドッグの首筋を貫《つらぬ》くと、傷口から血が噴き出した。俺は素早く突き刺した不知火を捻《ひね》り、ハウンド・ドッグにトドメを刺す。すると、ハウンド・ドッグは力なく地面に転がり、少しの間痙攣《けいれん》を繰り返した後、なんの反応も示さなくなった。

俺はハウンド・ドッグが死んだことを確認した後、首元に突き刺した不知火を引き抜く。心臓が動いている間に剣を抜けば、大出血間違いなしだからな。血抜きをするのならともかく、そうでないのなら無駄に返り血を浴びるなど面倒なだけだ。これも何度かモンスターを討伐し大出血させた後に、気がついたことなんだけどな。

俺は不知火に付いた血を振り払いながら、裕二たちの様子を見る。当たり前だけど既に決着はついていた。

「そっちも、終わったみたいだね」

「ああ」

俺が振り向いた時には、裕二は小太刀をキッチンペーパーで拭《ふ》いていた。俺もキッチンペーパーを取り出し、不知火に付いた血を拭き取る。最近この作業も慣れたよな、俺。最初の頃はかなり嫌悪感があったのにな。

俺と裕二が各々《おのおの》の武器の手入れをしていると、剝ぎ取りナイフを構えた柊さんが話しかけてきた。

「ねぇ、これの効果を試してみていいかな？」

「剝ぎ取りナイフ？　勿論《もちろん》いいよ」

「じゃあ、やってみるわ。えいっ」

柊さんは手にした剝ぎ取りナイフを、ハウンド・ドッグの死体の1つに突き刺した。ハウンド・ドッグの死体はナイフが刺さると同時に、光の粒になって消えてドロップアイテムが出現する。それは赤身のブロック肉だ。……えっ？　剝ぎ取りナイフを使うと、精肉された状態でアイテムが出現するのか？

「なぁ……これって肉だよな？」

「ああ……犬肉だな」

「犬肉ね」

どうするの、コレ？　俺たちが食べるのか？

俺たちはしばし顔を見合わせた後、とりあえず残りのハウンド・ドッグが消える前に剝ぎ取りナイフを突き刺す。結果、俺たちは犬肉を計3つ手に入れた。

手に入れた犬肉はキッチンペーパーで包《くる》んだ後、ジッパー付きのビニール袋に入れて俺の空間収納庫に仕舞った。保冷バッグなんて持っていないから、バックパックに入れていたらダンジョンを出るまでに肉が傷《いた》むからな。

「とりあえず、剝ぎ取りナイフの効果は確認出来たわね」

「ああ。それにしても、業者はこうやってモンスター肉を確保していたんだな」

「ええ、私もモンスターを捌《さば》いて肉を確保しているものだと思っていたわ」

「ホント良かったよ。解体方法は一応ネットで調べていたけど、実際に解体しろって言われてもできないし」

そう考えると、このマジックアイテムがあってくれて良かったよ。

ネットで調べればジビエの解体方法は簡単に見つかったのだが、実際に出来るのかと聞かれれば、まぁ無理だろうな。ましてや、人型のオークの解体なんて……精神やられるわ！

「さてと、本当ならもう少しこの階層を探索して集団戦の経験を、と思っていたけど……」

「早めに切り上げるのか？」

「うん。帰り道でモンスターに会ったら戦闘はするけど、今日のところはこの辺で引き上げない？　色々あったし、このお肉がいくらになるのか気になるしさ」

「まぁ、無理をする気はないから俺はいいけど……柊さんは？」

「私もいいわよ。それに、解体ナイフを得られたことで気持ちが少し浮《うわ》ついてるっていう自覚があるのよ。安全のためにも、1度仕切り直した方がいいと思うわ」

2人の同意を得られたので、俺たちは探索をここで切り上げて帰ることにした。

帰りの道すがら、地下4階層では再びレッドボアの集団と戦闘になったが、問題なく討ち取り剝ぎ取りナイフを使って猪肉をゲット。その後も3、2、1階層で何体かのモンスターを討ち取り、ドロップアイテムとモンスター肉を手に入れた。

◆

ダンジョンを出て着替えを済ませた後、受付にドロップアイテムと肉を提出する。

「これも、換金出来ますか？」

「モンスターの肉ですね。はい、大丈夫ですよ」

「じゃあ、お願いします」

「承《うけたまわ》りました。少々お待ちください」

待つこと数分、ドロップアイテムと肉の査定額が提示される。コアクリスタルと鉱石はいつもと変わらない買い取り価格だったのだが、肉に驚きの査定がついていた。ハウンド・ドッグの肉は100g150円、ヘルキャットの肉が100g150円、ホーンラビットの肉が100g300円、レッドボアの肉が100g700円と提示されたのだ。

コアクリスタルと鉱石の買い取り額は合わせて数千円ほどだが、肉は数万円ほどになった。

「……本当ですか、この査定額？」

「はい。現在の買い取り相場で算出した買い取り価格です」

「そう、ですか」

信じられず受付事務員の人に確認を取ると、査定額に間違いないと言われた。高級品として取り扱われているとは知っていたが、俺は予想外の高額買い取りに動揺しつつ買い取り書類にサインをして手続きを済ませる。

ちなみに、柊さんが提出した剝ぎ取りナイフだが、マジックアイテムなので本部で査定をすることになり、預かり手続きをしていた。売る気はないので、査定通知書類が届いたら引き取りに行くと言っていたな。まぁ、オークの肉が目的の柊さんからしたら、あの剝ぎ取りナイフは必需品だろう。たとえ買い取り額が高くても、売るという選択肢はないとのことだ。

はぁ。何か、ダンジョン攻略が本格的に狩猟っぽくなってきたな。

◆

「さてと……そろそろ今より下の階層に行きたいんだけど……どうする？」

「下の階層か……」

「いずれは降りるつもりではいるけど……アレを見るとちょっと躊躇《ちゅうちょ》するわね」

「アレ、ね」

実力的には集団戦闘にも慣れてきたので特に問題はないのだが、俺たちが下の階層に躊躇している理由は柊さんの言うようにアレ。下の階層から上がってくる探索者たちの姿だ。

青ざめ何度も嘔吐《おうと》を繰り返しただろう酸っぱい匂《にお》いのする探索者、焦点《しょうてん》の合わない眼差《まなざ》しで虚空《こくう》を静かに眺め続ける探索者、乾いた笑みを貼りつけた陽気な探索者、達観した表情を浮かべる探索者、他にも様々な様子を見せながら下層階から上がってくる探索者たちの姿を見ていると足踏みしてしまう。

「大樹、地下7階層以降からは人型のモンスターが出てくるんだよな？」

「ああ。地上の協会事務所の掲示板に貼られている、簡易階層別モンスター出現分布図にも載《の》っていたしな。間違いないと思うぞ」

「……ゴブリンよね？」

「たぶん」

　俺たちのテンションは一気に下がる。

　ゴブリン、120～130㎝ほどの大きさの人型モンスターだ。漫画やゲームなどでは雑魚《ざこ》のように描写されるモンスターだが、実際にはかなりの難敵と言われている。獣型モンスターと違い、人間と同じように棍棒などの武器を使い襲ってくるらしい。何より、人型のモンスターが明確な殺意を持って襲ってくる事実に、獣型のモンスター討伐に慣れた探索者でも動揺し、怪我を負うことが多いとのことだ。

「でも、目的のものを手に入れるには下層階に潜るしかないわ」

「まぁ、そうなんだけどね」

「ダンジョン探索を続けるのなら、いずれは向き合う問題だからな。いつまでも人型モンスターを避けていく訳にもいかないだろ？」

　裕二の言う通り、いつまでも避け続ける訳にもいかない。人型モンスターといえば、パッと思いつくだけでもオークやオーガ、コボルトなんていうものが挙げられるしな。

「そうだな。よし、いつまでもウジウジしていてもしょうがないな。次にダンジョンに潜る時は、地下7階層以降に潜ってみようと思うけど……？」

「いいんじゃないか？　まぁ、最初は用心して3回に分けた方がいいな。最初は精神的に、かなりキツい衝撃が来るだろうし」

「そうね。1人がゴブリンを相手にしたら、残り2人で後方支援をしながらダンジョン外に出た方がいいと思うわ。初めてモンスターを討伐した時のことを思えば……」

「まぁ、そこら辺の対応は実際にゴブリンを討伐してから決めよう」

最初にハウンド・ドッグやホーンラビットを討伐した時のことを思えば、柊さんの提案に異論はない。人型モンスターを斬り殺した時、自分が平常心のままでいられるなど、これっぽっちも自信がないからな。

全員一斉に精神的ショックを受けて、注意力散漫な時にモンスターの襲撃など受けたくない。

「そうね。実際にゴブリンを討伐してみないと、どの程度精神的ショックを受けるか分からないしね」

「そうだな。それほどショックを受けないのなら、1日で済ませたいしな」

「だな」

生き物を斬る感触にも、流れ出す血にもある程度慣れているので、初討伐時よりは精神的ショックを受けないかもしれない。そうなれば、ゴブリン相手に3回、3週間もかけてダンジョンに通うのは手間だからな。

ある程度話がまとまると、俺たちは少し足早に最短距離でダンジョンを抜け出す。

ちなみにモンスター肉は査定で10万円近くの値段で引き取られ、俺たちの懐《ふところ》を温めてくれた。

◆

翌週、地下6階層までを最短経路で抜けた俺たちは、地下7階層に続く階段の前で立ち止まった。ここから下の階層ではゴブリンをはじめ、人型モンスターがいる。そう思うと、なかなか最初の1歩が踏み出せない。同じように躊躇している2人に、俺は意を決して声をかける。

「行こう」

「ああ」

「ええ」

返事の声がいささか硬いが、俺は一呼吸入れ、階段に足を踏み出す。

階段の下には、俺たちより先にこの回に到着したであろう探索者チームがいた。俺たちは彼らに軽く会釈《えしゃく》をした後、地下7階層の探索を開始する。仕掛けられているワイヤートラップなどを【鑑定解析】を駆使して回避しつつ、慎重に探索を続けていると柊さんが声を上げた。

「……気配があるわ、気をつけて」

「ゴブリン？」

「まだ分からないわ。でも、近付いてくるスピードが獣型のモンスターに比べてだいぶ遅い」

「……ということは」

「ゴブリンの可能性があるな」

裕二はそう言って、鞘から抜いた小太刀を両手で構える。俺も背中からホットソース入のウォーターシューターを取り出し、加圧を始めた。

「柊さん、場所は分かる?」

「右斜め前……たぶんあそこの通路を右に曲がった先にいるわ」

柊さんは手持ちライトで、前方の丁字路《ていじろ》の右側を照らしながら説明する。

「待ち伏せ……かな?」

「そうかもしれないな。柊さん、対象までの距離は分かる?」

「まだ結構離れてるわ。でも、さっきも言っていたようにこっちにだんだん近付いてきてる」

「となると、ただの遭遇戦か」

俺たちは互いに顔を見合わせ頷き合った後、それぞれの武器をいつでも使えるように手に持ち、素早く丁字路手前の壁に張り付く。

俺はバックパックから伸縮式の棒が付いた鏡を取り出し、鏡を右の通路の先が見えるように床スレスレに出す。

「裕二、明かりを」

「おう」

裕二はバックパックからケミカルライトを取り出し、明かりを点け右通路との角に姿を隠したまま投擲《とうてき》する。緑色に明るく発光するケミカルライトは、くるくる回りながら薄暗い通路を照らしつつ奥まで飛んでいく。俺はその様子を鏡越しに確認しながら、柊さんが見つけた気配の正体を確認する。

　そして、通路の奥にいた気配の主を確認した。体毛のない緑色の肌をした小柄な体型に、木の棍棒と腰ミノ。

「……ゴブリン」

「間違いないか？」

「ああ。教本に載っていた特徴と一致してるし、【鑑定解析】の結果もゴブリンだった」

「そうか……武器は？」

「ここから見える範囲では手に持った棍棒だけ。飛び道具を持ってないから遠距離攻撃の可能性は低いかな？　もっとも、遠距離攻撃が可能な魔法スキルを持っている可能性はあるけどね」

　用心のために鏡を使ってまで確認を取っていたが、どうやらただのゴブリンだったらしい。弓などの遠距離武器を持つゴブリンや魔法を使うゴブリンではなさそうだった。

「柊さん、伏兵《ふくへい》の可能性はあるかな？」

「……この周辺で感じられる気配は、あのゴブリンだけよ」

「そう」

　柊さんの索敵《さくてき》結果を聞き、俺は鏡をバックパックに収納した後、ゴブリンの前に出た。手持ちのライトを通路の奥に向け、ゴブリンを照らす。

どうやら向こうもこっちに気がついたみたいだ。大声を上げながら棍棒を構え、こっちに向かって走り寄ってくる。浮かべる表情は鬼気迫っており、血走った目には明確な殺意が宿っていた。

俺はウォーターシューターを構え、ゴブリンが射程に入った瞬間引き金を引く。銃口から真紅《しんく》の液体が発射され、ゴブリンの顔面に命中。ゴブリンは勢いそのまま地面に転がる。その際、手に持っていた棍棒が宙を舞い俺たちに飛んできたが、慌《あわ》てることなく余裕をもって回避した。

ゴブリンはこれまでのモンスターたちと同様、ホットソースがかかった顔を押さえ悶《もだ》えている。苦悶《くもん》の叫び声を上げながら激しく暴れ、何度も頭を通路の床に打ち付けていた。時間が経《た》つに従い暴れる動きも弱々しくなっていき、遂《つい》には気絶したのか呻《うめ》き声も上げずに沈黙する。

「ゴブリンには効果アリ……だな」

「ホント凶悪だよな、ソレ」

「まぁ、今のところはね。でもさすがに、スライムには効かなかったけどさ」

「まぁ、アレはな」

ゴブリンが沈黙したことを確認し、裕二はホットソース入りウォーターシューターの威力に呆《あき》れ気味に感心する。まぁ、今のところほとんどのモンスターに抜群の効果を発揮しているからな。例外は、全身粘性体のスライムだけだ。アイツら、ホットソースを吸収してたからな。

「さてと、ゴブリンも沈黙したことだし、トドメは誰が刺す？」

「……私が殺《や》るわ」

「柊さんが？」

「いいでしょ、私でも。何か問題でもあるかしら？」

「いや別にないけど……」

柊さんは槍《やり》を構え、ゴブリンに近付いていく。倒れたゴブリンの首元に槍を向け1度深呼吸をした後、一気に突き刺した。槍は何の抵抗もなく首に突き刺さり、貫通。傷口から少量の血が噴き出し、体が1度大きく跳ねるように痙攣した後、力が抜け動かなくなった。

目を閉じ数回深呼吸を繰り返した後、柊さんは無言でゴブリンに突き刺した槍を抜き、穂先に付いた血を振り飛ばす。

「柊さん、大丈夫？」

「ええ、覚悟していた分、それほどショックは大きくないわ。大丈夫よ」

「……それならいいんだけど」

「心配してくれて、ありがとう。でも、大丈夫よ」

柊さんの表情は多少青ざめてはいるものの、嘔吐しそうな様子もなく、少し時間を置けば大丈夫とのことだ。柊さんは血の付いた槍の手入れをしつつ、気持ちを落ち着かせている。

ここで剝ぎ取りナイフを使わないのか？　と聞くのは酷だろう。

「で、どうする裕二？　一旦、上に戻るか？」

「……その方が良さそうだな。無理に進んでも、手痛いしっぺ返しを食らうだけだ」

「いえ、大丈夫よ。このまま探索を続けましょう」

「……柊さん？」

俺と裕二が念のためにここで撤退しようかと話し合っていると、柊さんが待ったをかけた。青ざめていた顔色も血色が戻り通常時と変わらないが、その目だけは爛々《らんらん》としていた。

「テンションが上がって多少興奮状態にあるけど、精神的ショックがどうのこうのっていうことはないわ」

「……」

「それにね、近くに新しい気配がするのよ」

「!?」

「突然発生した気配だから、たぶんリポップしたモンスターよ」

俺と裕二は柊さんの話を聞き、各々《おのおの》の武器に手をやり周辺を警戒する。

「場所はあっちで、数は3つ。真っ直ぐこっちに向かってきているから、たぶん私たちに気付いているわ」

柊さんは丁字路の左側の通路、つまり今俺たちがいる場所の反対側を指さす。俺は手持ちのズームライトのレンズを伸ばし通路の先を照らした。すると、かなり先ではあるが確かに、こちらに向かってくる影を見つける。恐らくあれが、柊さんの言うモンスターだろう。

「逃げるにしても近すぎる上、コチラを認識しているようだから、まず間違いなく追ってくるわ。どちらにしろ、戦うしかないわ」

「みたいだね。裕二」

「ああ。殺《や》るしかなさそうだな」

「じゃぁ、まず先手を打とう」

俺はバックパックから胡椒瓶を取り出し、モンスターに向かって投擲する。胡椒瓶はモンスターたちの進路上に落ち、砕けて中身を撒《ま》き散らした。モンスターたちの動きが止まり地面に蹲《うずくま》るのを確認し、俺たちはモンスターたち目掛けて走り出す。

ある程度近寄ると、モンスターの姿が見えた。3体ともゴブリンのようだ。

「柊さん！　援護お願い！」

「了解！　……エアーブロー！」

柊さんが新しく覚えた風を吹かす魔法によって、ゴブリンたちの周辺に浮遊していた胡椒が彼方《かなた》に吹き飛ばされる。行動を阻害《そがい》する障害が取り除かれた俺と裕二は、ゴブリンたちが態勢を整える前に斬り込んだ。

俺は1番右端にいたゴブリンに狙いを定め、走りながら不知火を首目掛けて振り抜いた。不知火の刃はゴブリンの首を両断。血の噴水とともに、ゴブリンの頭部が宙を舞った。裕二もゴブリンの間を走り抜けながら、左右の小太刀を巧《たく》みに使いほぼ同時に2体のゴブリンの首を斬り飛ばす。

結果、俺と裕二が走り去った後には、血を噴き出す首のないゴブリンの死体が3つ出来上がった。

「……」

「……」

「大丈夫？」

なかなか凄惨《せいさん》な光景である。

俺と裕二は無言でお互い顔を見合わせた後、胸に溜まった息を吐き出した。心配そうに俺たちの顔を覗《のぞ》き込む柊さんに、俺と裕二は苦笑を漏《も》らしながら力ない笑みを返す。

「……帰ろう」

「……ああ」

ゴブリンから出現したドロップアイテムを回収した後、俺たちは足早に地下7階層から立ち去った。やっぱり人型モンスターを斬り殺すのは、思っていた以上に精神的にくるし、下層階から上がってきた探索者たちの、あの様子も納得できるものがある。

その証拠に帰路の途中、地下5階層で遭遇したレッドボアの群れの突進を避け損《そこ》ね、軽い打ち身程度とはいえ怪我を負った。精神的ショックで、注意力が散漫になっていた証拠だな。

安全を第一に考え無理はしない、この時俺たちは改めて心に刻み込んだ。

◆

手痛い教訓を得た俺たちはしばらくの間、地下7階層にいるゴブリンを相手に対人型モンスター戦の経験を積んだ後、前回の探索で発見した地下8階層へ続く階段の前に到着した。

「じゃあ、降りましょう」

柊さんの声に後押しされ、俺たちは地下8階層へと続く階段を降りていく。

その結果、俺はいま不知火を振るい、次々に襲いかかってくるコブリンたちを斬り裂いていた。もう既に、10体近くは斬り殺したと思う。辺りはゴブリンの死体だらけになっており、行動を阻害する障害物になっていた。

「裕二！　大丈夫か!?」

「ああ！　大丈夫だ！　怪我もしてないから、まだまだイケる！」

「柊さんは!?」

「私も大丈夫よ！　でも槍の切れ味が、だんだん落ちてきたわ！」

俺と同様にゴブリンを殺している裕二と柊さんに、安否を確かめる。すると各々問題はあれど、まだまだ余力を残している声が2人から返ってきて少しホッとする。

「それにしても、とんだモンスター部屋だな！」

「ああ、まったくだ！　斬っても斬っても、キリがない」

「ええ、ホントね。モンスターを一斉にポップするトラップとか聞いたことないわ！」

モンスターに遭遇することなく地下8階層を探索していると、俺たちは広間のような空間を発見した。広さはだいたい、20～30m四方だ。俺たちが何かないかと部屋の中を探索していると突如《とつじょ》、床や壁からゴブリンが生えるように次々とポップしたのだ。さらに運の悪いことに部屋の出口は、リポップしたゴブリンを挟んだ奥側。つまり、俺たちが部屋から脱出するには、出現したゴブリンを倒すしかなかった。

「まぁ、運が悪かったってことだろうな！」

内心、元日に引いた大凶神籤《みくじ》が祟《たた》ったか!?　と思いもしたが、頭を振って忘れる。戦闘に集中しなければ、思わぬところで足をすくわれかねないからな。

また1体ゴブリンを不知火で斬り裂いていると、裕二が声を上げる。

「残り5体！　気を抜かずに仕留《しと》めるぞ！」

「おお、任せろ！」

「あと少し！」

やっと終わりが見えてきた。俺たちは気合いを入れ直し、残ったゴブリンたちに斬りかかる。

既に不知火の刃はゴブリンの脂《あぶら》が巻いていてマトモに斬れなくなっているので、ゴブリンの喉元

目掛け突きを繰り出す。

　不知火がたいした抵抗もなくゴブリンの喉を突き破ると、大量の血が噴き出た。俺は素早く不知火を捻りトドメを刺し、ゴブリンの体に蹴りを入れ不知火を抜く。そして、棍棒を振り上げながら俺に近付いてきていたもう1体のゴブリンの首目掛けて、不知火を水平に薙《な》ぐ。脂の巻いた不知火の刃はゴブリンの肌に食い込みこそしなかったが、首の骨をヘシ折る感触が俺の手に伝わってくる。不知火によって吹き飛ばされたゴブリンは床を転がり、動かなくなった。

　他のゴブリンはと思い周囲を探ると、既に戦闘は終わっており、俺が倒したゴブリンが最後の1体だったようだ。

「ふうっ……終わった。2人とも、大丈夫だった？　怪我はない？」

「ああ、大丈夫だ。少し疲れはしたが、怪我はない」

「私も疲れてはいるけど、怪我はないわ」

「ということは全員無事だね。まぁ、見た目はかなりすごいことになっているけどさ……」

　返り血のことなど考えずにゴブリンたちを切り殺していったので、俺たちは全身ゴブリンの血で酷《ひど》く汚れていた。

「まぁ、数が数だったからな。これは仕方ないさ」

「そうね。でも、早く洗い落としたいわ」

「じゃあ、今日はこのゴブリンたちからドロップアイテムを回収して、引き上げようか？」

「賛成だ」

「私も賛成よ。今日は疲れたし」

全員の同意が得られたので早速帰り支度をする。

柊さんがゴブリンの死体に剝ぎ取りナイフを刺していき、俺がドロップアイテムを空間収納に回収、その間の周辺警護を裕二が担当するという役割分担で手早く済ませていく。

そして、柊さんが最後の1体に剝ぎ取りナイフを刺すと、珍しいものが出た。

「？　九重君、ちょっとこれを確認してくれないかしら？」

「ん？　何か珍しいのが出たの？」

「ええ。スキルスクロールよ。中身が何か分からないから、確認して」

「分かった、チョッと待ってて」

俺は急いで残りのドロップアイテムを回収し、柊さんが持つスキルスクロールの【鑑定解析】を行う。すると結果はすぐ判明した。今回出現したスキルスクロールには、【洗浄】のスキルが封入されていたのだった。ピンポイントというかご都合主義というか……。俺は【鑑定解析】で判明した結果を、柊さんと裕二に伝える。

「【洗浄】のスキル！」

「また、おあつらえ向きなスキルが出たな」

「俺もそう思うよ」

柊さんは喜び、スキルスクロールを持ってはしゃいでいるが、俺と裕二は顔を見合わせてなんともいえない表情を浮かべ合う。

「ねぇねぇ。これ、わたしが使ってもいいかな？」

「俺は別にいいけど……どうする裕二？」

一応調べたところ、消費ＥＰもごく小量のアクティブスキルなので柊さんが使用すること自体に問題はない。

「俺もいいと思う。これからも返り血の処理をしなきゃいけないことを考えれば、柊さんが【洗浄】のスキルを持っているのは悪い選択じゃないと思う」

「確かに、裕二の言うことにも一理あるな」

裕二の言う通り、これからもダンジョンに潜り続けることを考えれば、柊さんが【洗浄】のスキルを持っているのは悪いことじゃない。今はまだすぐに地上に帰れる浅い階層にいるが、深い階層に潜れば行き来だけで一苦労だろう。深く潜ったところで今回のように血塗《ちまみ》れになれば、どうしようもない。俺の空間収納に着替えを入れておけばいいだろうが、俺たちが今着ている服は防具だ。そう簡単に着替えるという訳にもいかない。

それらを考えれば、柊さんが【洗浄】のスキルを持つのはアリだ。

「という訳で柊さん、そのスキルスクロールは使ってもらって構わないよ」

「……ホントにいいの？」

「ああ、勿論」

俺と裕二が揃って頷いたので、柊さんは嬉しそうに笑みを浮かべてスキルスクロールを開く。スキルスクロールが発光し、光の粒子が柊さんの体に入っていった。

「【洗浄】」

早速、柊さんは洗浄スキルを使ったようだ。柊さんの顔や髪に付いていたゴブリンの血が綺麗に消えていく。

だが、それだけだ。服や防具に付いた血は消えていなかった。

「えっ？　なんで？　九重君？」

「ええっと、熟練度が足りないいんじゃないかな？」

話が違うじゃないかと言うように柊さんが俺に鋭い眼差《まなざ》しを向けてくるので、俺が戸惑《とまど》っていると、裕二が代わりに洗浄しきれなかった原因を推測し伝える。

「つまり、持ち物や他人を綺麗に出来るようになるためには、スキルの熟練度を上げればいいのか？」

「たぶんね。熟練度を上げれば、段階的に洗浄出来る範囲が広がっていくんじゃないかと思う。〝自分の体〟、〝装備品〟、〝他人〟みたいにさ」

「なるほどな。ということは、現状血塗れの俺たちの役には立たないってことか？」

「残念ながら、そうだと思う」

「はぁ……そういうオチね」

俺と裕二の話を聞いていた柊さんは、深い溜息を吐きながら落胆する。なかなかずいぶん都合がいい展開だとは思ったが、さすがにそこまでうまい話とはいかなかったようだ。俺たちはとりあえずゴブリンが再び大量リポップするかもしれないこの場所を移動し、体に付いた血をキッチンペーパーでおおまかに拭き取っていく。大量のキッチンペーパーが真っ赤に染まる光景は、なかなか衝撃的だが最近はだいぶ慣れてきた。

後処理作業を終えて休憩をとった後、階段を上りダンジョンの外を目指す。帰り道は比較的順調に進み、モンスターと何度か戦闘しただけで済んだ。

ダンジョンから血塗れの俺たちが姿を現すと、一瞬ゲートの周辺にざわめきが広がった。俺たちは急いで更衣室に向かい、返り血を洗い流して着替えを済ませる。柊さんが更衣室から出てくるのを待つ間、協会のオークションサイトで【洗浄】のスキルスクロールの取り引き額を調べてみたのだが、そこにはなかなか強気な価格が設定されていた。いや高いでしょ、これ。

そして更衣室から出てきた柊さんと合流した後、回収したアイテムの換金を済ませ、本日の探索は終了。俺たちは帰路へとついた。

◆

柊さんの【洗浄】スキルの熟練度が上がり、汚れを気にしなくてよくなった俺たちは、地下10階層の手前の階段まで辿《たど》り着く。苦節3カ月、やっと当初の目標階層に辿り着けたのだ。

そして30分ほど、地下10階層を探索していると遂にそいつらは現れた。

「前方にモンスターの気配があるわ。数は2体。伏兵は今のところいないわ」

柊さんの警告の声を聞き、俺と裕二は剣を引き抜く。柊さんが手持ちのズームライトで前方を照らすと、2体の影が見えた。

2mほどの大きさの黄緑色の肌をした豚顔の人型モンスター、オークだ。

「「あれは……オーク」」

「2人とも、絶対に逃がさないで！　やっと見つけたチャーシュー……じゃなかった、オークなんだから！　骨だって出汁《だし》が……貴重な素材になるのよ！」

柊さんは興奮したように、ところどころ変なことを口走りつつ、喜びの声を上げた。まぁ、探索者になって3カ月、やっと念願の獲物《えもの》に出会えたのだからしようがないだろう。

「落ち着いて柊さん。そんな興奮した状態で突っ込んでも、いらない怪我をするだけだよ」

「そうだな。まずは深呼吸でもして気を落ち着かせた方がいい」

「すぅ……はぁ……すぅ……はぁ……ふぅ。もう大丈夫よ、心配かけてゴメンなさい」

深呼吸を数回繰り返し頭が冷えたのか、少々興奮気味ではあるものの、いきなり飛び掛かるような雰囲気はなくなった。

「それじゃあ、とりあえず最初はいつものやり方で、いいよね？」

「ああ、やってくれ」

「私もいいわ」

ライトを当てられたことで俺たちの存在に気がついたオークたちは、ハンマーのような突起の付いた棍棒を持って俺たちから50ｍほどの位置まで迫っていた。俺はいつものようにバックパックから胡椒瓶を取り出し、オークたち目掛けて投擲する。

胡椒瓶は狙い違《たが》わずオークたちの少し前方に落ち、中身を辺りに散布した。

しかし……。

「うーん、効き目が薄い？」

「状態異常耐性でも持っているのか？」

胡椒の煙幕に突っ込んだオークたちは足取りが鈍《にぶ》ったものの、これまでのモンスターたちと違って、むせながらも完全に足を止めるようなことはなかった。目と鼻の辺りを何度も拭《ぬぐ》い足取りが重くなってはいるが、俺たちとの距離は30ｍを切っていた。

俺はバックパックからもう1つのもの、ホットソース入りのウォーターシューターを取り出して構える。

「こっちなら効くかな？」

「大樹。それが効かないことを前提に、すぐ動けるようにしておけよ？」

「分かってるよ。柊さんも大丈夫？」

「ええ。いつでもいいわ」

裕二と柊さんは俺の左右に分かれ、武器を構えたまま少し前方に位置取りしている。これが効かなかった場合、オークたちの攻撃に即応出来る位置取りだ。

「……2、1、発射！」

オークたちがウォーターシューターの射程に入ったので、俺はオークたちの顔目掛けてホットソースを噴き付けた。すると効果は抜群、オークたちは顔を押さえながら地面に転がる。棍棒を放り出し転げ回りながら絶叫する様は、これまでのモンスターたちと同様だ。どうやらオークたちが持つ耐性も、激辛ホットソースは許容範囲外だったようだな。

俺たちは転げ回るオークたちから目を離さず、少し距離をとりながら様子を見る。

「効いたな」

「ああ。まだしばらくは使えそうだな」

「でも胡椒瓶の方は、この階層以降は使えそうにないけどね」

「九重君、これから耐性持ちのモンスターが出てくるってことは、そのうちそれも使えなくなるってことよ。どうするの？」

「どうしようか？　このまま別のものを考えてもいいけど……」

これまでかなり活躍してくれたけど、ホットソースにしても胡椒瓶にしても、どちらかといえば初期装備に近い。モンスター相手にいつまでも使い続けられるようなものだとは思っていないので、このままお蔵入りにしてもいいと思っている。対人戦にはかなり有用だろうから手放しはしないけど。

「大樹、そろそろそれを使わないようにしてもいいんじゃないか？」

「……裕二もそう思う？」

「ああ確かにそれは便利だけど、最近は初遭遇したモンスターにしか使ってないしな。これからは耐性持ちのモンスターも増えていくだろうから、今のうちに調味料グッズを使わないで、初遭遇モンスターを倒す方法を身に付けた方がいいと思うんだ」

「そう、だな。柊さんはどう思う？　俺も裕二の意見には賛成なんだけど……」

「そうね、私も広瀬くんの意見に賛成よ。確かに初遭遇モンスターとの対処法も、これまでのように一辺倒のままでは危険ね」

「分かった。じゃあ、これは仕舞い込んでおくよ」

俺は2人の同意が得られたので、胡椒瓶とウォーターシューターを空間収納に仕舞い込んだ。

「よし。じゃぁ、そろそろこいつらにトドメを刺すか」

「そうね。早くしましょう」

裕二が地面で動かなくなったオークたちを小太刀で示しながら、ケリをつけようと言う。柊さんも裕二の言葉に即答で賛同し、槍をオークの首筋に突き刺した。どうやら、ドロップ品が待ちきれないといった様子だ。裕二も柊さんのその行動に小さく息を呑んだ。そして小太刀をオークの首筋に突き刺した。数秒残心し、2体のオークが死んだことを確認した柊さんは、剥ぎ取りナイフをオークたちの死体に突き刺す。すると、死体が消えた場所には大きなオーク肉の塊と太い骨、コアクリスタルが出現した。柊さんは信じがたいといった様子でオーク肉と骨を両手で持ち上げた後、数秒の間を開けてから引き結んでいた口元を緩め歓喜の表情を浮かべながら無言で小さくガッツポーズ決める。

無理もない、やっと手に入れたオーク肉なので喜びもひとしおといったところなのだろう。

「そういえば柊さん、この骨はどうするの？」

「えっ!? ああ、それはスープの出汁取り用に使おうと思うの」

「えっと……豚骨出汁ってこと？」

「ええ、そうよ。豚骨より癖《くせ》は強いけど濃厚なスープが作れるの」

「そうなんだ……」

俺はオークの姿を思い出し、アレで出汁を取るのかと微妙な表情を浮かべながら現実逃避する。ふと裕二の顔を見てみると、俺と同じような表情を浮かべていた。目が合った俺たちは、互いにどこか疲れた笑みを浮かべ合った。

「それじゃあ2人とも、早く次のオークを見つけに行くわよ！」

手に持っていたオークの肉と骨を俺に渡した柊さんは、俺と裕二に号令をかけ、ダンジョン

の奥へと軽やかな足取りで進んでいく。俺と裕二は滅多《めった》に見ない柊さんの姿に苦笑を漏らしつつ、置いていかれないように後に付いていった。

◆

その日の俺たちの成果は、オーク素材を中心にかなりの量を手に入れられた。

オーク素材は柊さんの希望の品ということもあり、地下10階層を3時間ほど探索した結果、肉と骨を合わせ、保冷バッグ1つ分でおよそ30kgほど。受付での換金手続きでは、査定額が40万円を超えたが、今回のオーク素材は引き取り希望だったので、品質検査のためオーク肉等の品を預け1時間ほど待つことになったのだが、無事検査はパス。柊さんは念願のオーク素材を、今度こそ本当に手に入れた。

そして、帰りのバスの中で、柊さんは俺と裕二に深々と頭を下げながら何度も感謝の言葉を言ってくる。

「ありがとう、2人とも。2人が一緒にダンジョンに来てくれたから……」

「いや、そんなに何度も頭を下げなくても大丈夫だよ、柊さん」

「ああ。俺たちも俺たちで目的があってダンジョンに来てるんだから、柊さんが何度も頭を下げる必要はないよ」

「でも……」

「はいはい、この話はここまで」

まだ何か言いたそうに口ごもる柊さんの様子に、俺は強引に話を終わらせ、別の話題を振る。

「そういえば裕二。柊さんは目的の品物を手に入れて一応目的は達成したけどさ、裕二の目標はどうなってるんだ？　流派の新しい形ってのは見えてきてるのか？」

俺の質問に裕二は、言いづらそうに顔を顰《しか》め口ごもる。そして少しの沈黙の後、口を開いた。

「まだまだ、これっぽっちも輪郭《りんかく》さえ見えてこないよ」

「はぁ？」

「仕方ないだろ？　戦闘らしい戦闘もしてないんだから、新しく求められている形なんて見えてこないって。しばらくは、ダンジョンに潜り続けて実戦経験を積んで腕を磨くしかないかな……」

裕二はそう言って小さく溜息を吐く。まだまだ先は長そうだな。

◆

俺たちは今日もオーク狩りに汗を流していた。

柊さんが希望した、オーク素材のストックを貯めるためだ。ここ数回の探索では地下10、11、12階層を巡回しながら、階層中のオークを狩り尽くす勢いだ。俺の空間収納があれば、オーク肉などの食料を腐敗させずに長期間保管し続けることが出来るからな。

今の段階でも、俺の空間収納庫の中には5ｔ近くオーク素材が保管されているのに、今もまだ貯蔵量は増えている。何故ならば、今も目の前で柊さんがオークの首を刎《は》ねているからだ。

「柊さん、オーク素材も結構溜まったと思うんだけど……」

「そうね。これだけストックがあればしばらくは大丈夫ね」

柊さんは、倒したオークに手馴れた手つきで剝ぎ取りナイフを突き立てながら俺の質問に答える。

しかしその柊さんの返事に、俺は不穏なものを嗅《か》ぎ取った。

「しばらくは大丈夫って……どれくらい？」

「そうね。１回スープを仕込むのにオーク素材を５kg近く使うから……3カ月分ってところかしら？」

「……コレだけ集めて、３カ月分かよ」

裕二が柊さんの返事の内容に驚き、思わず啞然と言葉を漏らす。

しかし、それは俺も同じ。まさかこれだけの量を確保していても3カ月しか持たないなんて……。

「あら？　２人とも、知らなかったの？　普通のスープの仕込みでも、豚骨や鶏《とり》ガラを１度に10～20kgは使っているから、ひと月に換算するとスープ素材は１ｔ近くは消費しているのよ？　しかも今はスープの試作に使っているから、普段以上に材料を消費しているわ」

「……げっ」

「……マジか」

「だから今、オーク素材を溜め込んでいるのよ」

　柊さんは溜息をつきながら、俺たちにとって驚きの事実を知らせてくる。まさか、ラーメンを作るのに、そんなに材料が必要だったなんて……。

「さらに材料費で言えば、普通のスープを作るのに比べてオーク素材を使ったものは10倍じゃ効かないコストがかかっているわ。だから、この階層まで潜れる探索者の数が増えてオーク素材が大量に流通するようになれば仕入れ単価も下がるんでしょうけど……今の状況を思うと値下がりするのには、まだまだ時間がかかりそうね。それまでは私が頑張って、オーク素材を集めないと。……だからお願い、仕入れ値が下がるまでの間、２人とも協力してくれないかしら？」

「ああ、うん、分かった。出来る限りのことはするよ」

「ああ、俺も」

　柊さんの家の事情を知って、俺と裕二はＮＯとは言えなかった。

確かにそんな量を日常的に消費し続けているのであれば、直接調達でもしなければいずれお店の財政が破綻《はたん》するのが目に見えている。そんな事態を回避しようと思えば、確かに柊さんが探索者としてダンジョンに潜る必要が出てくるな。

「ありがとう、２人とも。このお礼は必ず」

柊さんが俺と裕二に頭を下げながら、嬉しそうにお礼を言う。まぁ、お礼に関しては期待せずに気長に待つか。

文庫限定版書き下ろし短編

レベル上げの弊害

SPECIAL EPISODE

自室のドアを開けようとノブを握った瞬間、破砕音とともに手の中で砕け散った愛用のマグカップに目を落とし、俺は眉を顰《ひそ》めながら諦念《ていねん》に満ちた大きな溜息を吐き出した。これで何回目の失敗だよ……と。

「ねぇ、大樹《たいき》？　いま何か割れる音が聞こえたんだけど、何かあったの？」

リビングの扉が開く音が聞こえた後、階段の下から母さんの心配する声が聞こえてきた。

「ごめん、母さん！　コップを床に落として割っちゃった……」

「大丈夫？　怪我《けが》はしていないわよね？」

「うん、大丈夫。コップが割れただけだから、すぐに片付けるよ」

俺は母さんに返事をしながら、掃除道具を取りに階段を降り始めた。

すると、階段を降りた俺に母さんは頬に手を当てながら困ったように苦言を口にする。

「大樹、あんた最近色々と物を壊し過ぎよ。もう少し気をつけないと……」

「あっ、うん。気をつけるよ……」

俺はバツが悪い表情を浮かべながら母さんの前を通り過ぎ、掃除道具を取って部屋へと戻っていった。

マグカップの片付けを終えた俺はベッドに腰掛け、天井に向かって掲《かか》げた右手を仰ぎ見てポツリと漏《も》らす。

「……もっと上手《うま》く力を制御出来るようにならないといけないな」

引き出しのダンジョンに出現するスライムを倒し始めて、2週間ほどが過ぎた。【鑑定解析】を使い調べた現在の俺のレベルは24。急激なレベル上げの弊害《へいがい》が、ここにきて一気に表面化してきたのだ。

「無意識下でも、ある程度は力を抑えられるようにならないと……危ないよな」

ドアを開けようとノブに意識を向けただけで、マグカップを持つ手の力加減を間違えて砕くようではダメダメだもんな。今回砕けたのはマグカップだったので物損だけですんだが、万一これが人と握手をしている時に起きでもしたら相手の手を握り潰《つぶ》している。

うん……普通に事件だ。最悪、傷害容疑で警察も動く。

「練習……するしかないか」

王道に近道なし……つまりはそういうことだろう。俺はそう結論づけ、ベッドから立ち上がった。

「まずは、100回連続成功が目標だな」

俺は【空間収納】に仕舞っておいたピンポン玉が入った箱を取り出し、箱から1球だけ摘《つ》まみ出す。なんの変哲もない、黄色いプラスチック製のいたって普通のピンポン玉だ。

「1、2、3……」

俺はおもむろに、手に持ったピンポン玉を宙に放り投げる。

空中に放り投げられたピンポン玉は胸の高さから頭を少し越えたあたりまで上がり、上昇限界点まで達すると重力にしたがい落下を始める。俺は落ちてきたピンポン玉を胸の高さの位置で衝撃を吸収するように手を軽く下げながら右手で受け止め、再び天井に向かって放り投げた。

あとは、その動作をリズムよく繰り返すだけなのだが……。

「……77、78!?」

78回目。落ちてきたピンポン玉を受け止めた時、俺の手の中で変な音が聞こえた。俺は口元をわずかに引き攣《つ》らせつつピンポン玉を受け止めた手を開くと、そこには大きな亀裂《きれつ》が走ったピンポン玉の姿があった。つまり、失敗である。

「ああ、くそっ！　軌道《きどう》がズレたせいで、力加減をミスった！」

放り投げた角度が悪かったのか、78回目の球は俺の体から離れるように前方に向かって放物線を描いてしまったのだ。結果、手を伸ばしてピンポン玉を掴んだのだが、僅《わず》かに焦《あせ》ったせいで手の力加減を誤り握り潰してしまった。

「はぁ……この程度で動揺して力加減を間違うようじゃ、先は長そうだな」

俺は軽く頭を左右に振って先程の失敗の動揺を振り払った。

割れたピンポン玉の残骸《ざんがい》をゴミ箱に捨てて箱から新しいピンポン玉を取り出す。

「ふぅ、もう一度やるか……」

俺は再び取り出したピンポン玉を放り投げ始めた。

そして慎重に挑戦し続けた結果、１００回連続キャッチに成功した。

「よし、成功。じゃぁ次は、２つだな」

箱からもう一つピンポン玉を取り出し両手に持って、一呼吸入れてから右手のピンポン玉から宙に放り投げる。いわゆるジャグリングだな。

「１、２、３……」

２つのピンポン玉は、横向きの８の字を描くように交差しながら左右を行き交う。

だが、順調に思えたのは最初の数回だけだった。10回を超えたあたりから徐々に軌道がズレはじめ……。

「14!?　ああっ……」

大きく軌道がズレたピンポン玉を取ろうと意識した瞬間、反対の手で受け止めたピンポン玉を握り潰してしまう。１つ増えただけで、難易度が一気に跳ね上がったな……。

これは何度も練習を繰り返して、慣れるしかないな。


そして俺は引き出しダンジョンでのレベル上げと並行し、ピンポン玉ジャグリングで向上した力の制御訓練を行った。レベル上げはスライムに塩を撒《ま》くだけでいいので簡単に上がるのだが、制御訓練は一筋縄とはいかない。特に低レベルのうちはレベル上げに必要な経験値が少ないため、ジャグリングの技量が上がるよりレベルアップする方が早かったからだ。おかげで、壊れたピンポン玉を補充する費用がかさんだんだよな……。

しかしお陰で、最終的にピンポン玉ジャグリングは5つを使った大技も出来るようになった。

まっ、ちょっとした隠し芸だな。

「とりあえず、むやみやたらにものを壊さなくて済むようにはなったかな？」

俺はベッドに腰を下ろしてピンポン玉ジャグリングをしながら、部屋の隅にビニール袋にまとめられたここひと月で壊したモノの残骸を眺め安堵《あんど》の息を漏《も》らした。

後にこの訓練方法は裕二《ゆうじ》と柊《ひいらぎ》さんにも教えたのだが、２人とも俺ほど苦労はしなかったようで何となく悔しい思いをした。うん、自覚はあるので心が狭いとか言わないでほしいかな。

あとがき

はじめまして、ポンポコ狸《たぬき》と申します。
あとがきと言いましても、初めてなので何を書いたら良いのかよく分からないですね。ですので、今回は本作の制作経緯《けいい》について語ってみようかと思います。

もしダンジョンが現実世界に出現したら世界はどう対処するのか？　という疑問から、本作の構想は始まりました。しかしダンジョン……日本で正式名称を付けようとしたら、それはどういうものになるだろう？　そう考えた時、私は頭を捻《ひね》りました。日本特有の、長ったらしくも妙に遠回りな正式名称？　と。暫《しばら》くネットの海をさ迷いながら考えていると、あるニュースページを見て思いつきました。ダンジョン……階層構造……地下……大きい……正体不明……特殊地下構造体だ！　と。これなら、何となく言いたい事は分かるのだが無駄に長ったらしい、日本の行政が付けそうな正式名っぽいですからね。あと積層構造や特殊危険生物出没地帯とかの文言《もんごん》も入れようかとも思いましたが、あまり長すぎる名称もどうかと思いましてね。ある程度は省きました。ですが、そこから構想が膨《ふく》らむのは早かったです。捕らぬ狸の皮算用とばかりに得られるかもしれない不確定な利益に目がくらみ政府をせっつく企業群、既得権益《きとくけんえき》の拡大を図ろうとする各省庁の胎動《たいどう》、駄目と言われれば言われるほど好奇心を抑えきれない民衆の暴走、与野党の足の引っ張り合いで遅れる法整備……あれ？　これ普段とさほど変わらなくないか？　と思いもしましたが、そこはスルー。深く考えると、現実の無常さを悲観し憂鬱《ゆううつ》になりますからね。

そして基本構想が出来上がれば、次は登場人物の選定です。最初は不況の煽《あお》りで会社が倒産した元サラリーマンか、クビか探索専門会社への出向かの二択を迫られた窓際《まどぎわ》サラリーマンをダンジョンに放り込むかと考えました。が、悲壮感溢《あふ》れるおっさんがダンジョン探索？　追い詰められたら世を悲観し諦《あきら》めて、大した抵抗もせずダンジョンに散りそうだな……と思い却下。そうすると、未来を信じ追い詰められても簡単に諦めない存在……そうだ高校生だ！　となった訳です。高校生が探索者って出来るかな？　と思いましたが、職業選択の自由を盾《たて》にすればギリいけると考え決定しました。

とまぁ色々模索した結果、現代の高校生がダンジョンに挑むという本作が出来ました。元々自分が読んでみたいと思った作品を書き、ネットに投稿してみたのですが、結果は予想外の良い反響をいただき正直困惑《こんわく》しました。ですが同時に、自分の作品が読者の皆様に受け入れてもらえたという感動は今でも忘れられません。それがいま書籍になって皆様の手元に……と思うと感慨《かんがい》深いものがありますね。

では長くなりましたが、そろそろまとめに入ろうと思います。本書はＷＥＢ版の内容を修正しつつ新たに話を追加しました。結果、ＷＥＢ版とは大分印象が変わっていると思うので、本書を手に取っていただいた方にも楽しんでいただけると思います。

最後になりましたが、本書を出すにあたってご尽力してくださった皆様に感謝を。相談に乗っていただいた編集のＩ様、素晴らしいイラストを仕上げて下さったＤＳ《ディーエス》マイル様、皆様のご助力がなければ本作はありませんでした。ありがとうございます。

また次回も皆様とお会い出来る事を願いつつ、この辺りで筆をおきたいと思います。あとがきまでお読みいただき、ありがとうございました。

この作品の感想をお寄せください。

あて先　〒101-8050　東京都千代田区一ツ橋2-5-10
集英社　ダッシュエックス文庫編集部　気付
ポンポコ狸先生　DSマイル先生

ダッシュエックス文庫

朝起きたらダンジョンが出現していた日常について
迷宮と高校生

ポンポコ狸

2019年5月29日　第1刷発行

★定価はカバーに表示してあります

発行者　鈴木晴彦
発行所　株式会社　集英社
〒101−8050　東京都千代田区一ツ橋2−5−10
03(3230)6229(編集)
03(3230)6393(販売／書店専用) 03(3230)6080(読者係)
印刷所　大日本印刷株式会社
編集協力　石川知佳

ISBN978-4-08-631310-0 C0193

ダッシュエックス文庫

裏切られたSランク冒険者の俺は、愛する奴隷の彼女らと共に奴隷だけのハーレムギルドを作る
柊咲
イラスト／ナイロン

異世界に来た僕は器用貧乏で素早さ頼りな旅をする
紙風船
イラスト／こちも

異世界に来た僕は器用貧乏で素早さ頼りな旅をする2
紙風船
イラスト／こちも

異世界に来た僕は器用貧乏で素早さ頼りな旅をする3
紙風船
イラスト／こちも

奴隷嫌いの少年と裏切られて奴隷堕ちした美少女が復讐のために旅立つ！　背徳の主従関係で贈るエロティックハードファンタジー!!

異世界に転生したのに、付いたスキルは器用（貧乏）さと素早さだった!?　しかも美少女エルフとの修行中に、伝説級の魔物に遭遇して…。

世界最速の転移者が美女エルフと駆け抜けるファンタジーライフ第2弾!!　新たな装備、新たなスキル、深まる絆で無敵の冒険記！

はじめての対人戦闘で迷いが生じたアサギ。以前いた世界との価値観や倫理観の差に思い悩むが、仲間達の支えで再び立ち上がる…！

俺の家が魔力スポットだった件3
～住んでいるだけで世界最強～
あまうい白一
イラスト／鍋島テツヒロ

俺の家が魔力スポットだった件4
～住んでいるだけで世界最強～
あまうい白一
イラスト／鍋島テツヒロ

俺の家が魔力スポットだった件5
～住んでいるだけで世界最強～
あまうい白一
イラスト／鍋島テツヒロ

俺の家が魔力スポットだった件6
～住んでいるだけで世界最強～
あまうい白一
イラスト／鍋島テツヒロ

黒金の竜王アンネが隣人となり、異世界マイホーム生活は賑やかに。でも、戦闘ウサギに新たな竜王の登場で、まだまだ波乱は続く!?

今度は国を守護する四大精霊が逃げ出した!! 強い魔力に引き寄せられるという精霊たちは、当然ながらダイチの前に現れるのだが…？

盛大なプロシアの祭りも終わったある日のこと。今度は謎の歌姫が騒動を巻き起こす…!? 異世界マイホームライフ安心安定の第5巻！

リゾートへ旅行に出かけた一行。バカンスを楽しむはずが、とんでもないものを釣りあげてしまい!? 新たな竜王も登場し大騒ぎに！